W.S. Maugham

毛 姆 文 集

W. Somerset Maugham

笔花钗影录

Cakes and Ale

〔英〕毛姆 著　高健 译

上海译文出版社

译者前言

近一个世纪以来，毛姆在英国文坛上的声名，剧作而外，主要凭借他最好的三四部长篇小说。壮阔绚烂的《人生的枷锁》既为他奠定最牢固的基石于前（那飘浮隐现在书中的"花蕾般的美丽音调"至今令人难忘），充满着无穷逸趣的《刀锋》又为他熠熠辉耀于后，但如果中间缺了这部别具风情而又十分俏皮的《笔花钗影录》，毛姆的成就也必大为减色。1930年这部作品的问世对他在文坛的地位确实起到了踵事增华的作用。

这是一部奇书，一部曾经激起过不小骚动和剧烈争议的书。长期以来人们对它的看法颇曾毁誉不一；但时至今日，各方面的认识早已渐趋一致，公认这是一部"一流作品"、"完美小说"、"天才之笔"、"绝妙佳构"、"近代经典"、"具有传世价值"以及"最能体现毛姆小说艺术"的代表作，等等。

当然这部书首先是一部讽刺作品，一部谤书，而讽刺的对象则是近世英国文坛的虚伪作风，在这方面撄其锋的主要有两个人——书中第一主角德律菲尔（影射哈代）和第二主角阿罗依（影射休·沃尔波尔），此外鞭梢所及略吃几下的还有其他不少人。但是真正的锋芒所向却并非是那第一主角，而是第二主角——阿罗依；因为第一主角毕竟只是作为一个受蒙蔽、受包围和受利用的老好人（尽管也颇有缺点）而予以相当宽假和从轻发落的，而第二主角则不同，因而在对待上完全是斫斫相向，绝少容情，揭露既狠，捶楚又重（虽然仍有节制），所以难怪他的原型者沃尔波尔读起这书时越读越怕，以致通宵失眠。当然书中还有另一重要人物，第三主角露西，不过她可不是什么打击目标,而是爱慕对象;在她身上作者倾注了他最深情的笔墨,而且也确实写得不错。但限于篇幅,这里不暇细评。至于第四个主角则是阿显敦,也即是作者毛姆本人;不消说,这部书的一大半趣味就是从他那里来的。另外在人物刻画的过程中,不仅英国文坛给写进去了,整整几个时代(维多利亚后期、爱德华与乔治时期)独特的舆情心态与气氛风貌也都给写进去了。尤其是书中对阿显敦早年乡居生活和肯特景色的可爱描写更给这部小说平添了一种牧歌般的迷人情调。

在表现手法与结构技巧等方面,这部书也处理得极具特色。多重主题的成功捏合,情节场景的迅疾转换,倒插笔的神奇妙用,人物刻画的别致,对话与叙事的精彩,文章中因文生情或因情生文的天然机趣,乃至通篇笔力的遒劲与气势的酣畅,等等,这一切都使这部作品因兼具多方面的文学之美而确实不愧为英国文坛的一部稀世杰作。

这本书原名"Cakes and Ale"(莎剧中语),作寻欢作乐解。推寻作者这样命名的用意可能是想借此点出书中男女主人公年轻时的放浪生涯。但考虑到小说描写的主要是作家们及其妻室或情人的种种文坛逸事以及滑稽丑闻,我们觉得《笔花钗影录》这一译名或者更能切合原著的主要精神。

译者

第一章

笔
花
钗
影
录

我发现,当一个人打电话来找你,得知你不在,便留言道,请你一回来后便立即给他挂个电话,因为事情紧要等等,这时可以断定,这事只是对他紧要,而非对你紧要。如果他是前来向你做点馈赠,或给你办好事的,一般人的耐性必不会如此之好。所以,当某日我返回寓所,匆匆喝了口水,吸了支烟,翻了翻报纸便赶着换上礼服去吃饭,这时听到了房东费罗小姐要我立即给阿罗依·基尔先生挂电话时,这当儿我的感觉是,这事大可不必理他。

"那是位作家吧?"她问我。

"嗯。"

她向那电话机友好地瞟了一眼。

"我替你叫好吗?"

"不用,谢谢。"

"如果他再打来,我该怎么说法?"

"让他留话就是了。"

"好的,先生。"

她抿了抿嘴。接着她抓起吸尘器来,用眼睛扫视了一下房间,见到一切都很整洁,便自去了。这位费罗小姐可是个小说看得不少的人。我敢说罗依①的书她都看过。她对我那简慢态度的不满表明,她对罗依的书是佩服的。

当我再次返回住所时,我看到碗橱上放着她的一个条子,那笔迹清晰而奔放:

"基尔先生又打来两次电话。他问你明天能否同他共进午餐?

第
一
章

如果明天不行,哪天可以?"

我耸了耸眉头。我同罗依已经有三个月没有见面了,而上次见面也仅仅有几分钟;但他的态度却非常友好,他的态度什么时候都是非常友好的。临分手时,他仿佛对我们彼此很少见面一事深表愧惜。

"伦敦这地方实在太糟糕了,"他道,"一个人简直找不出时间去望一下他的朋友。所以下个星期哪天我们一起去吃顿午饭如何?"

"我愿意,"我回答道。

"我一回家就去查查我那簿子,然后给你打电话吧。"

"好的。"

我与罗依相识至今已有二十年了,因而不可能不知道他的那个小本子平时就在他背心的左上口袋里装着,那里面记着他的各种约会;所以回去之后,他那方面便再没消息,也就毫不奇怪了,说到目前这次,我很难相信,他的这番急切相邀的背后便绝无个人目的。临睡之前,我一边抽烟,一边仍在琢磨罗依要请我去吃饭的种种可能理由。这也或许是因为,他的某位仰慕者非要逼着他去把我介绍给她,或是因为,某位美国编辑,因在伦敦小住几日,于是恳请罗依为我和那编辑的见面做个引荐;不过这些可能性都不大,我的这位老友总不致连这点小事都应付不来吧。再说,这次他明明是要我自定时间,这说明他不希望会面时有其他的人在场。

比起罗依来,在下面两点上我们恐怕都会自叹弗如。当一位同行小说家红得发紫,受到众口交赞时,这时在向他申表仰慕之情这事上,谁也不会比罗依来得更加真诚;同样一旦这位作家由于怠惰、

---

① 罗依是阿罗依的简称、通称或昵称。

失败或因为成就为他人所掩而声名大坠,因而不免对他冷眼相加时,这时谁也不会比罗依干得更加漂亮。作家的一生当中总是有升有降,而我自己非常清楚,那时我在一般人的眼里并不受宠。显然我不愁找点借口,委婉回绝罗依的邀请,尽管他是个最有决心的人,因而一旦为了他个人的目的打定主意前来找你,那时除非你拉下脸来,当面让他滚蛋,你是喝不退他的。但我终因自己也抵不住好奇心的驱使而应承下来,再说我对罗依也是不无相当好感的。

我曾怀着惊异心情注视他在文坛上是怎么升起来的。他的一生可说是任何有志于文学创作的青年的一副绝好榜样。以如此有限的才能而竟取得如此可观的地位,这在我的同辈当中我确实还再找不出第二个。这种情形,正像人们早餐时服用的一种叫贝克思牌的泻盐那样,一点点就会涨满一大调羹。这点他自己心里是很清楚的,但是凭借着这点东西,他后来居然著成书籍三十来种,这事在他看来也会无异是世上一桩奇迹。我不禁认为,他大概是从一则逸事中读出灵光来了,因为那里记载道,狄更斯在一次宴会的演说中说过,天才即在于能够无限吃苦。他很好地思考了这句话的意义。他肯定认真想过,如果这个便是一切的话,那他也一定能和别人一样成为一位天才;于是当后来某个妇女杂志的书评家在谈论他的一部书时竟激动得用出了天才这个字眼时(至于最近这么使用的人就更多得可爱了),那当儿,他的一番踌躇满志的心情或者唯有那经过多少小时辛苦方才最后解出了字谜的人才能比拟。谁如果多年来看到他是这么艰苦卓绝,也就无法不承认不论怎么说他还是可以算是一个天才。

罗依的家庭与教育等条件也都是很有利的。他以独子的身份出身于英国一名文官家庭,这位文官,也即是他的父亲,曾在香港任殖民局大臣多年,最后官至牙买加总督。如果你肯费事查阅一下那字迹密密麻麻的《名人录》，你便将在阿罗依·基尔的条目下另见到，父系见雷蒙德·基尔爵士（荣膺圣米迦勒与圣乔治高级爵士；皇室维多利亚勋章高级爵士）条；母氏参见艾米丽条，母氏家系转见已故波希·坎普顿少将（驻印度军），等等，总之，一切均有案可稽。罗依自己起初在温切斯特公学读书，其后去牛津大学新院深造。在那里他当了学生俱乐部的主席，另外如果不是因为不幸得了麻疹，他肯定还会当上划船选手的。他的学习成绩虽然不算是特别杰出，也够得上相当不错，但优点是大学期间从未负过债。罗依在那时便已养成节俭习惯，有钱绝不乱花，因而不惭为良家子弟。他深深懂得这个道理，做父母的出了那么高昂的费用供他念书，确实对他们负担不轻。他的父亲，自退休后，便在格洛赛斯郡的斯托镇上做了名寓公，所居宅院虽不排场，但也颇过得去，其间也不断前往伦敦赴赴官宴，这些都是他供过职的那些殖民局请的。每逢这种场合，他总是照例要到雅典协会走走，因他也是那里的一名会员。正是在这里，通过他旧日的朋友关系，终于使他的儿子自牛津一毕业后，便在一名要员的手下当了私人秘书，至于这位要员，说来滑稽，他在两届保守党政府任国务大臣期间曾经丢尽脸面，但却从此而位列勋籍。这个位置使得罗依在很轻的年纪便有了熟悉上流社会的优越条件，而他自己也充分利用了他那许多有利机会。你在他的作品中就见不到那种由于不懂贵族规矩而造成的破绽漏洞，这类败笔正是一些但凭画报图册来写上流阶层的角色所难免的。他非常清楚公爵们彼此之间是怎样个谈话方法，另外人们见了他们时，不论你是大使、律师、书商还是用人，又该各以什么样的一套方式来开腔搭话。所以看到他在他早期的小说中在描写那些总督、大使、首相、王族与贵妇时的一副驾驭娴熟、挥斥如意的神情，的确也是怪迷人的。这时他态度总是友善而不倨傲，亲切而不唐突。他并没有让你忘记他们的爵位身份，但却使你和他同样心安理得地感觉到，原来他们和你我一样同属血肉之躯。每每使我感到惋惜的一件事便是，由于风气关系，贵族的行事既已不再是小说写作的正式题材，罗依这位对时代的趋向最称敏感的人，在他后期的小说中也就不得不仅仅写写一般律师、会计师与物产经纪人等的苦恼纠纷而已。在这些新的环境里他已经失去其往日的纯熟了。

我最初认识他的时候，他刚刚辞去他那秘书职务不久，准备专门从事于文学写作。那时他还是个翩翩少年，生得一副运动员的身材，不着皮靴也有六呎来高，肩膀宽阔，风度很好。他长着一双坦诚而湛蓝的大眼睛，一头色作浅棕的鬈发，鼻短而阔，下颌方正；面孔虽够不上漂亮，但因尚有几分英俊，所以也绝不难看。他看上去诚实干净，非常健康。他实际上就带有几分运动员的气质。谁如果读了他早期小说里那些带犬逐猎的生动准确描写，大概都不会怀疑这类场面都是根据他的实地经验写出来的；而且直到最近前不久，他还是不时走出书斋，打上天猎。他开始出书之日，正值体育之风在文坛大盛之时，那时候的一批文士，仿佛为了显示其阳刚之气，最盛行喝啤酒和打板球，因而若干年间，几乎没有一个文人的球队中没有他的名字。但这个古怪流派，我也说不清什么原因，今天却早已失去其当年的雄风了，板球队员虽然继续当着，他们的书却再无人闻问，他们的稿子已再刊不出来。当然罗依早已不再打板球，在嗜好上，他也弃啤酒而改饮红葡萄酒。

罗依在对待他的第一部小说的态度上是异常谦虚的。这部书的篇幅不大，但笔墨干净，另外正像他以后的每部作品那样，趣味非常高雅。书出之后，他各自附上漂亮的信件一封，分头把书寄奉给当日文坛的每位重要作家，在信件中他告诉每位作家他是如何仰慕他的大著，他从认真钻研他的作品中学习到了哪些东西，以及他是如何满怀热情地殷切希望能在这位先辈辛苦开创的光明大道上做一名谦卑的步趋者,尽管他还远远追随不上。他此刻将自己的试作奉献在一位艺术大师的脚下,不过是聊表一名初涉此道年轻人的一番礼赞之忱而已,另外他将永远把对方视为他的恩师。虽然他明知要求如此一位忙人在一个新手的涂鸦之作上虚耗时光一事,迹近孟浪之举,他还是情不由己地恳请大师们对他惠赐批评指教。其结果,他接到的许多复信便不单是几句客套话了。看了他去信的不少作家,个个被他奉承得舒舒服服,写起回信来也就下笔不能自休。他们盛情赞美了他这部书;许多人还请他吃饭。他们不能不被他的诚恳迷住,被他的热情打动,他向人讨教的一副谦卑态度实在是太动人了,他答应一切照办的赤诚表示实在是太坚决了。他们全都觉得在这样一个人的身上费点心血也还完全值得。

他的小说获得了很大成功。这使得他在文学界里结识了许多朋友,因而没有多久,他已经是许多茶会上的常见人物;你只消到布卢姆斯伯里、坎普顿山或威斯敏斯特等街区的这类地方走走,你就会见到他不是正在向周围的人递送奶油和面包,就是往一位被冷落了的老太太的空杯里注入点什么。他是那么年轻,那么直爽,那么兴致勃勃,人家说了个笑话,他就笑得那么开心,所以谁见了也不能不喜欢上他。他还加入了不少聚餐俱乐部,这些往往在维多利亚街或荷邦区某家饭店的底层餐室里举行,届时文人、年轻律师、穿人造丝戴项链的妇女等一边吃着普通客饭,一边讨论文学艺术。这里的人们很快发现,他在饭后演说方面也很有才能。由于他的态度总是那么快活和气,所以就连他的不少同行作家、他的对手和同辈也都不再因为他的出身地位而记恨他了。他对那些人的幼稚作品总是口边充满赞词,另外当人们送稿子去请他提意见时,所得到的看法也完全能够令人满意。因此人们不仅认为他是好人,而且很有见识。

他的第二部小说著出来了。在这上头他倾注了极大心血,同行老一辈人对他的精神指点他都作了充分考虑。因而不止一位在他的恳请下为他在各报上写了书评(更何况这些报的编辑罗依早就有了联系),而且篇篇都是佳评,这事便不仅合理,而且自然。他的这部作品又成功了,不过成功的程度尚不致引起他同行们的抑郁不快。事实上这点成功反而证实了他们原来的一种猜想,他是掀不起滔天巨浪来的。他不过是个嘻嘻哈哈的无心家伙;没有派系、倾向等等这类东西,因而他们也就乐得帮他个忙,反正他爬不太高,成不了他们的前进障碍。不过我看得出来,当他们回想起过去所犯的这个错误时,他们目前的微笑里是带有苦涩味道的。

但是当他们讲他此刻已经在头脑发涨,他们可弄错了。罗依从来也没有丢掉过他的谦虚,这个正是他年轻时候最迷人的品质。

"我知道我不是个大小说家,"他会对你这么讲。"当我拿自己同那些巨匠比较时,我简直就不存在。我以前也想望过,将来什么时候我也能写出一部真正伟大的小说,但连这样的念头我也早打消了。我的唯一要求不过是人们还肯承认我尽了最大努力罢了。我总还在干活。我总不希望自己写出的东西太不成样。我觉着我还能把个故事讲好,我笔下的人物也还大体真实。因为毕竟一块蛋糕的好坏还在亲口尝尝:《针眼》一书在这里销了三万五千本,在美国销了八万,这样我下一本书在连载版权方面所能得到的报酬就比过去都高。"

因此,我们又怎么能说这不是谦虚呢,既然他至今仍旧不断给为他讲了好话的书评者们寄感谢信,并请他们吃饭?

不仅如此。当某个书评者写了一篇尖刻带刺的评论,而罗依由于此刻早已名气很大,不可能不遭到某些恶毒攻击,这时他绝不像我们一般人那样,只是耸耸肩膀,在头脑里将这个不喜欢我们作品的流氓侮辱上一下,也就忘掉了事;不,他另有办法,他会马上长书一封,寄给那位评论家,表示他对自己的书得不到对方称许一事颇感抱歉,但那篇书评却写得饶有兴味,而且如果允许他妄加评论的话,那里面不仅表现出绝高的批评意识,而且对语言文字具有极其敏锐的感受,所以拜读之后,使他不能不写出这封感谢信。渴望得到提高的心情在他来说实在是太强烈了,他也希望他能继续学到新的东西。他绝不敢冒昧造次,但是假如这位评论家本星期五或星期六不忙,是否可以屈驾前来萨沃伊饭店共进午餐,这样也好对书中的不佳之处当面做些指点? 这里不可忘记,在叫菜方面罗依最是好手。所以,一般来说,到了半打牡蛎和一块嫩羔的脊肉已经下肚之后,这位批评家早已收回前言不再坚持。于是,罗依的下一本书一出,那位评论人马上便在这新作中看出了巨大的进步,要说这也是完全合乎人间公道的吧。

当一个人涉世渐深,这时他最不好解决的难题一桩便是,他该如何去对付那些一度曾经和他相当亲密,但是后来他对他们的兴趣却呈现减退的人。如果双方的地位一直都平平常常,那么裂痕的出现便很自然,不致引起什么恶感,但如果一方显赫荣耀起来,那局面便不好处。一个人后来结交了一大批新友,但那些旧友却死不退让;这时他已经是万事缠身,再不得闲;但那些人却认为他们最有权利占用他的时间。除非他能甘听其驱遣呼唤,否则他们就会连连叹气,耸耸肩膀讲道:

"好吧,看来你也和别人没有两样。你现在成了名人,我也只好等着被你抛掉了。"

其实这倒正是他的心思,如果他真敢这么去做的话。不过一般来说,他还是没这勇气,他蔫蔫地接受了礼拜天的晚饭邀请。那冷牛肉是来自澳大利亚的冷藏肉,中午时候就烤过头了;那勃艮第酒——嗳,还管它叫勃艮第做甚?难道他们一辈子都没去过讲究点的地方,没有去过波恩餐馆和住过鲍斯旅店?当然,能够在一起欢然道故,共同叙叙往日的美好时光也是挺迷人的,你们不是在间阁楼上同啃过一块面包吗?可是一想到你们此刻所呆的房间也和那阁楼相差不多,又会感到有点狼狈。紧接着,你的不安来了。你那朋友谈起他的书来,说他的书卖不出去,他的短篇小说登不出来,他写的剧本经理连稿子也不看一眼,而当他的作品和那些刊印出来的东西又作了番比较时(此刻他的一副怪罪目光已紧盯着你),那情景,真是够难堪的。窘迫万状,你只好把眼掉转。你只好夸大你的许多失败,好让他明白你在许多事情上也并非一帆风顺。你在提到自己的作品时也尽量把它们说成不太值钱,但是使你不免吃惊的是,原来你那主人也正是这样一种看法。你又对读者的反复无常发表了一通议论,这样他也好从你的好运也长不了的想法中得点宽慰。他对你是友好的,但却绝不容情。

"你最近的那本书我没读过,"他讲道,"但我看过前面的那本。我忘记了它的名字。"

你告诉了他。

"我对这本相当失望。我觉得它远远赶不上你以前写过的那些。当然你知道我最喜欢的是哪本。"

这样,尽管你已经受屈过多次,你还是不得不在他的面前再吃回瘪。你报出了你的第一本书。你那时还刚刚二十,粗糙和幼稚是明显的,篇篇页页上看得出你还缺乏经验。

"你恐怕再也搞不出那么好的东西来了,"他说得更起劲了,而你自己也心头一沉,仿佛自那以后你的东西就越写越不成样了。"我总觉着,你的情形跟原来人们对你的期望相差很远。"

你发现,这时煤气炉已快把你的两脚烤焦,但手指却冻得冰冷。你偷偷看了下表,心下里说不准刚刚十点你就告别,是否会使你的老友见怪。你刚才叫你的车停在拐角地方,以防把车开到门前,那副豪华气派伤了他的自尊。但是到了门边,他却讲道:

"街的顶头就有公共汽车。我现在就陪你过去。"

这一下你可慌了手脚,只好承认你自己有车。使他不解的是车夫为何要把车停到拐角地方。你回答说这是他的怪癖。到了车跟前,你那朋友以一种似谦带傲的目光扫了它一眼。这时只见你慌慌张张地邀他哪天前去赴宴。你说你一定要给他写信等等,甚至车开走了以后,你的心里还在犯愁,他来了后该在哪儿请他;去克莱瑞奇①吧,他会认为你在摆谱,去苏荷②呢,他又会觉得你太吝啬。

但是对罗依·基尔来说,上面提到的种种痛苦折磨却从来就不存在。他是把谁吸干榨净,他就把谁抛弃。这话虽然听起来有点粗鲁,但要想把这番意思表达得更为委婉,却决非三言两语所能济事,再说那种种微言暗喻以及半藏半露等等,不论出之戏笔还是意存忠厚,都是很难处理好的,因而基本情况既然如此,我们认为也就只能听其自然了。说到我们自己,每当我们对谁干了一件缺德的事时,我们往往会连那受害的人也都记恨起来;但是罗依的一颗心,因为从来摆得端正,却决不致坠入这种卑琐行径。他尽可以把一个人利用得不成样子,而事后绝不对他抱有丝毫恶意。

"那个可怜的老史密斯,"他会这么讲道,"他真太可爱了;我也实在爱他。可惜他近来有点太尖酸了。我希望我们能帮他干点什么。不错,我已经有好多年没见着他了,继续维持过去的朋友关系

① 克莱瑞奇为伦敦高级豪华饭店。
② 苏荷,伦敦中部的一个区,以外国人开设的餐馆与"夜生活"著名,但饭菜的档次偏低。

确实也没好处。这给双方只会带来痛苦。事实是,有的人总会从人群当中冒出来的,所以唯一的办法便是面对现实。"

话虽是这么说,但如果他真的在什么场合,如在英国美术院的预展,撞见了史密斯,这时谁也不会比他显得更加亲热。他会兴奋得连连搓手,表示他多么高兴又见到了他的朋友。他兴高采烈,容颜焕发,像阳光照耀那样地焕发出无限友情。见到这种满腔热忱的迸发奔放,史密斯也不由得高兴起来,再听到他讲他是至死也写不出史密斯最近的那种书来的,这话也是挺受用的。但是另一方面,假如罗依认为史密斯没瞧见他,他马上便把脸掉转;可是史密斯已经瞧见他了,因而对他这种不认朋友的做法极为反感。史密斯也是很尖刻的。史密斯讲,年轻时候罗依也在一个小饭店里跟他分吃过一块炸肉,也同他在圣爱芙镇的渔民家里共度过一个月的假期。于是史密斯便骂起罗依来。史密斯骂他是投机家,骂他是势利眼,骂他是假充好人。

但是史密斯错了。要知道阿罗依·基尔的最为鲜明的一条长处正是他的真诚。假充好人是无论如何也假充不了二三十年的。伪善这种坏事向来便最不好干,最费心血;为干这个,你得处处提防,时时注意,你还得有点那可贵的超脱精神。它并不像通奸或贪食那样,可以由你偶一为之,它要求的是你的全部时间精力。另外它还要求你得有点嘲弄式的幽默;但是,尽管罗依笑口常开,我却觉得他的幽默感并不敏锐,我还敢肯定他的嘲弄本领也较欠缺。虽然我没有读完过他的哪种小说,但是我打开过的却不止一本,而所得到的印象是,真诚一词可说分明不误地印刻在他那无穷无尽的篇篇页页之中。这显然便是他的声名所以历久而不磨的主要原因。罗依总是真诚地相信着每一个时期每一个人全都相信的东西。当他写起贵族的小说时,他便真诚地相信那里面的每一个成员都是放荡的和不道德的,不过其德其才仍足以统治大英帝国;当后来他又写起中产阶级的小说时,他便又真诚地相信这批人不愧为国家的坚强柱石。他笔下的恶棍都是十恶不赦的,他的英雄都是英勇豪侠的,他的少女都是非常贞洁的。

如果什么时候罗依请了哪位给他写了好话的书评家去吃饭,那是因为他对人家的奖饰之词真诚地怀着谢意,如果请了说坏话的,那又是因为他真诚地渴望提高。再如,当他的一些不相识的仰慕者从得克萨斯或西澳大利亚前来伦敦,而罗依请他们参观国家美术馆时,他这样做的目的并非是为了扩大他的读者群,而是因为他真诚地渴望了解一下他们对艺术的反应。你只要去听听他的讲演,你对他的真诚一事就再不会有所怀疑了。

当他往那讲台上面一站,不管是身着那利落紧俏的晚礼服,还是由于场合关系,只穿身较宽稍旧但却剪裁合体的日常服装,然后便将一副既端庄又诚恳,谦逊之中而透着迷人的眼神向着那到场的听众一扫时,这当儿,谁又能不为他那一心一意献身于工作的精诚所感动呢? 讲话当中,他偶尔也仿佛一下子找不到恰当字眼,但这正是为了讲出来时效果更加惊人。他讲话的声音饱满而有气概。他会讲故事。他说话精彩。他喜欢讲英美的年轻作家,而当他将他们的长处向听众作解释时所流露的那番热情更足以证明他是多么宽大为怀。只是他讲出的东西似乎太多了些,因为你在听了他的讲演之后,你会觉得,关于这些人你所该知道的已经全都知道,因而也就完全没有必要再去读他们的书了。我想,这就是为什么当罗依在什么地方讲了谁的书时,谁的书就从此再卖不出去,但罗依自己作品的销售量却大大高涨的原因! 他的精力也是别人比不过的。他不仅多次自美国彼岸载誉归来,就是在大不列颠他的讲学活动也是遍及全境各地。对于罗依来说,不管邀请他的俱乐部的人数多么有限,邀请的协会的宗旨多么一般(不过提高一下它的成员水平),他都绝对不嫌其小,不嫌其平庸而慷慨地牺牲他的宝贵时间亲临赐教。同时他还不断对他的讲稿做出订正,然后以精致的小册子形式印行出来。凡是对这类事物感兴趣的人大概都翻阅过诸如《近代小说作家》、《俄罗斯小说》与《作家研究》等等之类的东西;谁看过后都无法否认,那里面不仅表现了作者对文学的种种真实感受,而且也能从中看得出他的那副迷人的性格。

但是他的活动还远远不限于此。他还是不少旨在维护作家利益或旨在减缓因其老病等而造成之贫困的这类协会中的一名积极成员。每当著作权一事牵涉到立法问题时,他从来都不吝出面给予援助,另外每当派出代表团以促进各国作家间的友好关系时,他也都会欣然参加进去。在这类公众宴请会上他是文学方面最可靠的问题解答人,在对海外文学名士招待会的召集人名单上也照例少不了他。在每一家百货商店里也都缺不了至少一两种有他亲笔签名的作品。对于记者或外界的访问他更是有求必应,从不拒绝。他就非常正确地讲过,作家这个行道的艰苦他比谁了解得都更清楚,如果通过一次愉快交谈,便能使某个记者多挣上几个先令,他是不忍心去拒绝他的。对于这些访客他都照例要留他们吃饭,也照例会给他们留下良好印象。唯一一条规定是,他们在发稿之前,必须让他先过目。新闻界中有些人,为了增加其读者见闻,往往不分早晚地给名人打电话,询问他是否信仰上帝或他早饭吃些什么之类,对这种做法罗伊向来非常耐心,从无反感。凡是哪里举行什么座谈或讨论会,那里也就少不了他,因而在诸如禁酒、素食主义、爵士音乐、葱蒜、体育、婚姻、政治以及妇女在家庭中的地位等等问题上,一般人都非常熟悉他的看法。

他在婚姻的看法上不免抽象,这主要是因为他从无这方面的拖累,而这点正是不少但以其事业为重的艺术家难以两全的事。外面传闻,多年来他一直对一名已婚的贵妇颇有好感,另外,虽然他每次提起这位女士时总是赞不绝口,但据说人家对他的态度相当冷峻。他中期小说里所流露出的那种罕见的尖酸正是他内心之中备受煎熬的一种反映。长期的精神痛苦终于使他对一些花街柳巷的狂浪女人的进攻学会了巧妙回避的本领,这种名声狼藉的人当然会甘愿放弃那些靠不住的馈赠来换取一位名小说家的夫人这一巩固地位的。当他从她们那明媚的眼波里窥见了婚姻登记所的阴影时,他便告诉对方,他心底的一桩旧梦使他再也无法与人重订终身。他的这种吉诃德式的东西也许会激怒她们,但倒不致形成侮辱。每当他想起,他此生恐怕永无家室之乐与亲子之爱的福分了,他也确实不禁感慨系之,但是他甘愿作此牺牲,也是一则为了忠于他的理想,二则为了某些人得以分享其乐。他发现,一般人并不太愿意与作家和画家的老婆们多打交道。一个艺术家如果走到哪里就把老婆带到哪里,他只会使自己变成一个讨厌的人,其后果必然是,将来他想去的地方人家再也不邀请他了;但如果把老婆留在家里,他从外面回来后也是麻烦,那番争吵责怪会使得他再也得不到创作所必不可少的安宁,好在阿罗依·基尔是个单身汉,现在既已年届五旬,娶亲的可能性也就不太大了。

好了,一名作家凭了他的勤奋、识见、诚实以及手段与目的的巧妙的配合运用等所能取得的成就和所能达到的高度,在他可说是全做到达到了,因而无愧为文坛楷模。另外他又确实是个好人,除非故意吹毛求疵,谁也不会嫉妒他的。我觉得,心中怀着他的形象睡着,你这一夜肯定能好梦清吉的。于是在匆匆给费罗小姐打了个回条,弹掉了烟斗的灰和关闭了起居室的灯之后,我也就欣然入睡了。

第二章

　　第二天早上我按铃要我的信件报纸时,我交给费罗小姐的便条的回话到来了,说是阿罗依·基尔先生一点一刻将在圣詹姆斯街他自己的俱乐部里恭候我;于是快一点时,我首先走进了我的俱乐部,自己要了一杯鸡尾酒,因为我敢肯定罗依是舍不得请我喝这种酒的。接着,我便沿着圣詹姆斯街走去,一边悠闲地看看店铺橱窗,发现时间还差几分钟(我有意不想太准时到),我又进了佳士得拍卖行,瞧瞧那里面有什么好看的东西。这时拍卖已经开始,只见一伙矮个深肤色的人正将一些维多利亚时期的银币互相传看,那拍卖人一边以不耐烦的眼神盯着他们的动作,一边有气无力地嘟囔着:"十先令了,十一先令,十一先令六便士"……这时正值六月初,天日晴和,街上风光很美,相形之下,佳士得拍卖行墙壁上的那些画作便显得黯然失色了。我走了出来。望望过往行人,一个个尽是一副心不在焉的神气,仿佛这美好的天日忽然打开了他们的心扉,于是在其营营琐琐的日常事务之中,他们也情不自禁地恍若有所感悟,因而都想停下步来,张望一下这幅人生图景。

　　罗依的俱乐部属于端肃一类。前厅接待室里只见着一个上了年纪的门房和一名听差;这时我不禁突生奇想,大概那里的人都给那茶坊头头奔丧去了。罗依的名字刚一出口,那听差即带我到一个无人的过道处挂好帽子手杖,然后将我引进一间空荡大厅,四壁张挂着巨幅维多利亚时代政治家画像。罗依从皮沙发上站了起来,向我表示热烈欢迎。

　　"我们就上楼吧?"他说。

我没猜错吧,他并不请我喝鸡尾酒,因而我不禁自叹还有先见之明。我跟着他走上了一段铺设着厚重地毯的华贵楼梯,楼梯上也没遇见谁;然后步入访客餐厅,那里也是只有我们两位。餐厅面积不小,摆设整洁,装有亚当式窗。我们傍窗坐定后,一名状颇拘谨的跑堂当即递上菜肴,上有牛羊肉与羔肉、冷鲑鱼、苹果饼、大黄饼、醋栗饼,等等。当我把这份老一套的菜单溜了一眼后,我不禁暗自叹息,明明拐角的地方就有法式烹调,那里不仅热热闹闹,还能看到穿着夏装的漂亮女人。

"我觉得火腿牛肉饼不错,"罗依发话道。

"好的。"

"色拉由我自己调拌,"他以一种随便但带着命令味的口气对跑堂说,接着,再次扫了一眼菜单,慷慨地问道:"再配上点芦笋如何?"

"再好不过。"

他的神情此刻更加庄重起来。

"两客芦笋。转告厨师长,芦笋要他亲自来挑选。好了,你想喝点什么? 来瓶莱茵白葡萄酒好吗? 我们倒是挺喜欢这里的白葡萄酒的。"

我表示同意后,他马上对跑堂的说把管酒的司务叫来。看到这个,我不禁对他这种下命令时既有派头又有礼貌的本领深为倾倒。我想一位威仪十足的帝王在召见他的陆军元帅时大概也不过如此。说话间,那身穿黑色服装,颈上挂着银项链职司标记的胖酒司务,早已手捧酒单一份,趋向桌前。罗依对他只是略点下头,说道:

"喂,阿姆斯特朗,我们要点莱茵白,要二一年的。"

"好的,先生。"

"味道保存得如何? 还相当好吧? 这东西已经不可多得了,

你说。"

"不可多得了,先生。"

"有了困难也不该就罢手吧,阿姆斯特朗?"

罗依此时对那司务真是满面春风,笑容可掬。司务从他和俱乐部成员们的长期接触中意识到他现在还得有句回答。

"不该,先生。"

罗依又笑了,一双眼睛正瞅着我。这大概是想说,阿姆斯特朗这人很有趣吧?

"好的,把它冰镇一下,阿姆斯特朗;当然也别太厉害,刚好就行。我是想让我的客人见见,我们这里干什么都是有讲究的。"他转过脸来。"阿姆斯特朗已经伺候我们快五十年了。"酒司务走开后,他接着讲道:"你不反对我们到这儿来吧。这里安静,能在一块好好谈谈。我们已经好久没这么谈过了。你看起来气色很好。"

这话使我也注意了下他的容貌。

"比你差得远了,"我回答道。

"这也是规矩虔诚和不乱喝酒的结果,"他笑道。"另外工作忙,活动多。还打高尔夫吗?哪天我们一定得玩上一场。"

我清楚罗依在这方面的本事不坏,因而花上一天时间来跟我这样一个不太行的对手打球,他是不会乐意的。好在这种邀请不过那么一说,接受下来也毫无关系。他的确看起来十分健康。他的鬃发已经有点变灰,但这样反而更加耐看,他那真诚和晒得发黑的面孔显得更年轻了。他的一双时时刻刻透着热情坦率的眼睛总是那么晶亮有神。当然他已不是他年轻时的那副身段,所以跑堂的送面包卷时他只要点燕麦饼也就毫不奇怪了。不过稍稍发福之后只会使他看起来更有派头。他讲的话也显得更有分量。正因为他的动作比过去来得迟缓了些,你对他的信任程度反会增加;他往那席位上一坐时显得那么稳重厚实,给人的印象简直就像在你的面前竖上座碑。

我说不准,我上面转述的那段他与跑堂的闲谈是否像我想的那样已经表明,他的谈吐一般来说是既不奇妙,也不精彩的,但是他的话却来得非常容易,他又那么好笑,所以你有时也就难免产生错觉,以为他讲的也是挺有趣的。不过他倒是从来不愁没有话说,另外讲述起当前种种问题来,他的话语总是那么轻松,听起来倒也不费脑筋。

不少作家因为长期与文字打交道,于是养成了一种坏习惯,说话的时候太好咬文嚼字。他们不自觉地把句子造得过于讲究,以便在表达意思上用字不多不少,恰如其分。这样,同作家们交谈对于那些上流社会的人们来说便成了一件可怕的事;他们的词汇往往超不出一些简单的精神需求,因此想同作家打打交道也会裹足不前的。但是在罗依身上人们却没有这类受拘束的感觉。他谈起话来总是调子活泼,语言好懂。他同一位骑马的伯爵夫人讲话时所用的词也就是那一般马夫的词。所以人们对他就既感兴趣又放心了,称赞他一点也不像个作家。他对这种夸奖也最感满意。其实聪明人讲起话来总是好用许多现成词语,不论名词、形容词或动词都是如此,这会使你的闲谈轻松而有光彩,同时又省得太费脑筋。美国这个全世界最有效率的民族就把这种技巧发挥得淋漓尽致,他们创造出了那么多简练而陈腐的词句,所以谈起话来一点不用思考,便能热热闹闹、十分有趣地闲扯上半天,这样他们也就能腾出工夫来认真考虑一下赚钱或和奸等更重大的问题。罗依的库存里便有着大量这类东西,他对一些能表达出微妙意义的词的嗅觉也最灵敏;这些增强了他语言的风味,但又恰到好处,而且每次使用起来总是那么兴致勃勃,就仿佛是他那饱满的头脑里新铸造出来似的。

此刻他便正在谈这谈那,谈我们间的共同朋友,谈最近的新书,谈歌剧,等等。他真是快人快语,满面春风。当然他一贯是热情友好的,但他今天的热情友好却简直要让人吃不消。他深深叹息我们见面的次数是太少了,而且以极大的诚恳(这本是他最动人的品质之一)让我知道,他是多么爱我并且对我是多么重视。所以我感觉到我对他的这份友情也"不该就罢手"了。他问了我现在正写什么,我也问了他现在正写什么。我们都互相表示,我们谁也都还没有取得各自应有的成功。我们都吃着火腿牛肉饼,罗依还向我介绍了他的色拉调拌法。我们都畅饮着白葡萄酒,也都咂呣着嘴,表示不错。

我不禁在揣摩,何时他才会进入正题。

我无论如何也无法相信,值此目前伦敦社交季节的大好时刻,阿罗依·基尔竟肯花费半天工夫去和一个既非书评家,又在任何方面绝无影响的同行作家仅仅来谈谈马蒂斯、马塞尔·普鲁斯特和俄国芭蕾舞吧。更何况,在他欢快的背后我已经隐隐看出他带有着某种的焦虑不安。如果不是我知道他此刻的处境相当不错,我真不免会疑心他这是想向我告借一百镑钱。看来要找个机会说明来意,一顿午饭的工夫还怕不太够了。我清楚这个人是素来谨慎的,或许他的想法是,既然这次晤谈只是多年暌隔后的初次见面,所以也就最好用来叙叙友情,而这顿丰盛愉快的午餐只当作是一般的投饵罢了。

"到隔壁房间去喝点咖啡如何?"他问道。

"悉随尊便吧。"

"我觉得那里更舒服些。"

我随他走进另一个房间,那里更加宽敞,设有宽大的皮扶手椅和巨型沙发,桌上还有各类报纸杂志可看。屋角地方有两个年纪大的人正在低声谈话。他们对我们很不客气地瞥了一眼，但罗依还是热情地向他们打起招呼。

"好哇，将军，"他提着嗓子，笑着点头。

我在窗前站了一下，看看那美好的天日，这时我真想对圣詹姆斯街的许多掌故逸事能多知道一些。惭愧的是，我就连对面那个俱乐部的名字都叫不上来，但也不敢去问罗依，不然哪个体面人都了解的事情我居然有所不知，肯定要招他小看的。他把我唤了过去，问我咖啡之外是否再配点白兰地，我说不用，但他还是要了。这个俱乐部的白兰地是有名的。我们并排坐在那漂亮壁炉旁的一只沙发上，也都点起雪茄来。

"最后一次爱德华·德律菲尔来伦敦时，他就是和我在这儿吃的午餐，"罗依漫不经心地开腔道，"我请老人尝了尝我们的白兰地，他感到非常满意。刚过去的周末我就同他的遗孀在一起的。"

"是吗？"

"她多次问起过你。"

"多承她的好意了。没想到她还记得我。"

"真的，她记得的。六年前你不是还在他们家吃过午饭吗？她说老人是很愿意见到你的。"

"可夫人并不愿意。"

"这你可是完全误会了。当然她不能不非常小心。前去求见的人实在多得成灾了，她不能不节约点他的精力。她总是担心老人干得太多。你想想看，由于她的精心护理，老人不仅活到八十四岁高龄，而且至死各方面的官能都没出毛病，这事也就很不简单。老人故世以后，我一直常去看看夫人。她感到非常孤独。毕竟她在老人身上费了二十五年的心血。真是像奥赛罗的妻子那样的无微不至。我是怪同情她的。"

"她好像年纪还不太大。说不定她还会再嫁人的。"

"啊,不会,她不会再嫁。那可太不妙了。"

话到这里,停了一下,我们又啜起白兰地来。紧接着罗依继续讲道:

"目前还活着的人里面,你大概算是一位对德律菲尔出名之前的那一段时期比较了解的人了。你曾经一度常见着他,对吧?"

"倒是见过不少次。那时我还是个孩子,他已经是中年人了。所以我不可能和他在一起吃喝玩乐。"

"那倒可能不会,但你总会知道不少其他人不了解的东西。"

"当然知道一些。"

"那么你有没有想写点关于他的回忆录之类的打算?"

"天哪,没有!"

"难道你不认为你应该写点吗? 他是我们当代最伟大的小说家之一。维多利亚大家中的最后一位。一个了不得的重要角色。在近百年来,不少具有传世价值的作品当中,他的小说就在里面。"

"我不清楚。我总觉得他的小说相当让人厌烦。"

罗依凝视着我,眼睛里几乎笑出泪花。

"这真是只有你才讲得出! 不过,你总得承认,你在这点上是少数派。我不妨告诉你,我看他的小说已经不是一次两次,而是六七次了,而每读一次,都有新的收获。他故世后人们写的许多悼念文章你都看过了吧?"

"看过一些。"

"各方面的看法竟然那么一致,也是够惊人的。我是篇篇都看了。"

"如果大家说的全都一样,那又有什么说头?"

罗依把他那宽阔的肩膀善意地耸了耸,但不回答我的问题。

"我觉得《泰晤士报文学副刊》上的那些纪念文章是太精彩了。老人如果能活着看到该有多好。我听说不少季刊下几期里还有这类文章。"

"我还是认为他的小说相当让人厌烦。"

罗依宽容地笑了笑。

"难道你就丝毫没有一点不安吗,你竟和每一位权威人士的看法都不一样?"

"没有什么不安。写作这事我已经干了三十五年了,这个期间不知有多少人曾经被人捧作天才,他们也都荣耀过一时半时,接着也就默默无闻了。这种情形我确实见得多了。我常纳闷这些人的近况如何。他们是已经死了,关进疯人院了,还是隐蔽到什么机关办公室里去了? 我不知道他们是不是还在悄悄地把自己的书借给哪个穷乡僻壤的什么医生或老小姐去念。我不知道他们是不是还在哪个意大利人开的膳宿公寓里面继续充当其伟人角色。"

"这话不错,他们不过放了通空枪罢了。我了解他们的情形。"

"不仅了解,你还讲过他们。"

"那也是不由人的。但凡可能,谁不愿意帮人一把,当然谁也明白他们是成不了气候的。算了,不提这些,热心肠总不是坏事,但是德律菲尔毕竟跟这些人的情况不同。他的全集不下三十七卷,沙斯比书店最近新到的全集每套售价也已高达七十八镑。这就说明些问题。书的销售量也在逐年上升,去年要算是最好的一年。这点你相信我吧。上次我去见德律菲尔夫人时,她就把账单让我看过。所以德律菲尔的地位是确定了的。"

"谁又敢说?"

"可你却认为你敢,"罗依的话针锋相对。

但是我并不泄气。我明白我是在有意气他,他生了气我才高兴。

"我总觉得我年轻时候凭着直觉做出的那些判断至今还是对的,人们对我讲卡莱尔是位伟大作家,于是我发现《法国大革命》和《裁缝哲学》读不下去时,我只能感到惭愧。但现在的人谁又读得下去? 我总以为别人的看法比我自己的高明,所以也就硬使自己相信乔治·梅瑞狄斯①宏伟壮丽。内心之中,我却觉得他矫揉造作,啰里啰唆,并不诚恳。今天不少人不也是这么看吗? 因为别人说了,能欣赏华尔特·佩特②便说明你是个教养高的青年,我也就能欣赏起华尔特·佩特来,可天知道《玛里乌斯》③简直把我腻死!"

"不错,我也觉得现在很少有人读佩特了,当然梅瑞狄斯早已垮了,另外卡莱尔也只是个自命不凡的虚夸角色。"

"但三十年前他们都还是那样一副仿佛万世不朽的神气!"

"可你自己就从来没弄错过?"

"也错过几次。我过去对纽曼④并不重视,现在看法变了。我过去对菲茨杰拉德⑤的那些丁丁当当的小诗不免评价过高,我过去觉得歌德的《威廉·麦斯特》让人读不下去;现在我认识到那是他的杰作。"

"那么哪些你过去就认为不错,今天仍然认为不错?"

"好的,比如《项狄传》、《阿米莉亚》、《名利场》、《包法利夫人》、《帕尔玛修道院》和《安娜·卡列尼娜》。还有华兹华斯、济慈和魏尔伦。"

"如果我这么说你不介意的话,我并不觉得你的见解多么

---

① 乔治·梅瑞狄斯,英国小说家(1828—1909)。
② 华尔特·佩特,英国文艺批评家与散文家(1839—1894)。
③ 佩特所著历史小说(1885)。
④ 纽曼,英国著名主教与散文家(1801—1890)。
⑤ 菲茨杰拉德,英国诗人,《鲁拜集》的译者(1809—1883)。

新鲜。"

"我完全不介意你这么说。我也不认为它怎么新鲜。但是你问起我来为什么我相信自己的判断,所以我也就作了点解释,意思是,不管(由于胆怯或出于尊重)我对当时最有学问的人的意见发过什么议论,我对某些曾经受到过赞赏的作家并不真正赞赏,而后来情况的发展证明,我当时正是对的。另一方面,我原来就真诚地和凭直觉而喜爱的东西都经受住了时间的考验,不仅和我个人的看法一致,也和评论界的普遍看法一致。"

罗依半晌没有作声。他只是将眼睛直盯着杯底,但这是想看看那里还有没有咖啡,还是想找句话说,我就说不清了。我用目光向壁炉上的挂钟扫了一下。看来这工夫我也就差不多该告辞了。或许我误会了罗依的意思,他今天邀请我只是为了我们能在一起随便聊聊莎士比亚和奏乐杯。我不禁责备起自己来,我也许把他想得太坏了些。我不安地望了望他。如果他的意思不过这样,那他此刻一定会感到挺受屈的。如果他今天忽然表现得有点超脱,那很可能是因为他也感到目前外界对他的压力太大了些。但是他瞧见了我看钟的事,于是紧接着讲道:

"我不明白,你怎么能否认这样一个事实,就是,如果一个人能够一连气干上六十来年,一本接一本地写出那么多的书来,而且使他的读者人数经久不衰,愈来愈多,那么这个人总会是有点不寻常的地方的。至少你从佛恩院①的书架上不难看到,德律菲尔的作品已经被译成不少文明国家的语言。当然我完全承认,他笔下的不少东西在今天看来已经不免有些过时。他开始享名的那个时期文风不佳,他也确实颇有冗长累赘的毛病。他的不少情节都带有夸张造

① 这本小说中的重要人物德律菲尔在黑斯太堡的住宅名。

作的悲欢离合那一套;但是至少有一点你不能不承认它:那就是美。"

"是吗?"

"说千道万,这一项品质还是最了不起的,出自德律菲尔笔下的篇篇页页没有一处不是流溢着美。"

"是吗?"

"真可惜,他八十大寿那天我们赶赴乡下向他奉赠他的画像时,你没能出席。那真是个令人难忘的场景。"

"我在报上看到了。"

"那天到会的不仅有作家,那次盛会是最有代表性的——科学、政治、企业、艺术和社会上的各界人士全都到了;那么众多的名流显贵一齐都在黑斯太堡的站上下车,这真是百年不遇的盛况。当首相阁下亲自将荣誉勋章一枚捧授给老人时,那情景确实是太动人了。首相还发表了一篇漂亮的演说。不瞒你说,在场很多人的眼睛里都噙满泪花。"

"德律菲尔也哭了吧?"

"没有,他倒显得出奇的平静。他还是他那老样子,非常怯生,你知道的,非常平和,很有礼貌,当然也很感谢大家,只是有点乏味。德律菲尔夫人怕他累着,所以人们一进了餐厅,就让他回书房了,只用托盘给他送进点吃的。我趁客人们喝咖啡的工夫溜了进去,只见他一边抽着烟斗,一边望着那帧画像。我问他觉得肖像画得怎样。他只是笑笑,并不回答。但他问我他能不能把假牙取下来,对这我回答说,那可不行,代表团马上就要进来和他告别。接着我问他,他是不是觉得这是个极不平常的时刻。他只嘟囔了句,'稀奇,真是稀奇。'但我认为,实际上他已经兴奋得支持不住了。他晚年吃饭和抽烟的样子实在邋遢——装烟斗时总把烟末撒得满身都是;德律菲尔夫人最不喜欢人们看见他那样子,当然她并不在乎我的。我帮他稍稍收拾了一下,紧接着人们便进来同他握手告别,一起返回伦敦去了。"

我站起身来。

"我确实得告辞了。这次会见非常让人高兴。"

"我也正要去参加莱斯特美术馆的预展。我认识那里的人。你要想去,我可以带你进去。"

"谢谢你的好意。他们也向我发了邀请。不过,我不打算去了。"

走下楼梯,我取了帽子。出了街门,我向着皮卡迪利街走去,这时罗依讲道:

"我陪你走到顶头。"说着,跟了上来。"你认识他的前夫人吧?"

"谁的前夫人?"

"德律菲尔的。"

"哦!"我已忘了德律菲尔了。"是的。"

"很熟?"

"还行。"

"我想这人挺糟糕吧?"

"我倒没这个印象。"

"她一定相当平庸。她在酒吧里当过女招待吧?"

"不错。"

"我真不明白他怎么就娶了她。我常听说她对德律菲尔非常不忠实。"

"非常。"

"你还能记得她的样子吗?"

"是的，记得清清楚楚，"我微笑道。"她人很甜蜜。"

罗依竟笑了出来。

"一般印象怕不是如此吧。"

我没有回答他。这时我们已到了皮卡迪利，停下步来，我伸出手来和他道别。他握了握，但我觉得，他已不再像他平日那样热情。我的印象是他对这次晤面感到失望。至于为何失望，我猜测不出。他所有求于我的，我没有能够做到，但这也是因为，他心里藏的什么，他一点也没有向我透露。于是当我走出里兹旅馆的街外拱廊，沿着公园栏杆，最后来到半月街的对面时，一路之上我仍然在想，是不是今天我的态度有点过于生硬。显然这会使罗依觉着，要想求我为他办点什么，目前的时机还欠成熟。

我顺着半月街走了下去。在经过皮卡迪利的一番热闹喧嚣之后，这里的一切都显得惬意和幽静。它予人以端庄体面之感。这里不少住宅都出租房间，但不用庸俗的招贴方式；一些人家只像医生那样，门外钉上一方表示这类意思的光净铜牌，另一些人则在门上扇形窗那里清楚地涂出房间一词。个别住户尤其慎重，只将房主的姓名书写出来，这样不了解的人很可能误会是家裁缝或放债的人。这里完全不像杰尔敏街那么交通拥挤，尽管同样出租房间；只是偶尔哪个门前才停了辆不带司机的漂亮汽车，或从出租车里走出位中年妇女。你会觉得，居住在这里的人也不像杰尔敏街的房客那样，多少带有些吃吃喝喝或不正经的味道，例如一些赛马狂早上起来宿醒未醒，头不舒服，还要继续要酒，以求解醒。前来这里投宿的不是为了赶趁这一年一度的社交季节的体面农村妇女，就是属于某些不对外的俱乐部的年迈成员。你会觉得，这些人很可能年复一年地都前来他们的老地方去住，或者因为原来就在那里当差而认识他们的旧主。我现在的房东费罗小姐就曾在这里一些体面人家当过厨娘，但这个你如果从她去夏帕市场购物时的那副神气上是看不出的。她并不像一般厨娘那样,又红又胖,带邋遢相;她身量细长,腰杆直直,穿着整洁而又入时,人虽半老,仍然眉清目秀,另外搽着口红,戴着眼镜。她精干稳当,稍带点冷嘲神气,花钱也痛快。

我目前租的房间就在一楼。客厅墙壁装饰着云石状的贴纸,上悬水彩画多幅,内容多属英雄向美人告别或骑士宴聚华堂等浪漫传奇题材;室内另有凤尾草等多盆,安乐椅上铺着褪色的皮面椅罩,见后颇给人以上个世纪八十年代的滑稽感觉,如果探头窗外,你也会觉着入眼的只应当是辆汉孙式的双轮马车,而不该是什么克莱斯勒牌汽车。至于窗帘,全是那厚重带纹面的朱红呢绒。

第三章

　　那天下午我本来有不少事情要办，但是我同罗依的谈话，前天我头脑里留下的种种印象，那些在一般尚未衰老的人心中常常萦绕着的往日回忆，以及当我步入室内，整个房间给予我的许多连我也莫名究竟的一种特殊强烈的畴昔之感，所有这一切竟使我无心工作，而听任自己的思想沿着回忆之路彳亍下去。一时之间，仿佛所有在各个时期曾经在这所房间里寄寓过的人们，不管是蓄着溜圆络腮胡子、身着长大礼服的男人，还是配有撑裙褶的腰垫、穿着滚边裙衫的妇女，都以其稀奇古怪、陈旧过时的形态服饰一齐向我胁迫威逼过来。伦敦街市的喧嚣，这点我也弄不清是真正听到还是想象会是这样（我的居处已在半月街的顶端），以及晴光如织的六月美丽天日，都给我的悠然遐想带来某种近乎伤痛的辛辣味。这时我眼睛里的过去已经失去了它旧日的真实，也仿佛成了戏中的场景一般，而我自己则正在那黑暗的楼座后排引领遥望。不过大体来说，一切也都清清楚楚。它并不像我们正在过着的生活那样，什么都显得非常模糊，因为这时各种感觉印象纷至沓来，弄得轮廓不清；而是样样斩截分明，仿佛一帧出自维多利亚中期某位辛勤画师的山水油画那样。

　　我觉得，与四十年前相比，我们今天的生活乐趣多了一些，另外人与人的关系也比以前更加融洽。也许那时候的人比今天更加可敬可尊，他们身上具有着许多更为重要实在的美德，而且我还听说，他们的知识学问也比我们更为扎实；这我就不知道了。我知道的是他们的性情更加暴躁，他们的食量过大，不少人还饮酒太多，但很少参加体育活动。他们的肝脏常出问题,他们的消化常出毛病。他们还好发脾气。这里我说的并不是伦敦,那里我在成年以前是不熟悉的,也不是说的那些喜欢打猎射击的贵族老爷,我说的是乡下,是那些一般的人,财力有限的乡绅、退伍的军人、牧师等等,这些人正是地方社会的中坚。他们的生活实在是最乏味的。那里高尔夫球场是见不到的;网球场也只是极少数的家庭才有,又都保管不善,去打球的也只限于年轻一代;不错,会议室里每年照例举办一次舞会;有马车的阶层午后有时会驾车出去转上一遭;至于其余的人便只能安步当车了。也许你会说,没有见过的东西他们也就不会想望,另外他们总还是不断能从彼此提供的有限娱乐(例如茶会时候带乐谱来,唱支怀特或陶斯蒂的歌曲)中获得某种快感,但是毕竟长日漫漫,难消永昼,经常感到十分厌烦。这些命中注定一生一世也只得毗邻而居的人关系常常处得十分糟糕,他们天天出门都会碰个顶头,但却一二十年互不招呼。他们个个虚荣心盛,执拗而又古怪。而这种生活也就最容易产生古怪性格。他们倒是不像我们今天这样,谁跟谁都是一个模式;他们甚至会因为这类怪癖而变得小有名气,但他们却不太好打交道。或许我们今天已经过于飘浮和漫不经心,但至少我们在待人方面不像过去那样太好猜疑;我们的态度比过去更加直率,但也更加和蔼了些;我们学会了更多的谦让,另外我们不再那么固执乖张。

我自幼随伯父母居住在肯特郡滨海的一个小镇郊区,名叫黑斯太堡。伯父在当地任牧师,伯母家原为德籍。她出身于德国一个没落贵族家庭,结婚携来的嫁妆不过一张写字台和一套大玻璃杯而已。写字台属镶嵌细活,为前两个世纪先人遗物,玻璃杯当我来这里时已不成套了,只摆在客厅充当装饰。我很喜爱那上面雕镂深深的绚丽纹章,这些我已记不清有多少了,我伯母都耐心给我讲过,另外它的底部衬物很美,冠顶部分更有传奇味道。伯母那时已上了年纪,朴实谦和,性极虔诚,虽然嫁给她那但凭年俸度日的牧师丈夫已经三十余年,可从未忘记过她是贵族出身。所以,某年夏天当一位在当时金融界很有些名气的伦敦银行家到附近来度假时,虽然我伯父也去拜会了他(其目的我以为无非是为给牧师协会筹笔捐赠),伯母自己却绝不肯屈尊前往,理由是,那人不过是个做买卖的。谁也不认为她这是自抬身价,反而觉得她做得合情合理。那银行家有个孩子正是我这年纪,于是也就不知怎的和那孩子认识上了。我至今还记得我想请他来我们家时引起的那番议论;这事倒是勉强答应我了,但却不准我到他家去。伯母说,照此下去,我不久就该到卖煤的家里去做客了,我伯父也接着讲道:

"不良的交往是要败坏高尚家风的。"

银行家每个星期天总是要到教堂去做礼拜的,而且每次都在捐款盘里放入半个金镑,但是如果他认为这种慷慨举动便能给人留下良好印象,那他可完全错了。黑斯太堡的人全都看到了这个,但却认为这是在故意摆阔。

黑斯太堡主要由一条通往海上的弯弯曲曲的长街组成,沿街多为二层小楼,大半为居民住宅,但也有不少铺面;从这道主干又分出去若干不长的街道,属于近年所修,其一端与农村相连,另一端的尽头为沼泽地。港口附近则纵横交织着许多狭窄的曲折小巷。天天有不少船只把煤从新堡运到这里,所以口岸上也是挺活跃的。当我年龄稍大,已经被允许单独外出时,我常常一连几个小时地逗留在这里,不是来观看穿着短装、满身灰尘的粗犷工人干活,就是跑去看船只怎么卸煤。

正是在黑斯太堡这里我第一次见到了爱德华·德律菲尔。那时我十五岁,刚从学校回来过暑假,抵家后的第一个上午我就带上毛巾和游泳裤去了海滩。那天空中没有一丝云翳,气温很高,但那北海的水面却给携来一种可爱的爽劲气味,所以即使一事不做,也会使人十分愉快。寒冬季节,这里的人走在那空旷的街道上时总是加快脚步,缩着脖子,生怕给那凛冽的东风吹着,但此刻却都悠闲自在起来;成群结伙地伫立在肯特公爵和熊与钥匙酒吧之间的空地上面。这时进入你耳鼓的尽是他们的那种东部英语,说起话来拖着长腔,口音也许非常不佳,但是由于旧日的联想关系,我倒觉得也自有一种闲适之美。他们大多气色很好,碧眼淡发,颧骨高高。在性情上他们也都诚实坦率,心地光明。我倒并不认为他们如何聪明,但却绝不奸诈。他们身体也好,虽然一般个子不高,但都坚强结实,富于活力。那时黑斯太堡街上的交通还不发达,那些在路边谈话的人如果想走动走动,除了搭搭医生或面包师傅的简便马车之外,实在没有什么车辆可坐。

路过银行,我顺便进去看望了一下那主事人,他正是我伯父的教区委员。出来后,我遇见了伯父的助手。这副牧师停下脚步,向我问好。他身边还跟着个陌生的人,但也没有给我介绍。这陌生人个子矮小,蓄着胡须,穿着相当俗气招眼——一身鲜亮的棕色灯笼式衣裤,裤管齐膝,又短又窄,下着海军呢色长筒袜,黑皮靴,头戴一顶圆顶硬礼帽。灯笼裤在当时,至少在黑斯太堡那里,还不时兴,而我自己那时又年轻气盛,于是马上断定这人是个小厮式的家伙。同副牧师攀谈中间,只见他非常友好地望了望我,那淡蓝色的眼睛里还透着微笑。我觉得他实在很想也凑过来谈上句话,于是立即摆出一副傲慢架势。我是绝不能让个穿灯笼裤的人(猎场看守员就是这副打扮!)也轻易来跟我讲话的,至于对他那种假装友好的冒失做法则尤为反感。而反观我自己,浑身上下就无可挑剔;裤子是法兰绒白裤,上衣是蓝运动衣,胸前口袋上佩着校徽,头上戴的则是灰色宽檐草帽。接着副牧师向我告辞(这正是再好不过,因为在街上同人谈起话来时,我总是不知道怎么才能脱开身子,结果满面羞愧,而找不到适当时机),但告诉我说他下午要来见我伯父,请我代为转达一下。分手时那陌生人又向我点头微笑示意,但得到的却是我的冷峻目光。据我看这人准是个前来消暑的游客,而我们黑斯太堡的人是不跟这些游客打交道的。我们觉得伦敦人俗气。人们常讲,每年都要从那里来上不少这种不三不四的家伙实在是桩头疼的事,当然这对买卖人不为无利。但即使是他们,每逢九月过后,也会感觉能舒出口气,于是整个黑斯太堡又重新回复到它平时的宁静。

带着还没干透的湿头发,我赶回家去吃午饭了;饭间我讲道我路上遇见了副牧师,说他下午要来。

"老舍菲德太太昨晚死了,"我伯父解释道。

这副牧师名叫盖洛威,长得又高又瘦,脸小面黄,头发乱蓬,实在是个其貌不扬的人。我知道他还非常年轻,但给我的印象却是已经很不小了。他讲起话来过于赶忙,又特别好做手势,使人觉着够古怪的。我的伯父本来也并不喜欢他,但觉得他人还勤快,又加上他自己很懒惰,也就乐得有个人来替他分担点事。

盖洛威先生在牧师宅里办完事后,就进来向我伯母问安,于是被留下吃茶。

坐下之后,我便问他,"今天上午跟你在一起的那人是谁?"

"啊,那人叫爱德华·德律菲尔。我没有给你介绍。我不清楚你伯父是否愿意你同他认识。"

"我看完全没这个必要,"我伯父说。

"那么,他是谁呢? 他不是黑斯太堡人吧?"

"他倒是在这个教区里出生的,"伯父说,"他父亲当年曾在佛恩院的沃尔夫老小姐家里当过管家。不过这家人是非国教教徒。"

"他娶了个黑斯太堡女人，"盖洛威先生说。

"我看总是通过教堂了吧，"伯母讲道，"她真的是在铁路之徽里当过酒吧女郎？"

"她看起来倒是很像那种角色，"盖洛威先生答道，说时笑了。

"他们是要长住下来？"

"我想是的。他们在有公理会教堂的那条街上租下了房子，"副牧师提供了这个情况。

那时期黑斯太堡新开的一些街道当然也都会有名字的，只是人们既不太清楚，也很少使用。

"他进教堂吗？"我伯父问。

"我还没跟他谈过这个，"盖洛威先生答道，"不过，这个人倒是挺有学问。"

"这我就很难相信了，"是我伯父的话。

"他在赫弗善学校念过书的，奖学金、奖品之类的东西也都拿到过不少。他还得过瓦得汉的奖学金，但因去了海上，没有享用。"

"我听说他是个轻浮冒失的家伙，"我伯父说。

"他就不像水手样子，"我插嘴道。

"这是因为他好些年前就离开海了。自那以后，他什么都干。"

"样样都行，一行不通，"我伯父道。

"目前，据我了解，他当了作家。"

"当不长的，"伯父评论道。

至此为止，我还没见过一位作家；我的兴趣来了。

"他写些什么？"我问道。"写书？"

"我想是的，"副牧师道，"还写文章。今年春天他出版了一本小说。他还答应借给我看。"

"如果是我，我是不会在这种无聊东西上浪费时间的，"我伯父说,而我伯父除了《泰晤士报》和《卫报》之外,确实是再不看别的。

"那本书叫什么名字?"我问道。

"他告诉过我,可我忘了。"

"至少你完全没有必要知道,"伯父紧接着道,"我最不赞成你阅读这类无聊小说。对你来说,假期里头最重要的就是多到外面去呼吸呼吸新鲜空气。另外,假期里也有作业吧?"

当然有的。读《艾凡赫》①。这书我十岁时就读过了。这时一想起还得再读第二遍,而且还得写上篇读后感之类的东西,真是把我厌烦得要死。

考虑到爱德华·德律菲尔今天的盛名,再想想当年他在伯父餐桌上遭受的那番议论,实在可发一笑。前不久他去世后,他的崇仰者中间颇曾掀起过一阵热潮,呼吁将他入祀威斯敏斯特大教堂。这时黑斯太堡的现任牧师,亦即我伯父身后第三任继承人,当即致函《每日邮报》提出,德律菲尔既为该地教区生人,复于故里多历年所(尤其最后二十五年),且若干名作又均以其地为背景,故合应归骨于肯特郡教区榆木之下,俾与其先人安葬一处,云云。一时间颇有相持不下之势。直至后来,威斯敏斯特教长既拒不接受,德律菲尔夫人亦表认可,其议遂寝,而黑斯太堡也才平静下来。德律菲尔夫人曾于报端登函郑重声明,安葬于其所熟悉与热爱的简朴之人中间,固亦其先夫之遗志云尔。不过我倒认为,除非黑斯太堡的要人全都变得迥异昔日,他们是未必很喜欢"简朴之人"这个词的,而我后来很快听说,那里的人也就从来"见不得"这第二位德律菲尔夫人。

---

① 英国小说家司各特所著的一本历史小说。

第四章

出乎意料,我与罗依共进午餐后不过两三天,竟接到爱德华·德律菲尔遗孀的一封来信,内容如下:

挚友如晤,

近闻上周先生与罗依谈先夫事甚久,谬蒙奖饰,良慰下怀。先夫在日,每提及先生,于先生之长才,尤深服膺。向者得于舍间共进午餐,固彼至欣快事也。且素有通书之雅,未审尚存得其遗墨否,若然,可复制否?倘蒙枉顾,作二三日之勾留,尤所至盼。此间安谧无滋扰,甚愿颁示来期,以备迎迓,重逢话旧,乐复奚似。届时容另有恳请。念在旧谊,唯望不我遐弃是幸。余不具。

未亡人艾米·德律菲尔再拜

说起这位德律菲尔夫人,她以前和我也只有过一面之缘,给我的印象也很平淡;她以"挚友"相称只能引起我的反感,仅仅这点也会使我拒绝接受她的邀请,况且对信的整个内容我也极为不满。不过回绝这事并不好办,不管我的托词如何巧妙,那不去的理由仍然瞒不过人:还是我不想去。至于德律菲尔的信件,我并没有。记得若干年前他倒是来过几次信的,但也都是短短几句,不过那时他还是个无名之辈,因而即使我还保存信件的话,一时也还轮不上他。那时候我又怎么可能知道他后来会被捧成我们当代最了不起的大小说家?我此刻的唯一顾虑是德律菲尔夫人讲了她要我为她干点什么。那一定会是桩头疼的事。但如果能办而不办,也不免有点说不过去,再说她的夫君毕竟还是位一代名人。

这封信是第一班邮差送来的,所以早饭之后我就给罗依打了电话。我的名字刚一报出,罗依的秘书便接给了他。如果我是在写侦探小说,我会马上怀疑到他们说不定就正守候在电话机旁,而罗依喊叫喂喂的有力声音也恰好证实了我的猜测。谁又能够这么一大早就那般兴高采烈。

"但愿我没有搅了你的早觉,"我说道。

"天哪,绝对没有。"他那爽朗的笑声登时顺着电波传了过来。"我七点就起来了。然后在公园里骑了骑马。我现在就去吃早饭。来吧,咱们一道去吃。"

"我对于你倒是充满好感的,"我回答说,"但是说到一起吃饭,我可不太希望找你。再说,我也已经偏过了。你瞧,我刚刚接到了德律菲尔夫人一封来信,她要我下乡住上几天。"

"不错,她跟我讲过要邀请你。我们可以一道去。她现在的球场很好,另外她待人也不错。我想你是会满意的。"

"她这是要我干点什么?"

"至于这个,我想她是会亲自对你讲的。"

罗依在说这话的时候,语调极温柔,我料想。假使他此刻正在同他未来的丈人谈他那尚未过门的妻子一定会不负她父亲的嘱托时,他的一副腔调大概也将不过如此。但这对我却全不抵事。

"快算了吧,罗依,"我说道。"我这只老鸟你用谷壳是逮不住的。别吞吞吐吐。"

电话的那头一下子不出声了。料想罗依一定对我那句话不太满意。

"你今天上午有工夫吗?"他突然来了这么一句。"我到你那里去看你吧。"

"也好,那就来吧。一点以前我都在家。"

"那么一小时后见。"

我挂好耳机,重新点起烟斗来。我把德律菲尔夫人的信又晃了一眼。

我还能清楚记得她信中提到的那次午餐。那时我正在离坎特伯雷镇不远的一位豪德玛什女士家度周末,女士为美国人,美而慧,夫君系贵族出身,爱运动,但头脑与风度都无可称述。也许是为了消除烦闷,她平日最好结交艺术界中人士。她的宾客各界都有,倒也颇为热闹。在她那里,贵族士绅往往带着诚惶诚恐的心情与那些画师、作家和演员们杂沓一处。豪德玛什女士对于她所宴请的人们的作品和画作从来不闻不问,但却喜爱这种交往,这样会使她觉得她对文艺界的情况并不陌生。所以当这次谈话中偶然说起了爱德华·德律菲尔,也即是她的有名邻居,而我又提到我过去一度还对他相当熟悉时,于是女士提议,我们应当趁下星期一前去同他一起吃顿午餐,因为那时她的几位客人就要返回伦敦了。对此,我提出反对,理由是我与德律菲尔已经有三十五年未谋面了,因而不敢保险他还记得我;而且即使记得(这点我倒没讲出来),也未必会有多大兴趣。但偏巧客人里有位年轻贵族,一位人们称作斯凯林勋爵的人,平日特别酷爱文学,因而放着自己肩头上的治国经邦的大事偏不去做,而一心一意要去写什么侦探小说。这位爵爷要去见德律菲尔的兴趣实在太强烈了,所以豪德玛什女士刚一提出,他便登时满口称善。客人中的另一主角是位身高体胖的年轻公爵夫人,而这位夫人对那位名作家的仰慕之情看来也不下于上述的爵爷,她竟为此连伦敦的一次约会也不顾了,宁可推迟到下午再返回那里。

"这样我们便正好是一行四人,"豪德玛什女士讲道,"再超过这个数目,人家就会接待不来了。我这就去给德律菲尔夫人挂个电话。"

我实在不想使自己搅在这批人里,于是便对这前去的事大泼冷水。

"这会使他厌烦死的,"我向他们提出,"他不会喜欢好多生人去缠扰他的。他此时年事已高。"

"正是因为这样,人们如果想去见他,就得趁现在去。他恐怕活不了太久了。德律菲尔夫人说过他还是愿意见人的。他们平时除了医生和牧师很少见着别人,所以我们去去,也会使他们觉着新鲜的。德律菲尔夫人就讲过,她欢迎我给她带去些有趣的朋友。当然她也不能不操心。缠着他要见面的人也太多了,而这些人无非出于无聊的好奇心理。不少访客和作家把他们的书硬是塞给他看,还有好些愚蠢、歇斯底里式的女人……但德律菲尔夫人妙极了。该挡的她全挡了,只是该见的她才让见。我的意思是说,如果登门求见的人个个都见,那他连一个星期也活不下来。她不能不考虑他的精力。自然我们是不同的。"

当然我会认为我自己是不同的;但是抬眼一望,我看出在座的胖公爵夫人和那位爵爷也全都认为他们是不同的;因此反对的话也就不便再说。

我们是乘坐一辆漂亮的黄色劳斯莱斯去的。佛恩院距离黑斯太堡三哩,为一座灰垩小楼,建造期据我看当在 1840 年前后,风格质朴无华,但质地坚实;房屋前后格局相同,两翼各有弓形窗一扇,中间平直部分为入门处,二楼两翼也各有一弓形窗,屋顶不高,为一朴素女儿墙遮住。环楼为一广阔花园,占地不下一英亩,园中林木翁郁,修剪精致,自客厅窗口望去,但见一片苍翠,缓缓而下,也颇怡目。但客厅内部殊无特色,全是一般乡间住房的布置样式,以致令人微感俗气。安乐椅与长沙发上罩的一律是各色漂亮花布,周围窗帘也是这类材料。齐彭戴尔①式的小桌上摆着盛满百花熏香的巨大东方盆盂。乳白的墙壁上张挂着一些可爱的水彩画,大都出自世纪初若干名家之手。室内花卉繁茂,养护亦佳,大钢琴上银框相片极多,大多为著名演员、已故作家与一般皇亲国戚等等。

难怪公爵夫人一见之后马上盛赞这所房子不错。这里的确也正是一位著名作家得以安度其晚年的理想地方。德律菲尔夫人在接待我们时态度谦逊而具自信。她的年岁,据我判断,此刻已在四十四五上下,面庞小而发黄,五官峻洁。头戴钟形黑帽,紧贴额头,身穿灰色长外衣,下着短裙。她身材纤细,修短合度,整洁利落,给人以精明干练之感。她那神情活像个当地乡绅的守寡女儿,整天在教区里跑上跑下,很有一番组织才能。进屋后她立即将我们介绍给两位来客,两人也都起立示意。他们正是黑斯太堡的现任牧师及其妻子。这时豪德玛什女士与公爵夫人马上便纡尊降贵,拿出一副贵族阶层对待平民的和颜悦色态度,以示她们从来就不曾意识到彼此之间有何地位名分差别。

接着爱德华·德律菲尔走进客厅。他的照片我在报上当然不断见过,但这次重见本人,还是让我吃惊不浅。他似乎比我原来的印象更矮小了,也更削瘦,头上稀疏的银发早就遮不住顶,面部刮得倒很干净,但一身皮肤已经稀薄得快成透明。他原来的一双湛蓝眼睛色泽已很黯淡,眼睑边缘还有红肿现象。他看起来确实已经老迈不堪,微命如缕,不久人世了。他满口露着雪白假牙,这就更使他的笑容显得造作而不自然。这次见他去了胡须,他的嘴唇显得更加单薄苍白。他身穿一套崭新的藏青哔叽西装,低矮硬领由于过大,充

---

① 齐彭戴尔,18世纪英国家具制造商,所设计的家具以线条优美、装饰华丽著称。

满皱褶的瘦长脖子露得更加明显;他还打着一条上缀珍珠的漂亮黑色领带。从外表看去,他活像一位正在瑞士消夏的微服出游的主教。

他进来时,德律菲尔夫人迅速向他瞥了一眼,然后带笑相迎;显然对他的整洁利落感到满意。

他向来客一一握手,并对每人讲了几句客气的话。轮到我时他讲道:

"承蒙阁下这样一位忙人名流远道前来看望我这老朽,实在不胜荣幸之至。"

这一下我可是不免吃惊起来,因为他的话语分明是在表示他以前根本没见过我,另外使我不安的是,同来的人必然怀疑,原来和他一度很熟悉的话不过是我吹嘘罢了。但我不信他已经把我完全忘了。

"我们最后一面离现在真不知有多少年了,"我强打精神地说。

他望了望我,实际上不过刹那工夫,但在我感觉上,却仿佛时间相当不短,紧接着我突然大吃一惊;他竟向我丢了个眼色。动作来得那么迅速,所以除我之外,谁也不会察觉,但因出自这样一位年高德劭的大人物身上,我简直无法相信自己的眼睛。不过只一瞬,他的面孔便又恢复了原来的镇定,依旧是那么睿智慈祥,恬静明察。

这时午餐开了,我们也就进了餐室。

这里面的一切同样也都样样堪称情趣隽雅,陈设考究。置放白银烛台的食器柜是齐彭戴尔式的,我们就餐的长桌也是齐彭戴尔式的。桌的中央为盛开着玫瑰的银盆一具,周围银盘之中盛满巧克力与椒味薄荷奶酥等等;盐缸也是银制,擦得锃亮,显属乔治时代器皿。乳白墙壁上悬挂着彼得·莱利勋爵的仕女图网线铜版画,壁炉贴面则一例为荷兰的青釉硬陶所饰。整顿饭菜的服侍人员为两名身着灰色制服的女用人。席间德律菲尔夫人尽管始终口若悬河，一边也还在这两个人的身上操着份心。使我羡慕不置的是，她竟凭着什么本领而能将这些肥胖的肯特姑娘（她们的那种健康肤色和高高颧骨不正说明她们还未脱净其"土气"吗？）训练成如此令人叹服的干练地步。况且这席午宴也办得恰合场景，漂漂亮亮，而又无摆阔之嫌。鳎鱼卷佐以白色酱汁，鲜嫩炸鸡配上番薯青豆，外加芦笋、醋栗之类，也可谓应有尽有。因而不管论餐室，论饭食和论待客之道，就一位名气虽大但财力有限的文士来说，也应算是不坏的吧。

德律菲尔夫人，正像不少文人的妻子那样，也是一位谈锋甚健的人，因而决计不能让谈话在她桌子的那头松弛下来；所以尽管我们都很想听听她丈夫那头正在讲点什么，却是不得机会。而此刻她快快活活，谈兴正浓。虽然德律菲尔的身体状况和年龄特点不能不委屈她一年大部分月份蛰居乡间，她还是能够抽出不少时间跑跑伦敦，以便能够赶上时代，所以很快她就同斯凯林勋爵谈到一起，就伦敦正在上演的剧目和英国美术院里的那批糟糕观众展开热烈讨论。据她说，她曾经两番出访，才把那里的全部绘画作了次通览，而且即使这样，许多水彩画还是未暇观看。她对水彩画是有酷嗜的；水彩画从不矫揉造作；而她最讨厌的就是矫揉造作。

所以，为不矫揉造作，席上主人与女主人也就各据桌子的一端；依次，牧师接着斯凯林勋爵而坐，牧师妻子接着公爵夫人而坐，如此等等。这时公爵夫人正对着牧师妻子大谈工人阶级的住房问题，在这方面公爵夫人确实要比她那邻座在行得多。这样，腾出身子，我也就能观察一下爱德华·德律菲尔了。此刻他正听豪德玛什女士讲话。女士显然在教他怎样来写小说，并给他开了个简单书目要他照着去读；而他也出于礼貌，表现得感兴趣，间或也插入一言半语，但因声音过低，听不到了。而当她什么时候说了句笑话时（她的笑话极多,而且说得极妙),他也跟着一声浅笑,并将目光朝她疾扫一下,其意仿佛在说:这个女人倒也还算机灵。一边追怀着往事,我的思想里不禁十分纳闷,他此刻对面前的这批贵宾到底做何想法,对他那位出落得如此利落,如此精明干练和事事善管和必管的现夫人以及他所生活于其中的这个优雅环境,又是个什么想法。我纳闷他是不是在偷偷怀念他早年的那些浪荡生活。我纳闷他是否认为这眼前的一切只是让他感到好笑,而他那文质彬彬的礼貌背后隐藏着的只是一肚子十足的厌烦。也许他感到了我的眼睛在盯着他,所以他也抬起眼来。他的目光在我身上停留了一晌,略带沉思状,看似温和,而实则异常锐利,但紧接着又突然地(这次就更加不容误会)向我丢了个眼色。由于出自这样一副充满皱纹的老迈面孔,这一轻浮举动也就愈发令人吃惊,它简直使人窘得不知所措。无奈何,报之以一笑而已。

这时正好公爵夫人和席上主人那头接起话茬,牧师的妻子便转向我道:

“你多年以前便认识他吧?”她低声问我。

说时她向周围瞟了一眼,以防他人听着。

“他妻子最担心的就是你勾引出旧事来让他伤心。他现在的身体已经虚弱不堪,一点小事他也会受不住的。”

“我一定要非常小心。”

“她对老人的照料实在是无微不至。这种奉献精神太值得人学习了。她非常清楚她照拂的是什么人。她的这种无私精神真是语言难以表达的。”说到这里,她的声音更放低了。“当然他已经十分老了,而老了的人非常不好伺候;可我从没见她发过脾气。应该说,她也是同他一样了不起的。”

这类谈话本来很难回答,但此刻我还是非说上句不行。

"总的来说,我觉得他看起来还是很不错的,"我勉强凑了句话。

"这全是他妻子带给他的。"

午餐既毕,我们又返回客厅,还未来得及坐下,爱德华·德律菲尔已朝我走来。我正同牧师交谈,因为缺乏话说,便一边望望窗外风景。这时我转身对主人道:

"我正说下面那一小溜房子真是挺有风致的。"

"从这里看的确不错,"望着那参差不齐的轮廓,一丝滑稽的浅笑不禁泛起他薄薄的唇边。"我当年就落生在那里头,好笑吧?"

但德律菲尔夫人已经面带笑容地匆匆赶了过来。她的声音又脆又甜。

"喂,爱德华,我敢说公爵夫人一定想看看你写作的房间。她再不能多停留了。"

"真对不起,三点十八分我就得从坎特伯雷去搭车了,"公爵夫人解释道。

于是全体鱼贯进入德律菲尔的书斋。书斋位于住宅的另一端,房间宽敞,同样有弓形窗,从窗外看到的景物也与客厅相同。这也正是一名文士的妻室为她心爱的夫君所能提供的最好房间。室内一切自然是雅洁之极,不过大量的盆花不免使它带上闺房气息。

"这就是他写出他后来许多作品的那张桌子,"德律菲尔夫人解释道,随手将一本面朝下打开的书合了起来。"这是那精装本第三卷的卷头画。一本时代小说①。"

我们全都对那书桌赞美起来,这时豪德玛什女士趁着众人不备,用手指沿着桌的底边悄悄溜了一下,以检验其是否赝品。见此,

---

① 翔实逼真地描写某一历史时代的小说。

德律菲尔夫人不禁向着我们粲然一笑。

"各位想要看看他的手稿吗?"

"当然想看,"公爵夫人答道,"然后我可就非走不可了。"

德律菲尔夫人当即从书架上取下一册用蓝色摩洛哥皮装订的手稿来。趁着其他人正满怀虔敬地审视那宝物时,我向着那四壁图书张望起来。正像一切作家那样,我疾迅地偷眼溜了一下,看看那里有没有我的作品,但是没有找着;不过我却见到了阿罗依·基尔的全套作品以及不少封面漂亮的小说,但看起来从没有打开读过;可以想象这些都是书的作者们自己赠送的,一来为向这这位大师表示尊敬,二来希望从他那里讨得几句赞词,以便将来印在出书广告上面。但所有这些书都安放得那么齐齐整整,干干净净,料想很少经人看过。那里当然有《牛津大辞典》,历代英文名著,例如菲尔丁、鲍斯韦尔、赫兹利特等人的书都应有尽有,一般都是装帧堂皇的标准版本,另外特别多的是航行水手一类的书;其中有关航行指南的各色封面的陈旧书册大多为海军部所颁发,其他园艺方面的书籍也颇有一些。这个房子看上去并不太像一位作家的工作间,倒是更像某个大人物的纪念堂,于是出出进进的尽是一些无事可干的闲杂游客,鼻中嗅到的也是这类陈列室里的那股沉浊发霉气味。我心想,此刻德律菲尔早已不再读什么书了,即使还读的话,也超不出《园艺志》或《航务报》之类的东西,在屋角处的一张桌上便堆着不少。

最后女士们已将她们要看的全部看完,我们便与男女主人殷殷道别。但豪德玛什女士却是个精明人,大概她此刻忽然想起,这次造访本是打着我的名义来的,但为何作为主角的我却同爱德华·德律菲尔几乎没有过上句话,于是一边对着我嫣然一笑,一边站在门首向那男主人问道:

"真没想到原来您和阿显敦先生多少年前早就认识。那时候他是个乖孩子吗?"

一晌之间,德律菲尔用他那平静而带揶揄的目光看了看我。我敢说,如果那时周围没有旁人,他完全会向我吐舌头的。

"啊,"他回答道。"我教过他骑自行车。"

于是我们再次进入那巨大的黄色罗斯车中,车开走了。

"他真是怪讨人爱的,"公爵夫人讲道,"我们的确没有白来。"

"他的礼貌也是挺不错的,对吧?"是豪德玛什女士的话。

"你没有想到他吃豌豆会用刀吧?"我问道。

"我倒宁愿他是这样,"斯凯林说。"那样更有意思。"

"我觉得那可挺不容易,"公爵夫人接着道,"我也试过几次,可豆子是待不住的。"

"你可以用刀来扎,"斯凯林建议说。

"完全不行,"公爵夫人反驳说。"你只能把它们放在平的东西上,不然就又滚跑了。"

"您对德律菲尔夫人的印象如何?"豪德玛什女士问道。

"我觉得她起到了她的作用,"公爵夫人答道。

"他的确年纪太大了,这老宝贝,没人侍候是不行的。您知道吗,她过去是当护士的?"

"是吗?"公爵夫人道。"我倒想过总不外是他的秘书、打字员之类的。"

"她倒是挺不错的,"豪德玛什女士道,对她的朋友作着热情辩护。

"不错。"

"二十年前德律菲尔害过一场大病,那时就是她侍候的,病好以后就娶了她。"

"有些男人的做法也是够滑稽的。她要比德律菲尔小得多了。她不会超过——比如说——四十或四十五吧?"

"不,我想不止这个。恐怕有四十七了。我听说她为德律菲尔做了不少事情。我的意思是说,她使德律菲尔能拿得出去了。阿罗依·基尔就跟我说过,他以前是太不修边幅了。"

"一般来说,作家的老婆都是够讨厌的。"

"而又不得不要她们,真是太烦人了。"

"烦人? 简直是要人命。奇怪的是她们自己竟无感觉。"

"可怜虫,她们还自以为别人觉着她们怪有趣的,"我也嘟囔了一句。

我们不久抵达坎特伯雷,把公爵夫人送往车站后,车便又开走了。

第五章

一点不假,爱德华·德律菲尔教过我骑自行车。也正是因为这样我和他才认识的。我说不清我们今天骑的安全自行车①的历史已经有多久了,但据我所知,至少在我所居住的那块属于肯特郡那样的偏僻地方,骑车这事当时还不流行,所以当人们看到有谁骑着一副鼓胀着的轮胎疾驰而过时,总不免要转过头来,侧目而视,一直望到再看不见。所以骑车这事在一般中年人的心目当中还是件笑柄,这些人最爱讲,还是坐坐步辇来得便当,至于对那些老年妇女,则是个可怕的事,她们见到谁骑了车子过来,马上会冲向路边,避之唯恐不及。很久以来我内心便对那些能够骑着车子进入校园的学生充满着羡慕。如果进门的时候再能手不扶把,那就更能使你大显身手。于是我终于使我的伯父答应让我买一辆。尽管伯母并不赞成,说骑车会丧命的,伯父在这件事上倒还没有特别坚持,因为反正费用由我自付。我在暑假没放之前就订下了车,所以没过几天,车已经从坎特伯雷那里运了过来。

我下了决心要自己学会骑车,因为学校里的同学们常讲,他们只用了半个小时就学会了。我练了又练,最后终于发现,我自己实在是太笨了(虽然今天我却不免认为那话有点夸大),所以尽管后来我已经放下架子,能够容忍那花匠来扶我上车,但是一个上午过去,我还是和开头时一样,自己一个人上不了车。我又觉得牧师宅里的马车道过于弯曲,不利于人发挥才能,第二天便把车推到附近一处我认为非常笔直平旷而又特别僻静的地方,以免人们看着我的可笑样子。我三番五次地去练习上车动作,但每一回都跌了下来。

我的小腿让脚蹬子给蹭破了,心里更是又气又恼。这之后我又练了大约一个小时。虽然此刻我已逐渐感到或许天意就是要我骑不成车,但我还是继续苦练下去,因为练不成我会受不了我伯父(上帝派到黑斯太堡的代表)的讽刺挖苦的。就在这时,让我头疼的事情来了,我发现有两辆自行车正沿着这条荒凉的小路骑了过来。见状,我立即将车往旁边一推,坐到围堤的梯磴下面,闲眺起海水来了,这样给人的印象会是,仿佛骑车中间,忽被浩瀚的洋面吸引,故而沉陷于凝思之中。我尽量使自己的眼睛有意地避开那朝着我骑来的车,但我能感觉出他们已快到跟前,另外从眼角的余光里我看到来的人为一男一女。当他们就要骑过我时,那女的突然猛地向着我这边一拐,和我撞上,她自己也摔到地上。

"啊,真对不起,"她抱歉道,"我知道一遇见你,我就会掉下来的。"

这时想要再维持那凝思状态已不可能,一边害羞得满面通红,我赶忙回答说没有什么。

她一摔倒,那男的也下了车。

"没伤着吧?"男的问我。

"没有。"

我认出来了,那男的就是爱德华·德律菲尔,几天前和副牧师在一起的那个作家。

"我看骑车这事怪有趣的,你也这么看吧?"她说道,一边朝着我那辆靠在梯磴上的漂亮新车溜了一眼。"要能骑好那可是太妙了。"

我感觉到这话实际上是对我的精湛技艺的一种赞美。

---

① 即我们今天一般人骑的这种(低座的)自行车。

"这无非是个练的问题，"我回答说。

"我这是第三次练了。德律菲尔先生说我进步得挺快，可我觉着我太笨了。你练了多久就会骑了?"

我一下红到耳根，深感下面的话难以启齿。

"我还不会骑。这辆车刚刚到手。我这还是第一次练。"

我这里稍稍不忠实了些，不过我在思想里立即补充上"除了昨天花园里的那次"，这样总算不太违背良心。

"我刚学骑车时，"他的那个女伴解释道，"路上一见着人我就会从车上掉下来。"

"你是牧师的侄子吧?"德律菲尔问我。"前几天我就见着你了。盖洛威已经告诉过我。这是我妻子。"

她向我伸出手来，那态度来得异常诚恳坦率，然后便给了我温暖而欢快的有力一握。她这时不仅唇边在笑，眼睛里充满着笑，那笑容即使在当时也能使我感觉到仿佛透着某种特别令人心悦的神情。我慌乱了。我和生人见面时最好害羞，所以一时间她的具体模样和装束也就都说不准了。我只记得她是个高大的金发女人。不过她好像是上穿带有浆洗胸饰和硬领的粉色衬衫，下着藏青哔叽长裙，一簇浓密的金发之上罩着一顶当时的人称之为"胖熏鱼"式的草帽。但这些我记不清楚是当时我就已注意到了，还是事后才想起来的。

"那么我教你吧，"德律菲尔殷勤地建议道。"来吧。"

"啊，不，"我说，"我不敢想望这个。"

"为什么不?"他的妻子问道，一双湛蓝的眼睛还在愉快地笑。"德律菲尔先生情愿教你，我也可以趁机休息一下。"

德律菲尔一把拿过我的车来，这时我虽满肚子的不情愿，怎奈他一片好意，执拗不过，也只得极不利落地骑了上去。接着便左摇

右摆起来,亏得他在一旁扶得还紧。

"再骑快些,"他命令道。

我蹬起踏板,他也傍着我那左摇右晃的车子跑了起来,我们两人都热坏了。但是尽管他在一旁拼命支撑,我终于还是跌落下来。这样一来,再想维持牧师之侄与沃尔夫的管家之子之间的那副冷漠态度已经没有可能,特别是当我又开始后,竟然一气独自骑了三四十码,德律菲尔夫人也高兴得又着腰立在路的中央大叫道,"加油,加油,快成功了,"这时我早已笑得不可开交,一切社会地位的事也就全都忘了。所以最后当我不用人扶就能自己下车时,我的面孔上可能已经颇有骄矜之色了,另外对德律菲尔夫妇的一番夸奖,说我第一天练车就学会了,真是够聪明的等等,我也自感受之无愧。

"我想看看我能不能自己上车,"德律菲尔夫人说着,又起来练了。这时我已再次坐在梯磴那里,同她丈夫一道看她练习上车。但她还是没有练会。

接着,她又休息了。带着失望但仍然愉快的心情,她坐在了我的身旁。德律菲尔点燃烟斗。我们于是聊了起来。可能我当时还不曾察觉,但是此刻我分明感觉到,她的身上似乎有着一种极其慰人的坦率地方,见后不觉使人轻松下来。她谈起话来热情十足,正像孩子们那样欢天喜地,兴致勃勃;另外,那双眼睛什么时候都是笑意盈盈,焕发着迷人的光彩。我也说不清为什么我喜欢她的笑。我简直要用狡猾一词来形容那笑,如果不是狡猾这词太具贬义;何况那笑太天真了,不好把它说成是狡笑。顽皮或许来得更恰当些,这正像一个孩子干了件他认为非常有趣的事,而且十分清楚你也一定觉得怪调皮的;但同时又完全明白你不会因此而真动气的,而且,如果你不能很快发觉,他还忍不住要自己跑来告诉给你。不过那个时候我只感觉到她的笑能使我不再拘束,自然起来。

不久德律菲尔看了下表,说他们可该走了,并建议我们三人全都"正式"骑起车来,一道回去。但这正是我的伯父母每天从镇上散步回来的时间,因而生怕给他们碰见会埋怨我同他们不赞成的人在一起;于是便托了个词说,既然他们急着赶回,尽可以不用管我,先走就是的。德律菲尔夫人不赞成我的办法,但是德律菲尔却仿佛感到不胜滑稽似的向着我淡淡一笑。这一笑清楚表明他已看穿我的借口,登时弄得我面红耳赤。

"让他自己走吧,露西。他一个人会骑得更自然些。"

"好吧。明天你还上这里来吗? 我们是要来的。"

"我尽量来,"我回答道。

他们上车走了。几分钟后,我也尾随而去。得意万分,我一气骑到牧师宅的门前也没有跌倒。记得我在当天吃晚饭时很自吹了一通,但对见到德律菲尔夫妇的事却只字未提。

第二天十一点左右,我又把自行车从那马车房中取了出来。这里名为马车房,实际上连一辆小马驹拉的双轮马车也没有,只不过是花匠放割草机和滚子的地方,另外玛丽-安有袋鸡饲料也堆在那里。我把车子推到大门,好不容易才上了车,沿着坎特伯雷公路骑至一个旧关栅处,然后折入一条称作喜巷的小路。

这时天上正是一片湛蓝,那空气,暖和中透着新鲜,简直被高温炙烤得快要劈啪裂开。周围的一切璀璨而又柔和。太阳的条条光束向着那银白的小径强有力地笔直袭来,但又立即像只橡皮球似的反弹回去。

我在那里来回骑着,等待着德律菲尔夫妇的到来,不久便看到他们来了。我向他们招了招手,然后转过身去(是下了车才转过去的),同他们一道骑了起来。德律菲尔夫人说我进步很快,我也夸她进步不小。我和她骑得相当紧张,两手死握着车把,一点不敢放松,但却感到非常兴奋愉快。德律菲尔讲一旦我们骑得有了把握,我们就可以到处去游玩了。

"我准备从附近几处铜碑那里弄点拓片。"他说道。

我不知他指的什么,而他也不想解释。

"以后我会拿给你看的,"他接着道。"你觉得你明天能骑上十四英里么,一去是七英里,回来也是七英里?"

"我想行的,"我回答说。

"我可以给你带点纸和蜡来,供你搞拓片用。不过你最好问问你伯伯让不让你来。"

"我不用问。"

"还是问问他好。"

这当儿德律菲尔夫人忽然用她那特有的顽皮而友好的眼神向我猛地一望,这一来我脸又红了。我清楚,如果我去问我的伯父,他一定会不赞成的。所以这事还是不提为妙。但是骑着骑着,我忽然望见那医生的马车正迎面而来。我只好装着在向前看,但愿如果我不瞧他,他也就会瞧不见我。我不安了。如果他看到我,这件事马上便会传到我伯父母的耳朵里去,既然已经遮盖不住,还莫如我自己说出来好。最后在牧师宅门前分手时(其实我非常不愿意他们也一直骑到这里),德律菲尔跟我讲,如果第二天我能去的话,最好尽量早点去找他们。

"你知道我们的住处吧? 公理会教堂的旁边。那名字叫莱姆宅。"

晚饭期间,我一直想找个机会把我仿佛无意之中碰见了德律菲尔家这事比较轻松地透露出来;但没想到消息在黑斯太堡这里传得真快。

"今天上午跟你一道骑车的那些人是谁?"伯母问我。"我们在镇上遇见了安司提大夫,他说他见着了你。"

我伯父这时正嚼着烤牛肉。他面带不悦之色,眼睛阴沉地望着自己的盘子。

"德律菲尔夫妇，"我若无其事地答着。"就是那个作家。盖洛威先生认识他们。"

"那都是些很不体面的人，"伯父说道。"我不愿意你同他们混在一起。"

"为什么不?"我追问道。

"我不打算向你解释。说我不愿意，这就已经够了。"

"你是怎么认识他们的?"伯母问我。

"我正向前骑着，他们也骑了过来，于是问我，愿意不愿意同他们一道来骑。"我回答时情况可能略有走样。

"我管这叫非常不懂分寸，"是我伯父的话。

我生气了。于是，为了表示我的愤懑，甜食上桌之后，我一口不沾，尽管树莓饼我特别爱吃。

我伯母问我是不是身体不大舒服。

"不是，"我态度十分傲慢地回答道，"我舒服得很。"

"那么吃上一口。"

"我不饿。"

"为了我吃上一口。"

"吃不吃他自己会有数的，"我伯父说。

我狠狠瞪了他一眼。不过我补充了句:

"来一小块还是可以的。"

伯母马上给了我很大一块。我吃是吃了，但那态度却仿佛是，只是出于强烈的义务感我才勉强这样做的，而绝非是我高兴如此。按说那树莓饼确实不错。玛丽-安做的这种饼真是又酥又脆，到嘴就化。但是当我伯母问我是否再来上些，我却板起面孔，严词拒绝。伯母没有再让。接着伯父念完祷告我也就带着一腔愤怒的心情回到客厅。

估计用人们已经吃罢午饭,我于是溜进了厨房。艾米丽这时正在食品室里擦洗银器,屋中只剩下玛丽-安一人在洗盘子。

"我说,德律菲尔这家人有什么问题?"我问玛丽-安。

玛丽-安自十八岁起就在这个牧师宅里当了用人。我从小就是靠她来照护的。身上脏了,靠她给洗;要梅酱粉,由她发给;外出上学,是她装箱;遇上疾病,得她照料;闲得无聊,求她给我念书解闷;不听话时,要她来骂。总之,我过去的一切都离不开她。至于艾米丽那个用人,完全是个轻浮靠不住的姑娘,玛丽-安是决计不敢把我托给她的。玛丽-安的出生地就是黑斯太堡,一生没有去过伦敦,恐怕就是坎特伯雷也没有去过几次。她身体健康,从来不曾病过,也从来没有度过一天假。说到工资,一年也不过十二镑钱。每周她照例抽出一个晚上进城去看看她的母亲,那母亲是给牧师宅洗衣服的;另外每星期日晚进进教堂。但是玛丽-安对黑斯太堡这里发生的一切却是了如指掌的。她不仅对每个人的情况,谁嫁给了谁,谁的父亲死于什么疾病,全都说得上来,就是哪个女人养了哪几个孩子,那几个孩子又叫什么名字,她也完全一清二楚。

我向她提出这个问题时,她正把一块抹布扑通一下扔进水池子里。

"我认为这事倒也并不怪你伯伯,"她说道,"如果你是我侄子,我同样也会不让你同他们来往的。瞧瞧,他们竟要求你同他们一道骑起车来!这些人是什么都干得出的。"

我看得出刚才饭桌上的那番谈话已经传到她的耳朵里。

"可我已经不是孩子了,"我反驳道。

"所以也就会更不妙了。其实他们住到这里就是够大胆的!还要租上一套房子假充上流人士。别动那饼。"

那树莓饼正放在厨房桌上,所以我也就顺手掰了一块,放进嘴里。

"这饼晚饭还要吃。如果你还想吃,为什么刚才吃饭的时候你不吃?台德·德律菲尔是个干什么也没长性的人。又受过相当教育,所以就更不容易安心去干。我最可怜的还是他的妈妈。他自生下来就没有让她安生过一天。后来他又娶了露西·干。据人们讲,他把要娶这女人的事告诉他妈妈时,他妈妈马上就病倒在床上,一连三个星期都没起来,也不同人讲半句话。"

"德律菲尔夫人结婚以前叫露西·干吗?这些姓干的是些什么人?"

干是黑斯太堡这里一个大姓,当地教堂的墓地里尽是一些姓干的坟。

"那些人你都不可能认识了,露西的父亲叫约细亚·干。也是个浪荡家伙。早年外出当过兵,回来后就安了条木腿。平时喜欢到处作画,可常常找不着正经职业。他家过去在黑麦巷时和我们是邻居。露西常和我一道去主日学校上学。"

"可她没有你岁数大,"由于年幼无知,我的话说得太直率了。

"她总是使她自己不超过三十。"

玛丽-安是个身材矮小的女人,鼻子扁平上翘,牙也不好,但皮肤却是挺水灵的。我想她那时也不过三十四五。

"露西再小也只能是比我小四五岁,不管她自己装成多么年轻。据人们讲,照她目前的那副穿戴打扮,真是叫人认不得了。"

"她真的是当过酒吧女郎吗?"我问道。

"真的,先是在铁路之徽,后来在海弗珊的威尔士亲王羽翼。利福斯太太在铁路之徽里雇用过她,后来因为弄得太不成话,只好把她辞掉。"

说起铁路之徽,那不过是一家很平常的小酒吧,位置恰在伦敦—卡撒姆—多弗线的一个中途站的对过。不过那地方也确有股子轻薄淫荡味道。冬天夜晚你从那里经过的时候,透过它的玻璃大门你会看到那柜台前面总是聚集着不少男人。我伯父对那儿就最不满意,多年来一直在设法去吊销它的执照。那里的光顾者主要是些铁路员工、矿工和农民。黑斯太堡的体面居民是不屑登门的,如果他们实在想讨杯酒喝,他们去的也是熊与钥匙或肯特公爵。

"那么,她干了什么?"我追问道,眼睛几乎快要从脑袋上冒出来了。

"她又什么不干?"是玛丽-安的回答。"你想想吧,如果你伯伯发现我告诉了你这类事情,他又会说些什么? 凡是到那里去喝点酒的男人,她和哪个不打交道? 不管他们是谁。她并不是从一而终,而是一个个不知换了多少。人们讲过那真是够要命的。她同乔治勋爵的关系也就是这么开始的。本来这里倒不该是他去的地方,他还不至于非去这种地方不可。但据人讲,也是事有凑巧,那天偏偏火车晚点,于是他便在那里见着了她。自那以后,他就再没离开过那个地方,整天混在那伙粗人当中,人们也当然清楚他去那里的目的,而自己已经是个有妻室和三个子女的人。的确我也很为露西难过,那闲话够多难听! 好了,事情最后闹到这种地步,利福斯太太也感到再也没法容忍她了,所以只好付了工钱,叫她滚蛋。不过这堆垃圾倒也清得利索,我要说的就是这些。"

乔治勋爵我是很熟悉的。他的真正名字是乔治·坎普,至于勋爵的尊号不过是因为他好要派头,人们对他的戏称罢了。他的身份是煤商,在几条运煤船上都有股份,并稍带搞点房产买卖。他在当地有宅有院,出入也有自家马车。在相貌上,他肥实厚重,肤色红润,眼睛蓝而有神,唇边胡须向上翘着,给人以花里胡哨的感觉。闭

眼一想,他完全是旧日荷兰画里那种乐哈哈的红脸商贾神气。他的
一身穿戴也向来是俗气招眼得很,所以遇到他神气十足地驾着马车
跑在街心时,黄褐大氅上头成排大扣,圆顶礼帽歪斜戴着,上身纽孔
又插着朵大红玫瑰,那神气,你会不看也要看的。星期天时,他又会
高级礼帽一顶,正式礼服一身,十分虔敬地前去教堂。谁都明白他
的目的是想混名教区委员当当,而且凭着他的精力,他也的确可以
在这方面起些作用,只是我伯父当年却不赞成,而且尽管作为抗议,
乔治勋爵有一年之久没去教堂,但我伯伯也只让他当了个副的,而
绝不任命他做正教区委员。那里的上流人士都认为他太俗气,我自
己也看出他太虚荣浮夸。人们总是嫌他说话的嗓门太大,笑的声音
太尖——他在街的一头说话时,另外一头听得清清楚楚——另外举
止也太粗俗。从他那方面来说,他的态度倒是友好极了,他同人谈
话时从不摆出阔商架子。但是如果他竟以为,只要他见了谁都亲亲
热热,碰到公益的事便办,遇到捐钱的地方便捐,不管是为了每年的
赛艇还是为了秋收,或者尽量为人办点好事,这样他就能冲破黑斯
太堡的重重阻力,那他可是完全错了。他在社交方面的努力所换回
的只是十足的敌意。

记得有一次医生的太太来看我伯母,这时艾米丽突然进来对我
伯父说乔治·坎普先生要求见。

"可我听见的是前门的铃声,艾米丽,"我伯母说。

"不错,太太,他是在前门按铃的。"

登时室内不安起来。对于这种不很寻常的情况,一时谁也似乎
不太知道应当如何应付才是,就连艾米丽,这个平时对于谁应该进
前门,谁应该进边门,甚至该进后门,全都一清二楚的伶俐家伙,此
刻也显得面有难色。我那伯母到底心肠不错,觉得现在竟把来客弄
到这种地步,也确实感到抱愧起来。但那位医生太太却绝无这种想

法,而只是对此嗤之以鼻。最后我伯父总算强压下了怒火,说道:

"把他请进我书房,艾米丽。我用罢茶就过去。"

但是乔治勋爵呢还是他的那副神气,精力蓬勃,满面发光,吵吵嚷嚷。他讲整个城镇全都死了,他非把它唤醒不可。他还要鼓动铁道公司去开旅游车。他不明白黑斯太堡这里为什么就不能变成像玛盖特那样的游览港口?另外这里为什么就不能也设上一位市长?佛恩湾不就已经有了位市长吗?

"我看他是自己想当市长了,"这是黑斯太堡人的评论。"骄傲是要跌跤子的,"人们撇着嘴道。

而我伯父的说法是,你可以把一匹马牵到河边,但你却没法使它非喝水不可①。

这里必须做点补充,在对待乔治勋爵的态度上,我也是充满鄙夷不屑神气的,同其他人并无两样。最使我反感的是,他有时竟在大街上把我叫住,用我的教名来称呼我,而且那谈话的口气仿佛我们之间并不存在什么社会差别。他甚至提出要我同他的孩子们去打板球,他们也正是我这年龄。好在他们进的是海弗珊的文法学校,所以倒也不会同他们打什么交道。

玛丽-安的一番话对我的震惊实在非同小可,但是要我相信这些却又很难。我这时已经读过那么多的小说,在学校里又听说过那么多的情况,所以恋爱这事我当然也懂得不少,但我总以为这是年轻人的事。我无法想象,一个已经蓄起胡须,而且已经有了像我这么大的孩子的人还有再产生这种感情的可能。我原以为,只要一个人一旦结婚,那么所有这一切就全过去了。过了三十的人还要再搞什么恋爱,这种事我向来就最反感。

---

① 这是一句英国的谚语。牧师引用这话的意思显然是他认为乔治已无可救药。

"但你觉得他们总不致干了什么吧?"我追问玛丽-安。

"据我听说,露西在这方面实在是大胆极了,就连乔治勋爵也只是其中之一。"

"但是,喂喂,为什么她却一直没生出孩子?"

"那主要是运气好罢了,而绝不是因为手法如何高明,我敢说,"玛丽-安回答道。说着她定了定神,手中正在擦洗的动作停了下来。

"看起来你也似乎懂得的太多了些。"

"我当然懂得,"我神气十足地讲道,"别来这套了,我不是已经长大了吗?"

"我能告诉你的只是,"玛丽-安继续道,"利福斯太太辞了她以后,乔治勋爵立刻在海弗珊的威尔士亲王羽翼给她找了个差事,自此他便经常不断地赶着马车往那里跑。当然谁都会明白绝不是因为那地方的啤酒就比这里的要好多少。"

"既然这样,台德·德律菲尔为什么还要娶她?"

"那我可就说不上来了,"玛丽-安说,"就是在这个酒吧里德律菲尔认识了她。我想这主要是因为他再找不到别人肯嫁他了。正经女人是不跟他的。"

"可他了解她的过去吗?"

"那你只好问问他自己了。"

我再无话了。一切都那么令人困惑不解。

"她现在是一副什么样子?"玛丽-安却问了我一句。"自她嫁了,我就再没见她。而且自从听到了铁路之徽里的那些传闻以后,我也就没搭理过她。"

"她看起来还是挺不错的,"我说。

"好的,见面时你不妨问问她还记不记得我,再看看她能说些什么。"

第六章

　　我打定主意第二天早上要同德律菲尔夫妇一起外出,但我也清楚我向我伯父请假是无益的。如果他事后发现了这事,甚至为此发顿脾气,那也是没办法的,不过如果台德·德律菲尔问起我来是否已得到伯父的许可,我将毫不迟疑地告诉他,我已得到这种准许。但事实上还没等我撒谎,这事就办成了。

　　当天下午,趁着潮水较高,我步行到海边去游了次泳,而我伯父也正好需要进城办事,所以能同行一段路。但正当我们路过熊与钥匙时,台德·德律菲尔突然从那里面走了出来。他见着我们后立即笔直朝着我伯父走来。使我吃惊的是,他这时竟是那样一副冰冷面孔。

　　“下午好,牧师先生,”他开口道,“不知您是否还记得我。我叫台德·德律菲尔。小时候我常常在唱经班里唱诗的。先父曾在沃尔夫小姐手下当过管家。”

　　我伯父其实是个胆小的人,见此登时慌张起来。

　　“噢,不错,不错,你还好吧? 听说令尊故去,我们也是挺怀念的。”

　　“我有幸结识了令侄。只不知您是否答应他同我一道骑车外出。他自己一个人骑车太沉闷了。另外我还要到佛恩教堂去弄点拓片。”

　　“多承你的好意,只是——”

　　伯父想要回绝,但德律菲尔却不容分说地讲了下去。

　　“我一定会注意不使他招来麻烦。我想他一定也想自己拓点东西。这对他也是挺有意思的。我会给他些纸片和石蜡,这样他就不必花费了。"

我伯父的头脑向来不太细密,现在听到台德·德律菲尔准备为我付钱买纸和蜡的话,早已气得把原来不想让我前去的事完全忘了。

"他完全可以自备纸蜡,"我伯父道,"他的零用钱并不少哇。在这种事上花费点钱总比多买糖果弄坏了身体强。"

"好的,如果他去海沃得那个文具商那里,说他要的纸和石蜡跟我的一样,他就会买到的。"

"那么我就去吧,"说着我穿过大街径自去了,以防我伯父再改变主意。

第七章

我总说不清为什么那德律菲尔夫妇偏好理我。也许除了心地善良之外，再无别的原因。我那时还不过是个孩子，既不招人，也不善说话，所以如果我还讨得台德·德律菲尔喜欢的话，那也完全是无意识的。或许是我的那副高傲态度使他感到好玩。从我来说，我也仿佛觉着，我竟同沃尔夫管家的儿子打起交道，这只是我自己不拿架子罢了，而他呢，他不过是我伯伯说的那种靠稿费活命的穷文人；所以有一次我想向他借一本他的作品来看（我借书的口气也是挺傲慢的），他的回答是他的书我可能不感兴趣，我也就信以为真，不再借了。不过自那次我伯父答应了我同德律菲尔夫妇一起外出之后，他对我们间的往来也就不再干涉。从此我们不是一道出去坐船，就是出去游山玩水，德律菲尔这时还常画上几笔。我说不准当年的英国气候是否比现在要好，还是这事只是出之于我年轻时的错觉，我总觉得整个那个夏天仿佛是天天晴朗，从无间断。于是我对那丘岗起伏、美好膏腴的沃野也就产生了一种难以名状的眷恋感情。我们往往去的地方很远，逐个拜谒了许多教堂，然后将那里的各类铜制器皿以及那上面身着甲胄的武士或广裙的贵妇的图像全都拓了下来。台德·德律菲尔在这方面的热情大大鼓舞了我，所以我也干得挺起劲的。回家后我还把我的辛勤所得十分得意地拿给我伯父看，他看罢虽然没说什么，但我猜得出他的心思：尽管友伴不佳，但只要始终不离教堂，我的行动便不致十分出格。

至于说到德律菲尔夫人，每逢我同她丈夫在忙着搞拓片时，她总是一个人留在教堂墓地里边，这时她既不读书，也不编织什么，而只是独自个儿闲溜闲逛;在这点上她的确是本事够大的,她能够好长时间一事不干而丝毫不感厌倦。有时候我也跑开陪她在草地上闲坐上会儿,于是便聊了起来。所谈内容也无非是我学校里的那些事,我的同学、老师等等,或者是黑斯太堡的情况,甚至完全胡扯一通。最使我感到满意的是,她总是称呼我为阿显敦先生。说不定她就是第一个这么来称呼我的人,因而使我获得一种成熟的快感。我平日最为反感的就是听人管我叫威利①少爷。像这种名字也是人能忍受的吗②? 其实我对我的那两个名字③都不满意,所以总是绞尽脑汁想再起个更合适的名字。后来我想出了拉得里克·莱温威斯,觉得这还不错,于是使用一种花体在好些纸上连签了不知多少。有时我又觉得如果改叫路德维克·蒙特哥玛利倒也像样。

　　只是我对玛丽-安告诉我的那些关于德律菲尔夫人的事,一时还是接受不了。不错,在理论上我完全明白人们在结了婚之后会干些什么,而且还能以最粗鲁的话把这些事讲出来,但另一方面我却又并不真懂。我总不免觉得这类事实在是太恶心了,简直让我难以相信。当然我也清楚地球是圆的,但在感觉上它却只是平的。德律菲尔夫人给人的印象是那么诚恳,她的笑容那么爽朗天真,她的行为举止也都那么充满稚气,我又怎么能够相信她竟会同一些水手海员去搞什么关系,更不必说同那粗俗得要死的乔治勋爵去来往了。她完全不是我在小说里读到的那种糟糕女人。当然她的教养是不太够,她说话时带着浓重的黑斯太堡方音,在吐字上也有欠齐全,另外她的语句有时也令人咋舌,但不论怎么说,我还是不能不喜欢她。

---

① 威利为威廉的简称或昵称。
② 书中人物阿显敦认为威利(或威廉)这种名字太平凡,因而呼叫起来不够响亮堂皇。
③ 指书中人物阿显敦的第一、第二名字。例如本书作者毛姆(姓氏名)的第一与第二名字便分别为威廉与萨默塞特。

于是我终于得出结论,玛丽-安告诉我的那一套话纯粹是一派胡言乱语。

一天,我偶然向德律菲尔夫人提起玛丽-安来,说她在我们家当厨娘。

"她说她在黑麦巷住时和你是邻居,"我补充道,这时我觉得德律菲尔夫人的回答准会是从来没有听说过她。

没想到她竟微微一笑,湛蓝的眼睛里放出光来。

"一点不错。她常带我到主日学校去。但是要让我悄悄的不出声音,她可就费了事了。我听说她后来在牧师宅找了工作。谁想得到她现在还在那里!我确实有些年没见她了。我很想再见见她,同她叙叙旧情。请你代我向她致意,就说晚上有工夫时请她过来坐坐。我要招待招待她的。"

这话使我吃惊不浅。当然德律菲尔夫妇现在倒也住了一所房子(据他们说还准备买下),而且还雇着一个女用人。不过要请玛丽-安去吃茶却似乎大为不妥,另外,转达此事也会使我非常作难。这家人好像对于什么事可做和什么事不可做一点也不清楚。再有他们对自己过去一些事情的那种谈法也不止一次使我听了好不自在,因为照我的认识,那些事他们是连提都不必提的。我并不清楚,当时我周围的那批人都是很虚伪的,而所谓虚伪,即是说他们总是喜欢假装得比他们的实际情形更加阔绰或更加排场,但是今天重新回顾一下过去,我的确看出了他们的一生当中处处充满着虚伪。他们是在尊贵体面的纱幕后面躲藏着的。身穿短衣或把脚放在桌子上的场合你是根本看不到的。你所看到的小姐太太只是午后见客时打扮得体体面面的小姐太太,而且也只有到了那时他们才会露面;这些人实际的日子是过得相当节省的,所以你绝对不能随便留在人家家里用饭,但是一旦请客吃饭,那桌上的饭菜又会丰盛得使你消受不了。尽管天灾人祸早已使某些人家彻底垮了,那些家里的人还是照旧把他们的头挺得高高,仿佛若无其事那样。比如某家的子弟娶回了一名女戏子,这家人对这桩丧气事绝口不提,而周围邻居们尽管私下里议论纷纷,当着这倒霉人家的面时却会抵死矢口不提戏园子之类的字眼儿的。谁都知道,拥有着那所高级宅院的格林考上校的妻子来自买卖人家,但这件不光彩的隐秘无论妻子本人还是她的丈夫都会瞒得死死的,所以尽管人们在背后如何表示不屑,当着他们面时陶器一词还是怎么也讲不出口的(而这个正是这位太太的主要进项)。再如一位愤怒的家长因为儿子不肖而取消了他的继承权,或因为女儿下嫁便再不准她登门之类的事也是至今而屡有所闻。这类情形见得多了,我自然也就习以为常,不觉奇怪。但是使我深感怪异的是,台德·德律菲尔在一次谈起他在荷本恩区饭店里当跑堂的事时,他那讲话的口气竟仿佛这事完全无所谓。我听说过他以前到海上当过水手,那倒还算挺浪漫的;我也见过一些年轻人,至少是在书本上见过,就常干这类事情,并在经历了种种冒险之后,终于取回了一位伯爵女儿而发了大财;可台德·德律菲尔却又干了什么呢? 他只是在梅德斯通当马车夫和在伯明翰当售票员。德律菲尔夫人呢也是一样。一次,当我们骑车经过铁路之徽时,她就提到她曾在那里干过三年;她的口吻听上去极其轻松,就仿佛那种事人人都能干得。

　　"我起初就在那里干活,"她说道,"以后我又去了海弗珊。由于出嫁我才离开了那地方。"

　　说着她笑了起来,仿佛非常得意这段经历似的。我听了后真不知道该说什么才好,也不知脸往哪放,只是满面羞得通红。另一回是我们在一次长途出游之后的返回途中,那天天气极热,我们都口渴得很,路经佛恩湾时德律菲尔夫人提出我们最好到道尔芬酒吧去喝杯啤酒。进门之后她便同柜台上的一个女子谈了起来。使我吃惊的是,她竟告诉人家她自己也在这行道上干过五年。谈话间那店主也凑了过来,于是台德·德律菲尔马上请他喝了一杯,接着德律菲尔夫人建议那名酒吧女郎也该喝上一杯,就这样几个人立刻聊到一块,又谈生意,又谈卖酒,又谈物价上涨,真是无所不谈。而这工夫,我自己是呆立一旁,浑身发烧,简直不知如何是好。最后他们出了店门时,德律菲尔夫人还讲道:

"我倒挺喜欢那女孩子的,台德。她将来准会混得不坏。我跟她说,这种活是苦的,但也过得痛快。从这里头也很能见点世面,另外如果你闹好了,确实也不愁找个好主来嫁。我看见她手上的订婚戒指了。她跟我说,戴上了它,那些男的就更好跑过来和她逗趣。"

德律菲尔笑了。接着她转身对我讲道:

"我过去那段酒吧女郎生活真是怪有趣的,只是一个人不能老干那个。谁也得考虑考虑自己的前途。"

但是更剧烈的震动却是后来的一次。这时候已经是九月过半,我的假期快结束了。

我的胸中这时装的尽是德律菲尔夫妻的事,但刚一提起他们,我就被我伯父立即堵了回去。

"我们的耳朵已经叫你朋友们的事给灌满了,"他制止道,"谈点儿别的话题不是更好吗?不过我倒觉得,台德·德律菲尔既是在本教区里出生的,又几乎天天都见得着你,那他也可以偶尔进进教堂。"

一天我把这话告诉了德律菲尔,"我的伯伯希望你能进进教堂。"

"可以的。那我们礼拜天晚上就去去吧,露西。"

"我没意见,"她也表示同意。

我告诉玛丽-安他们已经去了教堂。我自己也紧挨着乡绅席的后面坐下,只是我不便于东张西望,不过从过道那边人们的举动上能够断定他们已经来了。所以第二天一有机会,我就跑去问玛丽-安是否见到了他们。

"我见着她了,"说时态度相当生硬。

"那出教堂后你没跟她讲话吗?"

"我?"她竟突然发起怒来。"请你走出我这厨房。你整天来纠缠着我是想干些什么? 你一天到晚跑来碍我的事,我还怎么干活?"

"我走可以,可是何必动火!"

"我实在不明白你伯伯怎么会让你同这类人到处乱跑。瞧她帽子上还插着那么些花。我不明白她怎么还好意思到处抛头露面。走吧,我还有事要干。"

70 　我不明白玛丽-安为什么会发这么大火。德律菲尔夫人的事当然再不提了。但是两三天后我凑巧需要到厨房去找点东西。这牧师宅里原有两个厨房,小的那个是日常做饭的地方,那个大的只是在牧师宅大摆筵席,广请当地士绅时才偶一使用,平日玛丽-安干粗活时常在那里休息休息或织织毛线。那天晚上我们只吃冷餐,所以五时茶点之后她也就不忙了。这时候将近七点,暮色已经降临。那天晚上正值艾米丽休假外出,厨房里自然只会有玛丽-安自己,但当我经过过道时,我忽然听到那里面有谈笑声音。我心想一定是有谁前来看她。屋里灯亮着,但由于上着深绿灯罩,厨房还是黑阒阒的。我看见桌子上摆着茶壶杯盘。原来玛丽-安正在接待她的客人。我开门进去时谈话立即停了下来,紧接着我听到了一声"晚上好"。

猛然间我认出了来人正是德律菲尔夫人。玛丽-安看到我这么吃惊也不禁笑了:

"露西顺便过来和我吃上杯茶。"

"我们正在一起畅叙旧情呢。"

玛丽-安让我这么突然撞见确实显得有点害羞,但这时更害羞的反而是我自己。德律菲尔夫人那边却是满面笑容,充满着孩子般的调皮;整个神情是那么安详自然。不知什么原因,我特别记住了她那晚的穿戴。这也或许是因为我从来都没有见过她显得那么雍容华贵。她的上衣是浅蓝色的,袖筒长长而腰部裁得极其纤细,下着一条镶有绉边的长裙。她的草帽檐大色深,上面缀满着玫瑰花叶以及蝴蝶结之类的装饰。显然这就是她礼拜天去教堂时的那身穿戴。

"我想过了,如果我坐在家里等玛丽-安前去看我,那我恐怕要等到世界末日了,所以最好的办法还是我自己先来登门。"

玛丽-安不太自然地微笑了一下,但看起来还是挺满意的。接着我讨取了我要的那个东西,便迅速离开了她们。

我走进了花园,漫无目的地闲踱着。接着我上了小路,一边望了望那宅门。这时夜幕已经降临。不久我窥见一个人溜了过来。一开始我并没注意他,但是他却一直来回走动着,看样子是在等什么人。起初我还以为会是台德·德律菲尔,可正待我准备走出去,那人却停下步来去点烟斗;火光中我看到了原来是乔治勋爵。我非常奇怪他在那儿干什么,但就在这时我突然心头一亮,明白了他是在等待德律菲尔夫人。我的心猛地一下便狂跳起来。尽管周围有黑夜遮掩,我还是躲进了灌丛深处。我等了一晌,接着便看到边门开处,玛丽-安把德律菲尔夫人送了出来。我听到了她走在沙砾上的脚步声。这时她已走到宅门,然后把门打开。门咔嗒地响了一声。听到门响,乔治勋爵一跃便过了路的这边,这样还没等她走出宅门,乔治已经窜了进来。然后一把将她抓到怀里,紧紧地搂抱起来。这时只听她笑了一声。

"当心我的帽子呀,"她咕哝道。

我当时距离他们不过三英尺远,因而确实把我给吓坏了。万一他看见了我可怎么办。我实在替他们感到太丢人了。我已经激动得抖成一团。半晌工夫他还在紧抱着她。

"去花园里怎么样?"他说道,继续用那耳语讲话。

"不行,那里有那个孩子。我们去地里吧。"

他们从那宅门出去了,他的一只手臂依旧缠在她的腰上,然后便消失在夜色之中。这时我发现我的心在胸口撞击得那么厉害,简直透不过气来。我所见到的一切使我感到那么震惊,我已经想不清楚事情。我多么希望我能够把这件事对谁讲讲,但这却是秘密一桩,我也只能严格保密了。当然我也因为掌握了这么重大的事件而颇觉得意。一边想着,我已慢慢地返身回宅,从那边门进去。听到门响,玛丽-安向我喊道:

"是你吗,威利少爷?"

"是我。"

我又进了厨房。这时玛丽-安正把晚餐放进托盘,准备送入餐厅。

"露西刚才来这里的事我是绝不会对你伯伯讲的。"她开口道。

"当然不必。"

"这件事真是让我吃惊透了。我听见边门有人敲门,就跑去开了,一开门,只见露西站在那里,这一下我几乎腿都软了。'玛丽-安,'她叫了一声,还没等我弄清她有何贵干,她已经把我热热乎乎地亲了一通。我也就只好把她请了进来,一进来后,我也就只好请她吃了杯茶。"

玛丽-安似乎在急于为她自己辩解。这也是能理解的。在她对德律菲尔夫人讲过了那么多的看法之后,现在竟让我撞见她们坐到一起，有说有笑，她当然能想到我会认为这是怪事。但是我却不想把这都说出来。

"她还不至于那么坏吧，你说哪？"我说道。

玛丽-安笑了。尽管她的牙齿已经不行，一笑起来，那笑容还是挺甜蜜动人的。

"我也弄不清这是怎么回事，可她身上不知道有哪点地方迷人，你还是不能不去爱她。她在这儿也坐了快一个钟头了，但我敢替她担保，她这么半天可是一点也没有摆什么架子。她亲口对我讲，她的那身衣服料子不过三先令六便士一码。这话我相信的。另外她什么都没忘记。她还记得她还是个小妮子的时候，我是怎么给她梳头，怎么在吃茶以前给她洗手。你瞧，她妈妈还常把她带来同我们一起吃茶。那时候她真是俊得像张画儿似的。"

玛丽-安的思想回到往日去了，她那出现了皱纹的有趣的面孔上露出沉思。

"不错，"她停了一下说道，"我敢说，一旦弄清情况，她也未必就比其他好多人更糟。她比好多人受到的引诱要多。我敢说，好些责备她的人如果遇上同样情形，也不一定就准比她好上多少。"

第八章

好景不长,天气突然变了;凉气飕飕,大雨直落。我们的外出旅行也就告一段落。这事我倒并不可惜,原因是,亲眼看到了德律菲尔夫人与乔治·坎普的那场会面之后,我真不知道我该怎么正面看她。我的感觉与其说是骇怪,倒不如说是震惊。我不能理解她怎么可能愿意让一个年纪好大的人去亲她。于是,受了过去读过的小说的影响,我在头脑中已形成了一种解释,这就是乔治勋爵此刻可能已经控制了她;由于那个人掌握了她的某种秘密,因而便使出了威逼手段使她就范。在我的想象之中,种种可怕的可能性我全都设想到了。重婚、凶杀、伪造等等,不一而足。小说中的许多恶棍向来就最善于利用他人的某种隐私,以揭露相要挟,以便对一些孤苦无告的弱女子进行控制。或许是德律菲尔夫人曾经在某种票据背后乱签过什么东西,虽然这种"背书"的事我始终并不太懂,但我完全相信那后果将不堪设想。于是,就在我想象她的忧伤痛苦的时候(她在漫长的无眠之夜,这时只见她一身睡衣,兀坐窗前,长发飘飘,绝望地伫盼着天晓),恍然见到我自己(此时的我已不再是那每周只有六便士零花钱的十来岁的我,而是一名须眉英俊,膂力过人,身着漂亮晚礼服的伟丈夫)凭着智勇双全的绝妙本领,一举而将她从那魔窟之中拯救出来。但另一方面,当德律菲尔夫人受到乔治勋爵的爱抚时,她那样子看起来又似乎并非是全不情愿,她的那声笑给我的印象太深了,以致使我从耳朵里排除不掉。那股味道我是从来没听到过的。它使我心痒难熬,简直喘不过气。

在我假期的后几天里,我只见过德律菲尔家人一次。那是碰巧在城里见着的,于是他们马上停下步子,同我攀谈起来。这时我猛地又变得不自在了,但是抬头看看德律菲尔夫人,我又深感害羞得全无道理;她的一张明净面孔上绝无半点隐私或罪恶痕迹。她望着我时眼神澄碧温柔,充满着孩子般的调皮味道。她的那只秀口平时往往作半禽状,仿佛就要转成笑容,而那嘴唇,竟是那般的饱满殷红。你在那张面庞上看到的只会是诚实天真,只会是发自肺腑的坦率真诚。这些话尽管那时候我表述不来,我的感受却是太强烈了。如果我当时硬要把这意思表达出来的话,我一定会使用"她看起来真像只骰子"这类的成语来描写她的,也即是说,她绝无半点毛病。因此她竟会与乔治勋爵有什么勾当的话显然无此可能。看来这件事说不定还另有隐情,也未可知;我并不完全相信我亲眼所见的。

终于,我该返回学校的日期到了。赶车的已经把我的箱子运走,我自己只要步行去车站就行了。我没有让我伯母到车站去送我,我觉得一个人自己去才更有男子气概,但是走到街上我的心情忽然低落下来。从这里到坎特伯雷不过是条不太长的支线,车站就在这座小镇的另一端,距离海滨不远。买罢票后,我已在一节三等车厢的一角坐了下来。正在这时我突然听到了一个声音:"这不就是他吗!"说着,只见德律菲尔本人同他妻子已经热热闹闹地拥了上来。

"我们觉得我们一定要来送送你的,"德律菲尔夫人讲道,"你觉着闷得慌吗?"

"不,当然不。"

"不要紧的,时间不会太长。等你回来过圣诞节时,我们可要有热闹了。你会滑冰吗?"

"不会。"

"我会滑的,我可以教你。"

她的热情鼓舞了我,另外他们竟不怕费事跑到车站前来送我,感动得我喉咙都哽住了。我好不容易才抑制住感情,没使它在脸上露出来。

"这学期我一定会常踢足球的,"我说道,"我要想法加入那少年队。"

她用那善良的明亮眼睛望了下我,红腴的唇边堆着微笑。她的笑容之中不知有种什么东西,早就让我那么喜爱,她的声音似乎也带着某种微喘的味道,仿佛要笑或要哭时那样。一时间我真是紧张极了,非常担心她会猛地吻我一下。我简直快给吓破了胆。但她却一直谈个不停,只是微带滑稽意味,正像成年人对待孩子们那样,而德律菲尔则站在一旁,他只是用眼睛向我笑笑,弄弄胡须。接着列车员将一只破旧的哨子一吹,挥动起红旗来。德律菲尔夫人抓起我的手和我紧握道别,德律菲尔也走了过来。

"再见,"他说道,"这点东西请你收下。"

说着他把一个小包塞进我的手里,接着火车也就开了。打开包后,我发现那软纸里头包的是两枚半克朗①。我的脸唰地一下便红到了耳根。现在多增加了五先令的零钱当然不是坏事,但一想到这个台德·德律菲尔竟敢给我"小费",立刻仿佛受辱一般,使我激愤不已。我怎么能够接受他的东西!不错,我曾经同他一道骑过车,乘过船,但他绝不是什么萨锡伯②(这个词我是从格林考上校那里听来的),他给我这五先令纯粹是对我的污辱。起初我打算把这钱退回去,而且一句回话也没有,以便用我的沉默来表明,我对他的这种失检做法是何等愤慨;接着我又为了答复他打了一篇腹稿,措词

---

① 半克朗,英国旧银币名,合 2 先令 6 便士。
② 萨锡伯,印地语,意为大人;先生。过去印度人对欧洲人的尊称。

庄严而冷冰,内容大致为,我对他的好意表示感谢,但必须指出,企图使一位绅士从一个几乎是陌生人的手里去接受小费,这事确实做得十分失体,等等。这件事我在头脑里盘算了好几天,但是我却越来越觉着,真要舍掉这两个半克朗也是怪为难的。况且德律菲尔这么做也是出于好意,当然他这事做得不太得体,也有些太不懂事;但真把钱退回去准会伤他心的,所以最后我也就受用了。但我却没有写信去感谢他,这样算是稍稍平复了我的受屈心理。

当圣诞节再次到来,而我也返回黑斯太堡去度假日,这时我最急着想见的,说来奇怪,还是这德律菲尔夫妇。在那个宛如死水一潭的小地方上,似乎真的也只有他们这一家还多少与那外部世界有着一些联系,而这外部世界此刻已经勾起我的种种美妙幻想,非常渴望一知究竟。但是我却无法克服我的严重害羞心理,不想赶着上门去看人家,所以最好能在街上碰见他们。而偏偏天公又不作美,走上街后,但见狂风怒啸,扑地而来,寒气袭袭,砭人肌骨,街上几个出来购物的女人,在冷风的驱赶下,裙子都给风胀得鼓鼓的,活像暴风里的渔船那样。下了一天的冷雨又纷纷霖霖,转成霰了,这雨或霰对夏日的广大田野虽是那么惬意,如今却恍如无边的幕布一张,给整个大地带来了死亡一般的沉重威胁。这时想要只凭偶然机会遇上他们显然是无望了。最后我下定决心,还是大着胆子自己去见他们,于是,一天吃罢茶点,我终于溜出门去。通往车站的那条路相当黑,但上了大街,那昏暗的稀疏街灯还是能使人贴着人行道走。德律菲尔家住在一条小街的一栋二层小楼;楼系暗黄色砖砌成,具有弓形窗一扇。我敲了下门,立即有个小女佣前来开门;于是我问德律菲尔夫人是否在家。她满脸狐疑的神气望了望我,说她要进去看看,一边把我留在门道里。这时我已听见了隔壁房间里有说话声音,但当女用人打开房门时,屋内忽然寂静下来,接着她走了进去,重新把门关上。这时给人的印象是,那里面还有什么奥秘似的。这使我想起我伯父的那些朋友家来:在这些家庭,即使是平时并不生火,煤气只是在客人来时才点,你去拜访时也总是先把你请到客厅里去。我正想着,房门已经开了,只见德律菲尔走了出来。门道里的光线太微弱了,他一下瞧不清来人是谁;但他很快便认出我来。

"啊,原来是你。我们还说什么时候能见着你呢。"说着他喊道:"露西,是阿显敦。"

这时只听得屋中一声叫唤,德律菲尔夫人已经不容分说地快步跑进门道,紧紧和我握起手来。

"请进,请进。快宽宽大衣。这天气真够呛吧!你一定给冻坏了。"

说着她一边帮我脱掉大衣,取下围巾,拿过帽子,一边把我拉进屋子里去。屋子里面倒是暖烘烘的。房间不大,但到处堆满了家具,壁炉里正燃着旺火(这里已经有煤气了,而我们牧师宅里目前还没有);只见那三只用磨砂玻璃制成的圆球状煤气灯给室内带来了一种刺目的光芒。至于室内空气则给烟斗的气味弄得沉甸甸的。由于光线太亮,再加上这番热烈招呼,我起初并没辨清我进门时站起来的那两个人是谁。接着我才认出了是副牧师盖洛威和乔治·坎普勋爵。我的感觉是这副牧师在同我握手时态度好不自然。

"你好吧!我只是到这里来还几本德律菲尔先生借给我的书,德律菲尔太太却非留我吃茶不可。"

这句话勾来的是德律菲尔对他的斜眼一瞥,不过我只是感觉到的,并非真看清楚。接着德律菲尔说了句玛门①不义之类的话,这

---

① 玛门一词来自古代亚拉姆语,原义为财富,转而产生不义之财和财神等义,最初见于《新约·马太福音》6章24节,"你们不能又事奉神,又事奉玛门。"作者的"玛门不义"的话并不确切。

个我知道,是句常被引用的成语,但他引用的意思我却不明白。盖洛威听了笑道:

"这个我说不来了。换成税吏与罪人①那节如何?"

我心想牧师这样乱用成语相当粗俗,但还未来得及细想,乔治勋爵早已凑了过来。在他身上可是没有拘束这回事的。

"怎么,年轻人,回家来过节了;一点没错,你长得够多高了。"

我和他握了握手,态度可是够冷淡的。这时我真后悔我不该来。

"赶紧让我给你倒杯浓茶,"德律菲尔夫人对我说道。

"我已经用过茶了。"

"那就再来一些,"乔治勋爵紧接着道,那讲话的口气就像他是这家主人似的(他就是这个样子)。"一个像你这么大的小伙子一定能再装得下一份奶油和果酱面包的,台德夫人会用她那双秀气的手给你切一块的。"

这时茶点还在桌上,大家围桌坐下,又添了一把椅子。德律菲尔夫人给了我一块糕。

"我们刚才正要让台德给我们唱支歌的,"乔治勋爵说。"来吧,台德。"

"唱《一直爱大兵》,台德,"德律菲尔夫人说。"我爱这个歌。"
"不,唱《我们把他揍了个痛快》吧。"

"那么我就两个都唱一下,"德律菲尔答道。

说着,他从那小钢琴上取过班卓琴,调了调弦,就唱了起来。他唱的是男中音,音量相当厚实。说起这唱歌来,我倒真是见过不少。

---

① 更确切地说是法利赛人和税吏,见《新约·路加福音》18 章 9 节。大意是:一个法利赛人与一个税吏同去殿堂祷告。法利赛人自恃无罪,态度傲慢;税吏却老实承认自己有罪。结果这个有罪的税吏在神面前反而受宠。

不论是在牧师宅的茶会上,还是在那上校或医生家里,人们去时总是带上他们的歌谱的。他们常把歌谱留在进门的地方,所以看上去他们并不太想让人请他们去演奏或唱歌;但是吃过茶点,女主人照例会问他们歌谱带了没有。这时他们只好腼腆地承认带来了,于是(如果是在牧师宅里)我就被打发去取。有时候有的小姐也许会回答她早就不太弹什么了,所以乐谱也没带来,这时她的妈妈准要插话道她带来了。不过一旦唱了起来,滑稽歌曲倒不多见,最常唱的还是《我给你唱支阿拉伯歌》、《晚安,亲爱的》或《我心中的女王》之类的东西。记得有一次在我们那一年一度的音乐会上(在乡村会议室里举行),有个叫史密斯森的布商就唱了支滑稽歌曲,结果坐在后排的人虽然连连叫好,座上的士绅们却表示看不出有什么好笑的地方。或许也就是没有。不管有与没有,第二次再上场前已经有人提醒他注意所唱的内容了("不要忘记场上还有堂客,史密斯森先生"),于是这次他便改唱了《纳尔逊之死》。

德律菲尔唱的第二支小调里正好有段合唱,副牧师和乔治勋爵马上兴致勃勃地加入了进来。这支歌曲我后来还听到过好多次,但我只记得其中四句:

> 我们把他打得满地翻滚;
> 把他拖上楼梯,拽下楼梯;
> 我们揪扯着他满屋乱转,
> 拉到椅上,推入桌底。

歌儿唱完了,我拿出了我最大的交际本领,对着德律菲尔夫人讲道:

"你平日不唱歌吗?"

"唱是唱的,可一唱就砸,所以台德从来没夸过我。"

德律菲尔放下了琴,点起烟来。

"你的那本书写得怎么样了,台德?"乔治勋爵关心地问他。

"还行。我不是还在写吗!"

"这个台德总是写啊写啊,"乔治勋爵笑了起来。"为什么你就不能安下心来干点体面事情,也好变换变换? 我可以在我办公室里给你找份差事。"

"我这不是挺好的吗?"

"你不必管他,乔治,"德律菲尔夫人道,"他喜欢写东西。我的看法是,只要这事能让他高兴,又有什么不好?"

"倒也是。其实我对书本完全外行,"乔治自己也承认了。

"所以也就不必谈论书了,"德律菲尔一笑把他堵了回去。

"能写出本像《美港》①这样书的人实在是太值得骄傲了,"盖洛威先生赞美道,"我倒很想听听你们批评家怎么说法。"

"台德,我是自小就认识你的,可你的书我还是读不下去,再想读也不行。"

"喂喂,天啊,再也不要谈论什么书了,"德律菲尔夫人制止道。"再给大家唱个歌吧,台德。"

"我可是得回去了,"副牧师道,说着转过来对我讲,"我们可以一道回去,"然后又问德律菲尔,"你有什么可以借我看的?"

德律菲尔指了一下墙角桌子上的一堆新书。

"你自己挑吧。"

"天哪,有这么些!"我带着贪婪的目光惊奇地望着。

"唉,全是无聊东西。是送来希望得到篇书评的。"

---

① 虚构的书名。

"那你怎么处理它们?"

"送到坎特伯雷卖掉,能卖多少就算多少。总可以抵点肉铺的账。"

我们——副牧师和我——告辞出来后(副牧师夹着三四本书),他问了我一句:

"你出来之前跟你伯伯说了没有你要来德律菲尔这里?"

"没有,我原来只是出去散散步,后来才忽然想起来这里坐坐。"

当然这话与事实稍有出入,但是就是明告了盖洛威也没什么,我完全会对他讲,尽管我实际上已经这么大了,我的伯伯还是不太认识这个事实,所以凡是他不满意的人,他还要阻止我同他们接触的。

"除非确有必要,如果我是你的话,来这里的事我是不会说的。德律菲尔这家人也是挺不错的,只是你伯伯不太赞成他们。"

"我明白,"我回答道,"赞成不赞成的话够无聊的。"

"当然这家人相当平庸,但德律菲尔还是写得很不坏的,如果我们考虑一下他的出身,像他这样能动动笔已经就不简单了。"

我很高兴一切都明白了。盖洛威先生不想让我伯父知道他和德律菲尔家有来往。这样至少我敢保险他不至于出卖我。

时过境迁,回想一下我伯父的一名副职在谈论起这位久已被推崇为维多利亚后期最伟大的小说家时,竟然是这么一副居高临下的口吻,实在可发一笑;但是当年黑斯太堡的人说起他来时恰恰就是这种口吻。

一天我们正好在格林考太太家吃茶,这时她家正住着个亲戚,是牛津一位研究员的妻子,我们也都听说过这个女人的修养很高。这位安考姆太太身材不高,满脸皱纹,但是很有精神;她最使我们感到惊奇的是她的那身穿戴。她的一头灰发剪得很短,黑哗叽裙也是短的,仅仅刚过她的长筒方头皮靴上口一点。她可以说是黑斯太堡这里第一次见过的那种新型女性。登时我们全都惊慌起来,也都小心起来,因为她看上去确实是一副大有知识的样子,所以我们难免会感到不安。(不过事后我们又都嘲笑起她来,只见我伯父对伯母讲道:"亲爱的,我深感幸运的是你还不太聪明,至少我自己总算幸免了这种福分。"这时我伯母突然也滑稽起来,她取过炉旁我伯伯的靴子套在了自己的脚上道:"瞧,我也成了新女性。"接着我们又都笑话起格林考太太来。"格林考太太也是够可笑的;谁也摸不准她是个什么脾气。当然她还不能说是十分过分。"但是谁又能忘得了她的父亲是个烧瓷器的,祖父还在厂子里当过雇工?)

　　不过当安考姆太太谈论起她熟悉的人们时,我们还是听得怪有趣的。我的伯父早年住过牛津,但是他询问起的每个人似乎全都已经死了。安考姆太太认识汉弗莱·沃德太太①,很欣赏她的《罗伯特·哀尔斯米尔》。这本东西在我伯父看来是部坏作品,但是使他感到不解的是,格兰斯顿先生②,一位至少自诩为基督教徒的人,也居然为这部书大唱赞歌。于是座上引起了一场激辩。我伯父认为这本书会搅乱人们的正常观念,书中所带来的各式各类思想由于对人不利,还是禁绝才好。安考姆太太对此的回答是,如果我伯父认识沃德太太本人的话,他就不会这么看了。她还说,沃德太太是位品性极其高超的女人,又是马修·阿诺德③的侄女,所以不管我们对这部作品本身有何看法(而且连她自己,安考姆太太,也完全承认书中个别部分以删掉为好),可以肯定她写这本东西还是出于极其

---

① 汉弗莱·沃德太太,英国女小说家。
② 格兰斯顿,英国著名政治家,曾四度出任首相。
③ 马修·阿诺德,英国诗人、散文家与批评家。

高尚的动机。安考姆太太还认识布劳顿小姐。这位作家是位名门闺秀,但可怪的是她竟写出那种书来。

"我觉得她的那些书完全没有什么,"黑弗斯太太,也就是医生的妻子讲道。"我喜欢她的东西,特别是她的《她红得像朵玫瑰》。"

"那你喜欢你的女儿们去读这些吗?"安考姆太太反问了她一句。

"或许现在还不,"黑弗斯太太答道。"不过一旦她们嫁了,我也就不反对了。"

"也许你们愿意知道,"安考姆太太继续道,"今年复活节我在弗罗伦斯的时候,我曾有幸结识了威达①。"

"那可是大不同了,"黑弗斯太太接了过去。"我认为威达的书可是太不适合女人读了。"

"出于好奇心理,我倒是读了一本,"安考姆太太说道。"我的看法是,她的书倒是更像一个法国男作家的东西,而不像是出自一位英国闺秀之笔。"

"一点不错,我就听说她不是真正的英国血统。我不止一次听说她的真名叫得·拉·拉摩小姐。"

就是在这时候盖洛威先生提起了爱德华·德律菲尔。

"各位听说没有,我们这地方就有个作家。"

"我们并不因为他感到如何光荣,"上校解释道。"过去沃尔夫老小姐管家的儿子,后来娶了个酒吧女郎。"

"他能写书吗?"安考姆太太盯问道。

"表面看上去他确实不像是个上流人物,"副牧师道,"不过如果我们考虑一下他的种种不利条件,他能写到今天这个样子,也应

---

① 威达,英国19世纪著名女小说家。

算是很不简单。"

"他是我们威利的好朋友,"我伯父补充道。

一下子目光都集中到了我的身上,弄得我好不自在。

"今年夏天他们常常一道出去骑车,威利回了学校以后,我还特意从图书馆里借了他的一种书回来,看看内容到底怎样。看完第一卷后我就还了回去。我马上给那馆员写了一封措词相当严峻的信,使我欣慰的是,这本书以后便再不外借了。如果这本书是我自己的,我会马上把它拿到厨房烧掉。"

"我自己倒也看过他的一本东西,"医生这时开口道。"我所以还感兴趣是因为书的背景就在这周围附近,书中一些人物我还能辨认得出来。只是我很难说我喜欢它;我觉得书写得太粗俗了。"

"这点我向他提出来过,"盖洛威先生接着道,"但他的解释是,那些开往新堡的运煤船里的工人,还有那些渔民和庄稼人,他们和我们的女士先生们是不一样的,举止不同,语言不同。"

"但何必要写这种人?"我伯父提出。

"这正是我要说的,"黑弗斯太太接着道。"谁不知道世界上粗人、恶人和坏人当然是有的,但我不明白去写他们会有什么好处。"

"我并不是为他辩护,"盖洛威先生说明道,"我只是把他所作的解释提供给各位。当然他还举出了狄更斯。"

"狄更斯的情形就完全不同了,"我伯父道。"我想《匹克威克外传》谁也不会反对。"

"我认为这还是一个欣赏能力的问题,"我伯母发话道。"我总是觉得狄更斯太粗俗。尽是写些发音有毛病的人的书我是不想读的。不瞒你们说,我倒宁愿这些日子天气不好,这样威利就不能再同德律菲尔骑车去了。我觉得他与这种人结伴不太合适。"

听了这话,不只是我,就连盖洛威先生也抬不起头了。

第九章

在黑斯太堡那不很热烈的短暂圣诞节期间,我去公理会教堂隔壁德律菲尔家的次数还是频繁的。但是每次去时,乔治勋爵必在,盖洛威先生也必在。由于各怀诡秘,心照不宣,彼此也就混得熟了,于是每逢在牧师宅或礼拜过后在教堂祈祷室里见着时,我们总是忍俊不禁,相视而笑。我们间的秘密谁都不曾开口谈过,但却暗自得意,得意的是我那伯伯一直给蒙在鼓里。但有一次我却忽然想起,这个乔治·坎普会不会哪天在街上遇见我伯伯时,突然冒出一句,他在德律菲尔家见着我?

"乔治勋爵这人到底怎样?"我向盖洛威打听。

"啊,我认为是没错的。"

说着,两人都会心地笑了笑。自此我对乔治勋爵不再反感。起初我对他还是相当冰冷与过度礼貌,但他却仿佛对我和他之间的差别全无半点认识,结果我也只得承认,我的这套恭而有礼的傲慢态度并没有能够把他那不懂身份的缺点纠正过来。他还是他那老样子,嘻嘻哈哈,热热闹闹,甚至吵吵嚷嚷;他还是那么十足俗气地向我打趣,而我也就拿出我的学生本事给他回敬了过去;这一来周围的人们全都笑了,所以我也就对他恼不起来。另外他还特别爱好吹嘘他的一些宏伟计划,不过他也总算还有点长处,就是当我嘲笑他的这类空中楼阁式的空想时,他能沉得住气,绝不发怒。我最爱听他讲黑斯太堡那里一些所谓时髦人物的可笑事情,这些事经他稍加模仿,简直可以把人笑死。乔治这人的确是大喊大叫式的俗物一个,不仅那衣服的穿法从来就不顺眼(我自己的确不曾去过新市①,

也没有见过一名马术教练，但我敢肯定，新市的教练大概就是他这路打扮），他在饭桌上的样子也让人恶心，不过不管怎么说，他给我的反感还是渐渐减弱下去。他每周都将本《金表链》②借给我看，我便把它藏在大衣口袋里，带回卧室去读。

我一般去德律菲尔家总是在牧师宅里用过茶点之后，但是到了那里，我还是要再来一份的。过后，台德·德律菲尔便唱起他的滑稽歌曲来，这时他不是拨动班卓琴，就是用钢琴来自伴其唱。每次唱的时候，总是将他那相当近视的眼睛一边细瞅着乐谱，一唱就是个把小时；这时你会看到他的唇边常常泛起笑容，他还喜欢我们全都加入那些歌曲里的合唱部分。惠斯特牌也是我们在这里常玩的。这种牌戏我很小就会，过去在牧师宅时，每逢冬日夜晚，我和伯父母便常三个人耍这东西，以消永夜。这时我伯伯常常顶那空位；但尽管我们并不赢什么钱，每回伯母和我输了时，我还是要蹿到饭桌下撒泼哭闹。但台德·德律菲尔却不玩牌，说他不擅长这种玩艺儿，所以每次我们打起牌来，他总是手中铅笔一支，坐到炉边去阅读那些伦敦寄来的书籍，以便给它们撰写书评。但这种牌我过去并没有一对三地同人正式打过，当然牌技不佳，可德律菲尔夫人在这方面却极有天分。按说她的举止行动平时也并不十分敏捷，但是一旦坐到牌桌上面，她的一切却是来得那么迅疾快速，利落无比。她一下子便把我们打得人仰马翻。平日她并不是个好多嘴的人，而且讲话很慢，但是如果打起牌来，她却成了另一个人，这时她会耐性十足地将我打错的地方一一好意指出，不仅语言流畅，简直是滔滔不绝。于是乔治勋爵便取笑起她，其实他谁都取笑；而她对这种逗趣也不

① 新市，英国东部剑桥郡的农业区，以赛马场著称。
② 通俗故事小杂志名。

在意，微哂而已，她是很少开口大笑的，不过有时也回敬他一句。他们看上去并不像是情侣，而只不过是一般熟人，所以我过去听到甚至见到过他们的那些情况本来已经快该忘掉了，却不料偶尔之间她对他的突然一瞥竟又把这些勾了起来，令人感到困惑。她的那种看法也够特别，一双眼睛停在他的身上一动不动，好像他并非是人，而只是件桌椅之类的物件家具，另外眼神之中还有股孩子般的淘气似的微笑。接着我便看到他那张面孔竟忽地猛涨起来，大有情不自持、再坐不住的样子。我马上瞟了那副牧师一眼，唯恐他也觑出什么，幸好这种时候他心在牌上或正忙着点烟。

就这样差不多每天我总要在这个闷热局促和烟气腾腾的小房间里待上一两个小时，但这一切都像闪电一般很快就过去了。看着假期将尽，一种寂寞的情绪不禁袭上心头，我又得再在学校里过上三个月的无聊日子。

"我真不知道你走了后我们该怎么办，"德律菲尔夫人说。"我们要三缺一了。"

如果我走了后他们便玩不成牌，那正是我求之不得的事。我实在不希望，就在我埋头做功课的工夫，他们却在那个小房间里恣意尽情地玩乐享受，仿佛我并不存在似的。

"复活节时你能放多少日子假?"盖洛威先生问我。

"三周左右。"

"那时我们就会又热闹了，"德律菲尔夫人道。"另外天气也好起来了。我们可以上午骑车出去玩玩，吃过茶点后打打惠斯特。你的牌技大有进步。如果复活节期间每礼拜能打上三到四次，以后再同谁对阵也都不用怕了。"

第十章

但这一学期终于又结束了。当我再一次地从黑斯太堡跨下车来时，我的情绪是高涨的。我的个子又长高了些。我还从坎特伯雷定做了一套新装，一身藏青哗叽，相当漂亮，另外新购领带一条。我恨不得把茶点吞下之后，马上就去看望德律菲尔夫妇；我相信铁路上很快就会把我的箱子运来，我将能及时换上新装。这样我就十足地是个成年人的样子了。其实这时候我已经每晚在自己的上唇涂抹凡士林膏，好刺激胡子长得快些。返回途中，在经过镇上时，我把目光向着德律菲尔家居住的那条街上眺望了一番，希望那时就能见着他们。我真想那时就前去登门，向他们问好，但是因为上午时间德律菲尔要写作，另外德律菲尔夫人也还没有穿戴起来。我这时心里面有许多热闹的事情急着要告诉他们。在运动会上我拿了百码赛跑冠军和跨栏第二名。我打算在今夏的历史奖上争个名次，所以要乘着假期突击一下英国史。这时尽管吹起东风，天空还是蓝湛湛的，一缕缕稀疏的春意早已溢满人间。尤其是那条长街，由于被风刮得干净利落，每道线条都显得格外挺拔分明，无异撒缪尔·司各特笔下的一帧新作：它给人的印象是，安详纯朴之中，透着恬适。但以今天的目光重看过去，那条长街也不过是黑斯太堡的一条长街而已。登上铁道经过那座桥时，我看到又有几栋新房正拔地而起，这时我不禁喊道：

"乔治啊，真有你的。"

在远处田野上雪白的羊羔正在跳跃嬉戏。榆树已经开始泛青。我从边门跑了进去。这时我伯父正在炉边安乐椅上读《泰晤士报》。我喊了声伯母,只见她马上跑下楼来,大概因为见着了我兴奋的关系,那皱褶的面颊上竟不觉泛起一丝红晕,然后紧紧搂住我的脖子。这时她说的话都是我最爱听的。

"你又高了!天哪,胡子快长起来了!"

我又在我伯父那光秃的头顶上亲了一下,便站到壁炉前面,两腿略向外跨,面朝他们,大有几分业已长成、居高临下的味道。接着便是跑上楼去向艾米丽问好,走进厨房同玛丽-安握手,又到园子里去看了花匠。

等我饥不可耐地坐下来吃午饭时,一边望着我伯父在切羊腿,我问了伯母一句:

"这一段我不在时,黑斯太堡这里有什么新闻?"

"倒没有什么。格林考太太到曼顿去了六周,但几天前已回来了。上校得了痛风。"

"你的好朋友们德律菲尔一家跑掉啦,"我伯父补了一句。

"你说他们怎么啦?"我高声问道。

"跑掉啦。他们一天夜里突然把行李运走,便去了伦敦。他们在这里欠了一屁股债。房租没付,木器家具的钱也全没付。他们还欠了赫理斯那肉商差不多三十镑。"

"有这种事!"我说道。

"的确太不像话,"伯母接着道,"好像他们连女用人三个月的工钱也都没给。"

我惊诧得连话也讲不出了,只觉着胸口一阵恶心。

"我看以后你一定会变得更聪明些,"我伯父说,"不再同我和你伯母不赞成的人们混到一起。"

"那些受了骗的商人也是怪可怜的,"伯母道。

"那叫活该,"我伯父说,"你不想想,像这种人你也能够对他们赊账！我本以为一般人能看得出他们都是骗子。”

“我也常纳闷他们来这里想干什么？”

“想炫耀炫耀吧。我揣摩他们的心理是，人们一旦知道了他们是名人，他们就容易靠赊账来过日子。”

我认为这话不太合理，但我已经给搞垮了，没有精神再去争辩。

很快我就跑到玛丽-安那里去问询这事，看她还了解什么。出我意料，她对这件事的看法并不同我伯父母完全一样。她格格地笑了起来。

“这一下他们可是把人全给哄了。他们平日花钱大手大脚，人们也就以为他们有的是钱。在肉铺买肉时，颈子必须是最鲜的，腰肉必须是最嫩的。还有芦笋、葡萄这类讲究东西。他们在城里哪个铺子里账都不少。让人不明白的是人们咋这么傻。”

她说了半天，但显然说的都是商人的事，而不是德律菲尔家的事。

“可他们怎么就能那么悄悄地跑了？”我追问她。

“怎么跑的？谁也是这么怀疑。不过据人讲是乔治勋爵帮了他们的忙。你想吧，他们又怎么能把那些箱子都搬到火车站去，如果不是他用他的马车替他们运输？”

“那么乔治是怎么说法？”

“他说他对这事一点也不知道。等人们发现德律菲尔一家人夜里逃走以后，整个城里可是乱了一阵。这事我听了只是好笑。乔治勋爵说他并不知道他们穷成这样，还说他跟大家一样没有想到。鬼才相信他这些话。谁不清楚，他跟露西在她结婚以前早就勾搭上了。这可是咱们私下说了，我确实也没想到会闹成这样。人们早就传说，今年夏天他们两个一起去过地里。这个乔治哪一天不从他们家里出出进进。”

"人们是怎么发现了的?"

"怎么发现他们逃走的?他们家有个女用人。他们对女用人说,那天晚上她可以回去看看她妈,第二天八点以后再回来就行。可第二天回来,她进不去门了。她把门敲了又敲,把门铃按了又按,就是没人开门。没办法,她只好去问一家邻居的太太该咋办。邻居太太劝她去找警察。警察来了也是又敲又按地闹了一通,还是没人开门。这时警察就问了她一句,这家人付没付她工钱。她说没付,而且连着三个月没付了。听了这话,警察对她说,这他就清楚了,他们是逃债跑了,没有问题是逃债跑了。等他们进去后,果然发现屋里空空荡荡的,凡是他们自己的衣服、书籍——据人们讲台德·德律菲尔的书可真不少——就连一点点东西也不见了。"

"以后就再没有他们消息了吗?"

"倒不是完全没有。他们走了一个来星期以后,那女用人接到了一封伦敦寄来的信。打开信封,并没有信,只是一张邮局汇票。这事照我看来总还算做得漂亮,他们没有骗了那女用人。"

这件事给我带来的不安要比玛丽-安大得多。我是一个非常重视体面的青年。读者大概早已看出,我向来把我自己阶层的种种传统视作天经地义一般。虽然大笔大笔的欠债在小说里不失为某种豪爽举动似的,另外放债人和讨债人也常常是我头脑里熟悉的角色,但真要是拿了人家东西而不付钱,我总认为是一种卑鄙龌龊的行径。每当人们在我面前谈论起德律菲尔这家人时,我总是显得非常不安。人们如果说起他们是我的好朋友时,我会回答:"不用提了,只能算是一般熟人,"如果他们问我,"这家人够俗气吧?"我的答话会是:"不错,不过他们总还够不上那最恶毒的蛀虫吧。"其实不只是我,盖洛威先生也给弄得够狼狈的。

"其实我也没有认为他们真有多阔,"盖洛威对我讲道,"只是认为他们还过得去。他们的房间装饰得相当精致,钢琴也是新的。我可从没想到他们根本没付过钱。在享受上他们是一点也不吝惜的。使我反感的是这种欺骗手段。我以前同他们没少来往。我觉着他们也不讨厌我。他们对人倒总是挺热情的。这话说起来也真让人难以相信,可最后一次我们握手道别时,德律菲尔太太还邀请我第二天再去,这时德律菲尔还补了一句:'明天茶点吃松饼。'你能想得到吗,说这话的前后他们已经把东西在楼上全包装好了,当天夜里就搭上最后一班车去了伦敦。"

"乔治勋爵对这件事是什么看法?"

"不瞒你说,最近我没有专门去看他。这对我也是一个教训。不是有那么句关于交友不慎便将如何的格言吗,这话我一定要铭记心头的。"

这时我自己对乔治勋爵似乎也是这个看法了,因而难免稍觉不安。如果他忽然心血来潮,对人们讲起去年圣诞节时我几乎天天都去德律菲尔那里,而这话又传到了我伯父的耳朵里去,可以想见又会是一场极大的不快。我伯父肯定会把欺骗、不老实、不服从和举止失态等等一大串罪名加到我的头上,而我也会完全无辞以对。我十分清楚,像他那种性格,他绝不会对这件事轻易罢休;他一定要对我的失检行为唠叨上好些年。所以我也不想见着乔治勋爵。可有一天我却在长街上和他碰了个对面。

"喂,喂,年轻人,"他高声喊道,那招呼人的方式我向来特别反感。"回来度假期吧,我猜想。"

"你猜想得太正确了,"我拿出我的杀手锏来,狠狠地顶了回去。

令人扫兴的是,他听了我的话后竟哈哈大笑起来。

"你一开口就像把刀子似的,小心别把你自己也割着,"他的兴头一点没有下去。"看起来你我现在可再没有牌可打了。现在看清了吧,生活超出自己的经济会是什么结果。我平日就常好对我儿子讲,你有了一镑钱而花去了十九先令六便士,你还算是一个富人,可你花去了二十先令六便士,你就成了叫化子了。注意你的便士吧,年轻人,你的金镑就会注意起它们自己。"

他口头上虽是这般讲法,但语气之间却似乎并无半点责备之意,而只是一直笑眯眯的,仿佛他正在心底里暗自嘲弄这些漂亮格言。

"据说是你帮助他们逃跑的,"我向他捅了出来。

"是我?"他的脸上露出一副极端吃惊的神气,但眉眼之间还是那种刁滑好笑的样子。"你瞧,人们第一次跑来告诉我说他们逃债跑了,我一下子连站都站不住了。他们还欠下我四镑十七先令六便士的煤钱。我们是全给人家哄了,就连盖洛威那老东西不是也没能吃上他的松饼茶点吗?"

没有想到乔治勋爵竟能这么瞪着眼睛胡说八道。我实在想给他句非常难听的话,狠狠打击一下这个家伙,但一时又想不出来,只好说了句我得走了,但我那点头的样子可是够难看的。

第十一章

　　以上正是在等阿罗依·基尔的工夫我想起来的。但是抚今追昔,当年爱德华·德律菲尔尚属默默无闻时的这桩无聊细事如果同他日后的煊赫名声联系起来细想的话,确实也令人堪发一笑。我不知道,是不是因为他作为一位作家,在我幼年时期被我周围的人们过于小看的关系,所以我对于他的某些惊人的长处总是看不出来,而这些恰是后来批评界的高手们所推崇的。他的文字一向被人认为写得很糟,的确他给人的印象是,他仿佛是用着一支秃铅笔头在进行写作;他的笔调是艰涩吃力的,在文白的融合上,也是忽雅忽俗,极不自然,至于书中的道白,更是活人的嘴里听不到的。只是到了他的晚年——这时他已经用了口述方式写书,这样他的文章才因为具有了某种口语的闲适,而逐渐变得清通流畅起来;可一般的批评家还是认准他壮年时的东西,声称他那时的文字才是最简劲和有味的,恰与其题旨相适应。他的壮年本是文坛上藻饰之风正盛的时候,于是他的一些描写文字也就被选入不少散文集子。他的几段关于海上风物、肯特林间春景以及泰晤士河下游落日的描写都是很有名的。但我读起来却总是觉得好不舒服,这不能不引为平生憾事。

　　在我年轻的时候,他的书虽然销售数量有限,其中有几种,图书馆甚至还不让出借,但是能够欣赏他的东西仿佛已经被人认作是一种文化高的表现。在一些人的眼里,他的风格是豪放真实的,他的作品是抨击俗物市侩的有力工具。接着某位人士更独具慧眼,忽然发现他笔下的水手农民具有点莎士比亚式的生动性,于是当着这批先觉分子聚集到一起时,他的那些乏味而粗俗的庄稼汉便博得了上述人士的啧啧称善与高声颂扬。而这路货色爱德华·德律菲尔最不愁源源供应。但是每当我被他引入到一条航船上的水手舱或某家客栈里的酒吧间时，我的一颗心就会猛地咯噔一沉，我明白这下完了，我又得硬着头皮去忍受那连篇累牍的闲文杂评，而这些，不论是有关人生道德还是不朽问题，都一律是用一种貌似滑稽的方言写成的。说实话，我本来就觉得莎士比亚戏里的那些丑角够乏味的，至于由此而衍生出来的无穷变种，那就更加令人难以消受了。

德律菲尔最擅长的当然是写他熟悉的那些社会阶层——农家、雇工、店员、厨娘、酒保、船长、大副、水手，等等。但是一旦写起社会上层人物，这时不难想见，即使最崇拜他的读者也必然会产生某种不自在的感觉；他的那些风雅人物实在未免太风雅了，他的那些高贵女士也都太高贵和太纯洁太善良了，因而讲起话来也就难怪只能都是那么文绉，那么庄严。他笔下的女性也都和真正的活人隔着一层。不过这里我不得不重复一句，这只能说是我个人的私见；广大读者和高明的批评家尽可以认为她们正是英国妇女的风范，英武果敢，志行高洁，足堪与莎剧中的巾帼英雄相媲美。可我们大家也都知道好多女人是有秘结毛病的，但是如果在小说里竟把她们写成仿佛就绝无排便之类的事时，那也只能是对她们崇拜得太过度了。事实上不少女读者竟对这种写法毫无异词，这真是令人够奇怪的。

不错，批评舆论界可以硬使广大读者去重视一位比较平庸的作家，而广大读者也有可能对一个并无多大特长的作家产生过度狂热，不过这两种情形都不会太经久；因而我不能不认为，一位作家如果能像爱德华·德律菲尔那样，在文坛上维持得这么长久，想必他有着相当才具。高雅人士每每对作品走红这事心存鄙薄；他们甚至认为这事本身便说明它是一部平庸之作。但这些人忘记了我们的子孙后代如果进行选择时，他们所得以挑选的还是一个时代里的

知名作者，而不是那不闻名的。很有可能一部真正的杰作按道理本
应当不朽，但因自一出印刷厂后便已湮没无闻，后人想要知道也将
无从得知；也有可能后人会把我们今天的所谓畅销书籍全部抛弃，
但毕竟还是得在这些中间来进行挑选。而爱德华·德律菲尔则是
至少已经参加进了这批中间。他的长篇小说曾经使我厌烦；我总觉
得它们冗长得难以卒读；他书中的那些悲欢离合式的热闹情节，在
他来说本来是为着刺激起读者的胃口的，但在我却毫无反应；不过
他的态度还是很诚恳的。在他最好的作品里确实有着一种生命的
悸动，另外不论在哪本书中作者的那副哑谜般的性格都会使人不能
不察觉到。在他写作的前期，写实笔法曾经是他受到褒贬的主要原
因；于是随着批评者的高兴，不是因为被认为写得真实而备受颂扬，
便是因为被视作粗俗而横遭非难。然而时代变了，写实与否已不再
引起人们多大注意，因而今天的一般读者早已把作品里有着点写实
性的东西全不当回事，而这些如果挪到三四十年之前，人们还是会
拼命回避。本书的读者们大概还能记起德律菲尔初逝世时《泰晤
士报文学副刊》上刊出的那篇社评。以爱德华·德律菲尔的小说作
品为依据，社评作者笔下的这篇东西与其说是一篇悼文，倒不如说
更像是一阕对美的赞歌。谁拜读了这篇几乎可以说直追杰雷米·
泰勒[1]当年雄风的宏文之后，能够不被它所感动呢？那抑扬顿挫的
周密文句，那不胜依依的崇仰虔诚，那高雅之极的思绪感情，更何况
这一切又都表达得那般精彩，因而以文章论，确可以当得起是藻丽
而不伤之繁缛，妍美而不流于纤弱。它本身便是一篇绝美的东西。
如果有人提出爱德华·德律菲尔不妨被视作一位幽默作家，因而这

---

[1]　杰雷米·泰勒(1613—1667)，英国著名散文家，具有比兴繁富、音韵悠扬与华美等
　　特点。

篇颂扬文章中如能稍杂戏谑成分,读起来就要更轻松些,对此人们必会回答,毕竟这篇文章属于祭奠辞令。再说谁也明白,美神对于俳优的怯懦殷勤向来便很少赞许。罗依·基尔在和我谈到德律菲尔时,曾坚持说,不管他有多少缺点,那流溢于其篇篇页页之间的美便把那一切全补救了。现在回顾我们那次谈话,我觉得,正是他的这种说法最使我感到怒不可遏。

回想三十年前,写上帝曾经是文学界里的唯一时尚。在那时,有了信仰就是有了体面,于是上帝一词便成了每个新闻记者行文时的头等手段与必要装饰。但接着上帝的气运式微(可怪的是竟与板球和啤酒一道式微),而由牧羊神代掌文坛。一时间,在小说的广阔原野上,几乎没有一片绿茵不给他的神蹄弄得印记斑斑。不仅诗人们于其昏晓之际在伦敦郊野不时窥见他的踪影,萨里与新英格兰许多雅好文学的淑媛,这些工业时代的女仙,也都不顾清白,悄悄接受他的抚爱,并自此而在精神上呈现异样。不久牧羊神站立不住了,他的地位又被美所夺据。登时在人们的眼睛里,不论是鸟、兽、虫、鱼,也不论是语言、动作、举止、服饰,又都变得无一不美。至于年轻的女人们,本来这些人个个都写过本了不起的小说,更是群雌粥粥,大谈特谈起美来,于是何为隐约之美,何为刁钻之美,何为激切之美,又何为妩媚之美,真是无所不包,刺刺不休。年轻男人当然也不落后——这些大多是牛津新毕业生,他们的身后依然拖曳着那里荣耀的云霓——他们也全都在各个刊物上谆谆告诫我们应当如何对待艺术、人生、宇宙等等,一边把美这个词异常轻率地胡乱塞进他们那密密麻麻的篇页之中。于是美遂给他们弄得遍体鳞伤。唉,他们把美糟蹋得太过分了! 理想本有许多名字,美不过是其中之一而已。我很怀疑,这番喧器只不过是那些在我们这个英雄的机器世界无法适应的人的一声长叹,另外这些人对美,对我们这个不光彩时代的小耐尔①的这种钟情也不过是种很浅薄的感情。说不定到了下一时代，由于那时的人对生活的紧张已经完全适应，他们汲取灵感的方法便将不再是逃避现实，而是积极地去接受它。

我不知道别人是不是也和我一样，但我却觉得我无法对美长时间地凝注不放。在我看来，济慈在他的《恩底弥翁》的第一行里所写的那句话②实在是十足的谬论一条。每当一件美的事物在我的身上引起某种神奇的感觉时，我的心思也就很快离开了它；所以每逢人们对我讲起，他们是如何一连多少个小时如痴如狂地凝注着一片景观或一幅画时，我对他们的说法总是将信将疑。美是一种癫狂；但它也和饥饿一样简单。它往往使人没有什么议论可以发挥。它仿佛蔷薇的香味那样：你嗅到了，于是也就再没有什么好说。正是因为这个缘故，所以许多艺术批评文章，除非其中很少谈美因而也就很少涉及艺术，总是那么让人读着厌烦。姑以提香③的《基督之葬瘗》为例——这幅画也许正是世上一切画作里最能体现所谓纯美的无尚典范，但关于这帖名作批评家们又能告诉你什么呢？无非是劝你自己去看看罢了。至于他们的其他议论，便也只可能是历史、传记等等。实际上人们早已把许多别的东西添加到美的上面，例如崇高、温柔、爱情、人的因素，等等，原因是美久已不再能够满足他们。美意味着完善，而完善的事物就会使我们在一览之余不再对它更多注意，而这也是人性如此，无可奈何。有位数学家曾因观看《费德尔》④后提了个问题⑤，而惹得人们评说到今，其实他也未见

---

① 英国小说家狄更斯《老古玩店》中天真可爱的小女孩，这里用作美的化身。
② 那第一行诗是："一件美的事物是一个永恒的喜悦。"
③ 提香(1477—1516)，意大利著名画家。
④ 《费德尔》，法国17世纪著名剧作家拉辛的代表作之一。
⑤ 这问题是："它证明了什么？"

笔花钗影录

得便像一般人想的那么愚蠢。试问谁又能讲得清为什么帕埃斯图姆①的多利斯式②神殿便比一杯冷啤酒更美，除非是生拉硬扯进一大堆与美毫无关系的东西？美是一条再出不去的死胡同，一座一旦登上之后再也无路可通的绝壁孤峰。这也正是为什么我们终于还是觉得，埃尔·格列柯③要比提香、不够完美的莎士比亚要比精妙绝伦的拉辛，更能带给我们一些系人情思的东西。美已经被人评论得过于多了，所以我也就索性再多谈几句。美属于那种能够餍足我们身上这类天性的事物。但问题是，谁又会喜欢单纯餍足？只有蠢汉才会认为餍足就是美餐。让我们正视这个问题吧：美是有几分讨人嫌的。

当然批评家们对爱德华·德律菲尔的种种议论都不过是些胡乱恭维而已。德律菲尔的最大长处既不是给他作品带来气势的写实笔法，也不是给他作品里注入的什么美，既不是他对水手形象的那些逼真的刻画，也不是在状摹盐沼、风暴、平静的水面或掩映的村落等方面具有如何的诗才；他的最大优点是他比别人都活得长。对年齿尊长的尊重本是人类社会中最可贵的一种品质，而这种品质在我们民族则表现得尤为突出。当这种对年长者的敬畏心理在其他国家中往往不过是纯理想式的，在我们这里则是很实际的。试想除了我们英国人，谁还会挤满科文特花园歌剧院去听一位已经哼不出声的当年的歌剧女主角？再如，也是除了我们英国人，谁又肯买上票去观看一位实际上已经衰老得快动弹不了的男舞蹈演员，而一边还要不胜感慨地赞美道："真是的，先生，您知道人家都已经六十多了吗？"不过若将这些人与政界人士或作家们相比，那他们又往往只

---

① 帕埃斯图姆，古希腊城镇名，地在今天意大利南部。
② 古希腊建筑柱式之一种，风格以古朴著称。
③ 埃尔·格列柯(1541？—1614？)，生于克里特岛的西班牙画家。

是年轻人了。所以我常觉着,一位年岁不同的法国总理,如果一想起一旦他年届七旬,便不能不从此引退的话,而这个年纪对于许多公务人员和作家还仍然是大好时光,这时他也是不可能不有点怏怏然的。要知道,一个四十岁时还不过是个普通政客的人,一旦年届七旬就会成为一位政界伟人。另外一旦达到这样的高龄,也即是说一旦衰老到无论什么花匠、职员或治安人员全都干不了的时候,他也就有资格来治理国家。这事细想起来,也是无足怪的。老年人不是自古以来就好对年轻人讲,他们更聪明吗?这话年长日久,也就非常深入人心。等到年轻人开始看穿这套谎言时,他们自己便也都不太年轻,因而为了自身利益也就乐得把这种假话继续传播下去;更何况,一个人只要在政界稍稍混混,就不可能看不出来(至少实际情况证实了这点),原来治理国家这事并不需要有什么头脑。但是说到作家方面,为什么他们愈老便愈受人尊敬,这事我却一直感到非常困惑。一度我曾这样解释这个问题,这即是,年轻人所以好对那些已经有二十年写不出精彩东西的作家大加恭维,主要因为这些人不害怕那些老的能同自己竞争,所以歌颂一下他们并无任何危险;再说,谁不明白,去对一位在竞争上你毫不畏惧的人大加颂扬一番,往往正是你对一个心怀恐惧的人的一种最妙的打击办法。但这种看法实在未免对人性贬抑过低,以致贻人以肤浅刻薄之讥,这也是我不情愿的。经过更深入的考虑,我最后得出的看法是,世人所以好对那些寿数特长的作家齐声颂扬(并借以宽慰其晚景)的真正原因在于,一个聪明人一过三十便不再读书。正是因为这样,他们年轻时候看过的书就会在他们的回忆中变得光彩十足,而且越到后来,这些书的作者在他们心目中的价值也就越加增高。当然一位作家必须不断写作下去;他必须使他自己不从读者面前消失。那种认为只要能写出一两部杰作便可以从此搁笔的想法是不切实际的;他必须拿出四五十部哪怕极平庸的东西,以便供人崇仰。这就需要相当时间。至于他的著作,如其不能以其风采取胜的话,至少也能凭那数量把人压倒。

如果,如我所说,长寿即是天才的话,那么在我们这个时代里很少有谁在这方面能比爱德华·德律菲尔更占优势。当他还是六十岁时(有修养的人们早已把他胡乱评论够了,并从此再不睬他),他在文学界的地位也只是还说得过去而已;个别高明的批评家装饰过他,但也很有节制,较年轻的对他几乎是流于轻薄了。大家倒也认为他有才能,但谁又会梦想到他会成为英国文学的光荣? 接着他七十大寿。日子到了。这时文坛上开始不安起来,那情景宛如东方的洋面上一场飓风即将到来,近海地方已经波澜迭起。情况非常明显,原来在我们中间早就存在着一位大小说家,只可惜我们至今尚未发现。于是不仅各地的图书馆纷纷竞购他的书籍,布卢姆斯伯里、切尔西①等等凡有文人雅集的一切地方,无不立即摇起笔杆,根据他的小说撰写起或长或短,亦庄亦谐的赏析、研究、论文和专书来。他的书籍立即以全集、选本等形式赶排重印,至于书价有贵有贱,各不相等。他的风格、哲学、技巧等也都各有专人一一加以辨识、考察与剖析。等到再过五年,也即是当他七十有五时,人们已经众口一词公认他是天才。八秩高龄时他更被推崇为英国的文章泰斗,人伦楷模。这一崇高地位一直荣享至没世不衰。

今天当我们环顾左右,发现再没有人能够接替他的这个位置时,我们难免会产生某种凄凉之感。当然此刻好几位耄耋之辈早已又爬了起来,显得很有精神,自感完全可以补此空缺。不过显而易见他们又全都缺点什么。

---

① 伦敦区名,以上两地区均为文人雅集、书店林立的地方。

以上这种种回忆现在把它们重写出来当然是很费时间的,但是当这一切掠过我的头脑时却只不过是瞬息间事。它们的到来也是乱纷纷的,往往是一桩小事又接连着几句闲话,而且也都是些陈年旧事了。我现在把这些有条有理地记录下来自然是为了读者看着方便,但也因为我的头脑比较清楚。因此尽管时间已经隔得很久,我现在仍能记得谁是什么长相,谁又都大致讲了些什么;只是他们都穿的什么,却早已变得非常模糊,这实在是够奇怪的。我当然知道,在人的特别是女人的穿戴方面,四十年前的样式已经和今天的大不相同。所以说在这件事上我如果还能有所追求的话,那印象也主要是好多年后从图画或照片中得来的,而不是我真能记得。

突然间,门外的出租车声和一阵铃声驱走了我头脑中的遐想,紧接着是阿罗依·基尔的哇剌哇剌声音,告诉门房他和我有约会。然后这个大高个子便兴头冲冲地闯了进来;只一下,我那凭着渺茫的过去所构建起来的虚幻楼阁早已被他的一团精力击得粉碎。就像阵呼号着的三月厉风似的,他把那咄咄逼人和无可逃避的现实带进屋来。

“我刚刚还在心里琢磨,”我开口道,“谁有可能接替爱德华·德律菲尔来做我们英国文学的文章泰斗和人伦楷模,你的到来正好能帮助我来回答了这个问题。”

他十分高兴地笑了起来,但眼角里却马上泛出一派狐疑。

“我觉得现在还找不出人,”他回答说。

“那么阁下如何?”

“可是,天啊,我今年还不到五十。但愿天可假年,再让我活上二十五岁。”他笑道,可一双眼睛紧紧盯着我的目光不放。“我说不清你是不是又在开我玩笑。”他突然将目光向下一扫。“当然一个人有时候也不可能不考虑一下自己的前途。目前所有那些爬到树顶上的人差不多都比我大上十五到二十岁。他们不可能长期留在那里。一旦他们离去以后,又该轮到谁呢? 当然奥尔德斯①要算一个;他比我年轻得多,只是身体不够结实,另外我觉得他也不太注意保养。除非发生特殊情况,我的意思是说除非一位绝世的天才突然冒了出来,把我们全都杀败,那么再过二十到二十五年,文坛盟主这个位置也未必便完全不能落到我的头上。因此重要的问题是,你是不是能继续坚持下去和活得比别人更长。"

说着罗侬的矫健身躯一下子坐到我女房东的一把安乐椅上。我递给了他一杯加水的威士忌。

"不,六点以前我是不喝烈性酒的,"他谢绝了。他向四周扫了一眼。"这个住处还真不错。"

"不错。你今天找我不知有何贵干?"

"我打算和你当面商量一下德律菲尔夫人邀请的事。有好多话在电话上是说不清的。不瞒你说,我准备写德律菲尔的传记。"

"原来这样! 那么上一次见面时你为什么并没吐口?"

我对罗侬已经再无反感。使我好笑的是,我那天就怀疑过,他请我吃饭恐怕不仅仅是为了和我叙叙友情。果然我没有冤枉他。

"那时候我还没有完全定下来。德律菲尔夫人非要我干这件事不可。她要在各方面尽量给予协助。她已经把一切材料都给了我了。这些都是她多年以来的辛勤积累。写传这事不是件轻松的事,另外干不好是绝不行的。不过要真能写好,对我也会大有益处。人们常常希望一位小说家偶尔也能出点严肃东西,这样就会赢得他们更多的尊重。我的那些批评作品就是写得很辛苦的,虽然卖不了钱,我也从来并不后悔。它们给我带来了某种地位,而没有那些,这

① 指奥尔德斯·赫胥黎(1894—1963),英国小说家与散文家。

种地位是完全得不到的。"

"我觉得你的想法不错。最近二十年来你比谁都更熟悉他。"

"这倒不假。不过我开始认识他的时候,他已经年过六十。我写信给他,说我对他的大作多么佩服,于是他也就答应我去见他。可是我对他的早年生活了解很少。德律菲尔夫人过去倒也经常让他谈谈那段时期的事,然后把他谈的全都详细记载下来。他的一些零星日记也是有用的资料。当然他小说中的一些材料也都具有一定的自传价值。只是需要加以填补的空白还是很不小的。关于这本传的写法我也可以告诉给你。我打算把它写得轻松亲切一点,内容包括许多详细情节,这样人们读起来会有更多的亲切之感,同时再把真正像样的详尽批评文字编织进去,当然不一定搞得过于沉重,但同情却是不可少的,另外尽量透辟和……细腻一些。自然这事还得实干一番。德律菲尔夫人也认为我能胜任。"

"当然你能胜任,"我插了一句。

"我也觉着没有什么不可以的,"罗依继续道。"我是搞批评的,我又能写小说。显然在写作方面还算稍有资格。可是要想干成,那么所有这方面能帮助我的人肯帮助我才行。"

我明白我此刻的用途了。但表情上仍然装作不甚解其意的样子。罗依探过身来。

"我上次问过你,你是不是也准备写点有关德律菲尔的东西。你说你不准备写。这话我能信靠吗?"

"当然可以。"

"那么你不反对向我提供你的材料了?"

"天哪,我并没材料。"

"这话说的,"罗依这时态度可爱极了,那口气正像一位大夫让小孩子张开嘴来检查喉咙时的说话方法。"过去他居住在黑斯太堡时,你一定没少见他。"

"可那时候我还只是个孩子。"

"不过你总会对这种不同寻常的经历有所感受。不管怎么说,一个人只要稍稍接触过爱德华·德律菲尔,都不可能不受到这个非凡性格的强烈感染。即使一个只有十五六岁的人也不会看不到这点,更何况比起一般这种年龄的人,你一定会更加善于观察和更敏感得多。"

"我很怀疑他的性格会显得那么非凡,如果不是靠着他的名气。你想想看,假如你现在扮作一个普通丘八或者什么会计师的角色到西部疗养院去走走,用那里的矿泉水治治肝病,你能使那里的人信服你就是个了不起的大人物吗?"

"我想,不用多久他们就会看出,我这个会计师毕竟不是那么普通的,"罗依笑道,这一笑把那话语里的自负全抵销了。

"我能够告诉你的不过是,那些年月里最使我头疼的就是他的那条灯笼裤,他穿起来实在太俗气了。我们还常常骑车出去,不过叫人看见总是觉得怪不自在。"

"今天听起来当然够滑稽的。他过去都谈过些什么?"

"这我就说不清了;好像什么也没大谈过。他对建筑很感兴趣,也好谈谈种田的事。如果什么酒店门面好看,他就会建议停几分钟,进去喝上杯酒,然后就跟那店家聊起庄稼、煤价之类的事情来了。"

我一口气地谈了下去,可我已经从罗依面孔的表情上看出,他对我失望极了。他听是在听,但已微感厌倦。这时我还看出,他一感到厌倦时,那脸色是难看的。虽然我已记不清楚在我们那些长距离的骑车途中他都讲过些什么值得一听的东西,我对那时许多事物的某种真实感受却依旧异常鲜明地留在我的记忆之中。尤其是黑斯太堡。虽然那地方前面就是大海,背后还有一带很不短的海滩和沼泽,你只要向内陆深入半英里多地,迎面看到的便是肯特郡里最茂密的盛长庄稼地区。四通八达的公路到处蜿蜒曲折于大片广阔的绿色沃野与荟森巨硕的榆木之间,这一切给人的印象是那么厚重殷实,那么端庄淳朴,实在和那里肤色红润、体格健壮的农家妇女没有两样,这些人就是靠着天天吃上鲜蛋鲜奶而长胖的。也有时候路仅一条,但两旁茂密的山楂绿篱与青葱的榆林枝柯交横,浓荫翳日,偶一昂首,你会突然瞥见一线天的幽景。在这种惠风和畅的日子里,你如果骑车跑到那里,你会觉着整个世界仿佛全都停了下来,于是永生便从那里开始。尽管你把车子蹬得那么用力,你却觉着你自己似乎一点也没有费劲。这时虽然没有人说一句话,你也会感到很愉快的,如果其中一位兴头来了,突然把车猛蹬几下,冲向前去,大家也只是大笑一阵而已,而你也就会骑得更加劲。这时人人都会变得那么天真,不是调侃调侃别人,就是自我嘲笑一番。沿路我们也不时见到一些茅舍,屋前大都有小园一座,里面广莳蜀葵、卷丹之类花木;公路附近则是农舍所在,包括广阔粮仓和啤酒花烘晒场房;我们还常穿过种植这种作物的农田,那里成熟了的忽布像花环似的到处垂悬。那些地方的酒家也是平易近人的,并不比许多茅舍更加矜持,门廊处照例爬满忍冬藤蔓。至于那店名字号更是平庸之极,无非快活水手、欢乐农家、冠与锚、红狮之类。

显然这一切对罗依都毫无意义。他打断了我的话问道:

"难道他就再没谈到过文学?"

"我觉得他没谈过。他不是那种文学不离口的作家。他对自己的写作当然是不会不考虑的,只是从来没提起过。过去他常借给一个副牧师书看。冬天和过圣诞节时,我差不多每天都去他家吃茶。有时候那副牧师也和他谈起书的事来,可是刚一开口,我们就把他们的嘴给锁住了。"

"你还想得起他讲过些什么吗?"

"只有一件。而这一件所以还能记得,也主要因为他说的东西我没读过,给他一谈,我才读了。他说起过,莎翁荣归故里,有了地位以后,他过去写的那些戏如果说还多少使他念念的话,他仍感兴趣的也不过两出,那就是《一报还一报》和《特洛伊罗斯与克瑞西达》。"

"这话我看也未见得就如何精彩。比莎士比亚更晚近的一些作家他就再没有评论过吗?"

"至少那时候没有,这点我是记不错的;不过几年前我有一次和他共进午餐时,我却听到他讲过亨利·詹姆斯①连世界史上的一桩大事——美利坚的崛起——都不暇一顾了,为的是他能有工夫在英国别墅的一些茶会上有点杂七杂八的东西好讲。德律菲尔管这叫 il gran rifiuto②。使我奇怪的是这老先生竟用了句意大利话,另外感到好笑的是,在场的人中除了一位精神十足的大个子公爵夫人之外,大概谁也弄不懂他在说些什么。他讲道:'唉,这个亨利,他的代价也太高了。他是置身后万世声名于不顾,而只知围着一座漂亮的花园团团打转。但是那围墙太高,他什么也看不见,人家吃茶的地方也离他太远,他也听不清某个女伯爵在讲什么。'"

罗依仔细听了我讲的这段轶事。但紧接着却又满腹思虑地摇起头来。

"我看这个材料我也没法使用。亨利的党徒会要围攻我的……不过那些日子你们晚上都干些什么?"

---

① 亨利·詹姆斯(1843—1916),美国小说家,平生多年旅居英国。
② 意大利语,意为"这是很大的浪费"。

"我们打惠斯特牌,德律菲尔读那些他准备写书评的书。有时候他也唱唱歌。"

"那倒是挺有趣的,"罗依说,一边把头兴冲冲地伸了过来。"你还记得他都唱过些什么吗?"

"当然记得。《一直爱大兵》,还有《快来喝便宜酒》。他就爱唱这些。"

"是吗?"

我看得清楚,罗依又失望了。

"你难道非要让他唱舒曼①吗?"

"那倒也并无不可。至少那样会显得好些。不过我倒宁愿他唱点水手起锚之类的歌或旧日乡间小调什么的,那种在集市上常听到的——盲乐师的弹奏和农村男女在打谷场上跳起舞来时唱的那类东西。我是不愁根据这些来写出篇漂亮的文章的。不过我确实不能让德律菲尔满口低级流行歌曲。既然我们是在给人画像,去取之间就得有个分寸。如果我们把什么乱糟糟的东西也塞了进去,整个印象就破坏了。"

"可是就在这之后不久,他不是还逃跑过,结果把谁都骗了? 这事你是知道的。"

听了这话,罗依足足有半晌没有吭声:只把一双眼睛盯着地毯寻思。

"不错,过去确实发生过些不愉快的事情。德律菲尔夫人也并没隐瞒这点。不过据我了解,自从他们买下佛恩院,在那里定居以后,那些旧债也就偿清了。所以我觉得,再去强调这些对他的整个一生来说毕竟居于小节的东西,也就无此必要。再说,这也是快四

109

---

① 舒曼(1810—1856),德国作曲家,所作歌曲极其雅致优美。

十年前的事了。这位老人的身上确实有着一些让人觉着古怪的地方。按常理讲,他在成名之后,要选个地方安度晚年,也绝不会找这个曾经有过小小丑闻的黑斯太堡附近,更何况那里还会暴露出他的卑微出身;但他对这些似乎全不在意。他仿佛认为这一切都不过是玩笑一桩。他甚至会把这些事当面讲给饭桌上的客人听,结果弄得德律菲尔夫人好不自在。其实你应该和艾米①多交往交往。她实在是个很了不起的女人。当然,老人的那些主要作品完成在他认识艾米之前,但是我看谁也不能否认,最近二十五年来他在世人面前所呈现的那副宏伟庄严的形象却是艾米一手造成的。在这方面她对我什么都讲。她能做到目前这样实在不是一件容易的事。这个德律菲尔身上有不少怪癖,她不知费了多少精神才使这老先生出落得体面了些。他在好些地方执拗得很,换个性格软弱些的女人,恐怕早就灰了心。比方说吧,他吃完盘子里的东西时,总好用片面包把那盘子揩得光光净净,然后再把这面包吃掉。光是这个习惯,艾米就不知费了多大精神才帮他克服掉。”

“你明白他这习惯是怎么来的吗?”我问罗侬,“这说明长期以来他的吃食非常缺乏,所以有了些吃的,他一点也不敢浪费。”

“很有可能是这情形,不过对于一位文学名流这个习惯总有几分不雅。在饮酒方面,他也有毛病;他不是在家里喝,他好去黑斯太堡的熊与钥匙或是什么酒吧去喝。当然这事也没什么,但总是有点过于招眼,尤其是在夏天,那种地方的游客多得很哪。他同人谈话也从来不分对象。他总不明白他得维持一下自己的身份。你没法否认,在刚刚同一些光彩人物,例如埃德蒙·戈斯②和柯曾勋爵③一

---

① 艾米,即德律菲尔的第二个夫人。
② 埃德蒙·戈斯(1849—1928),英国诗人、批评家与传记家。
③ 柯曾(1859—1925),英国政治家,曾任驻印度总督。

道午宴之后,紧接着就同酒吧里的什么铅管工、面包师或卫生检查员聊起天来,这也的确是够难堪的。当然这也不愁找个说法。他是在追求地方色彩和不同人物类型。但是他的一些习惯也确实是很难改的。你知道吗,艾米每次想让他洗上个澡有多困难吗?"

"这与他小时候的环境有关,那时候的人还认为洗澡太多对身体有害。我想他五十岁以前家里还没有过洗澡的房间。"

"一点不错,他就讲过他从来就是一个星期才洗回澡,所以他不明白为什么到了他这年纪,他还要再改习惯。艾米还坚持要他每天换一次内衣,这个他也反对。他说这些他都是一周才换一次,所以每天都换纯粹是胡闹,这样什么也要给洗坏了。德律菲尔夫人想尽一切办法让他每天洗上次澡,还要用些药用盐和香水之类,但结果完全无效。年纪更大以后,他甚至一个星期也不洗一次。艾米就跟我说过,他生命的最后三年期间,他就连一次澡都没洗过。当然这些话都只是你我之间私下谈谈,不便传出去。我说这些不过是想表明,在写他的传的时候我不能不格外谨慎。看来有些事情也确实一点不假;他在花钱方面大手大脚,在心理上非常偏执,特好结交一些下层的人,另外某些个人生活习惯也是够讨厌的。不过我倒认为这些绝不是他的主要方面。我并不想说假话,不过有好些情况还是以不提为妙。"

"那么索性来得彻底一些如何,什么疮疤瘤子,全都画上,那样岂不更有读头?"

"只可惜无法从命。艾米会跟我闹翻的。她所以要我来写这传记,主要是因为她还信得过我。我是不能太出格的。"

"要写作而又要不出格,这太难了。"

"不过这倒也不一定完全不行。再说呢,一般批评家的脾气你也不是不知道。如果你实话实说,你只能落个尖损刻薄的罪名,而落个这样的罪名,对一位作家会是很不利的。当然我并不否认,如果我真的不顾一切豁出去写,我是能弄出本很轰动的东西来的。这样读起来也会更有意思——既对美的事物那么狂热,又对自己的责任义务很不认真,既对自己的文章那么讲求考究,又对个人卫生毫不注意,既对人生充满理想追求,又好在那些烂酒吧里一醉方休。不过讲老实话,这样去写有好处吗? 人家只会说你在学斯特雷奇①。不,我要在暗示、风致、委婉(这个你当然懂得),还有温柔等方面更胜一筹。我常常认为,一个人在写出一本书来之前,先要看到这书。所以此刻我看到的这本书正像梵戴克②的一帧肖像画那样,很有气氛,又很庄重,还具有某种贵族式的高贵品性。你能体会我的意思吧? 至于字数嘛,写上它十万多字。"

一时间他完全沉醉在他那美感的兴奋之中。这本书已经放在他的眼前:秀气轻柔,书的天地宽阔,纸张上乘,楷墨精良,封面光滑,黑地金字,等等。不过阿罗依·基尔毕竟不是神仙,所以美所产生的那种狂喜或兴奋,正如我在前几页里提出的那样,在他也同样不能维持多久,而只不过是瞬间的事。紧接着他开诚布公地向我苦笑道:

"只是德律菲尔的那位前夫人可怎么办?"

"那个丢人的人,"我嘟囔道。

"这位夫人实在太不好处理。她嫁给德律菲尔的时间长了。艾米在这个问题上的看法非常固定,所以我也常常觉得不太好办。你瞧,她的态度是露西·德律菲尔对她丈夫起了很大的毒害作用;她曾经无所不用其极地在道德、身体与经济等方面毁坏了德律菲尔;

---

① 斯特雷奇(1880—1932),英国著名传记家与散文家。
② 梵戴克(1599—1641),佛兰德画家,长期旅居英国。

她在各个方面,至少在智力和精神方面,都配不上德律菲尔。只是因为他在才气和精力上得天独厚,他才侥幸活了下来。这的确算得上是不幸婚姻一桩。不错,露西已经亡故多年,现在重新翻检出这些多年前的丑闻,再度在众人面前播弄一番,实在也是够难堪的;但是难办的事是,德律菲尔的全部伟大作品却都是在他和露西一起生活的那一段时间里写出来的。我对他后期的东西当然也很喜欢,而且说实话对其中的那种纯真的美我比谁都更加敏感,那里面的节制和某种古典式的冷静的确是很动人的;不过实话实说,他早期作品里的那种辛辣、气势、味道,还有生活的躁动等等后来却不见了。所以在我看来,他前夫人对他作品的有利影响似乎也不便于完全否定。"

"那么你准备怎么解决?"

"怎么解决? 关于德律菲尔的那一段事迹,我看还是可以尽量写得含蓄委婉一些,而同时又不失其为刚劲坦率——这点不知你能否理解? 这样一方面不致招人反感挑剔,另一方面还能读起来相当动人。"

"这个要求可是很不低的。"

"在我看来,这事也不必来得过分拘谨和小心翼翼。问题只在于我们是否能够把话说得恰到好处。当然可说可不说的地方我还是以少说为妙,但是暗示的部分却可以大做文章,这样不愁读的人不能自己领会。因为,不管一件事情本身如何不雅,如果你的笔法相当庄肃,你还是能够把那不愉快的地方缓和几分。不过除非我能掌握全部情况,在这件事上我仍然会一筹莫展。"

"当然巧妇难为无米之炊。"

罗依的这一番话讲得可谓流畅而又自然之极,充分表现出了一位长于口才之人的十足本领。听了之后,我也巴不得自己一是讲起话来能够同样妥帖有力,在用字上从来不会卡住,在造句上完全不暇思索;二是听起话来不致因为自感藐小,便仿佛不足以代表更多的热心听众,而此刻罗依分明已经不自觉地对着更多的人在讲了。不过这时他还是停了下来。于是但见一副和蔼目光掠过他的面庞,而这张面庞不仅早已被他的满腔激情弄得绯红,而且也因为天气过热而涔然汗下了,另外他的一双迄此为止把我钳得紧紧的威严目光也就一笑而变得柔和起来。

"所以这就是你该帮忙的地方了,老朋友,"这时他的语气非常受听。

但我却还是我的那条(从生活中总结出的)老主意;没有话说的时候便不说话,不知道怎么回答的时候便闭住嘴。我默不作声,而只是态度友好地向他望望。

"你对他在黑斯太堡的那段生活比谁都了解得更多一些。"

"这点我倒说不太准。对他在黑斯太堡那段稍有了解的人肯定绝不止我一个。"

"那倒很有可能,不过毕竟他们不是什么重要人物,所以这些人的看法无足轻重。"

"那么我明白了。你的意思是说,只有我才能捅出点背后的玩艺儿。"

"大体上就是这个意思,如果你非要用这种滑稽的词来表达。"

看得出来,罗依这时完全没有心思去欣赏我的幽默。对此我倒也毫无所谓,我说了笑话人家不笑,这种情形我早已见得多了。所以我常觉得,天下最纯真的艺术家大概就是那种能够自得其乐的人。

"我敢说,你后来在伦敦的时候还是常见着他吧?"

"是的。"

"也就是说,他在下贝尔格拉维亚一带赁房子住的时候。"

"他住的公寓在皮里柯街。"

罗依不自然地笑了一下。

"我们就不必争那居住地区的具体名称了吧。你那个时候大概跟他很熟。"

"还算是熟。"

"那一段有多长时间?"

"大概有两三年吧。"

"那时候你多大了?"

"二十岁左右。"

"好的,那么现在就请你帮我个忙。这事在你也用不了多长时间,但对我来说那价值可太大了。我希望你能把你头脑里关于德律菲尔的情形,还有你对他妻子和他同他妻子的关系等等的回忆,尽可能详细地全写出来,不止伦敦这段,也包括在黑斯太堡那个时期。"

"天哪,我亲爱的朋友,你这要求可是太过分了吧。我现在手头就有不少事情要干。"

"这事费不了你多长时间。我的意思是说,你只要写出个大概的东西就行。你不必管那文字,你明白吧,以及诸如此类的东西。真正的文章可以由我最后来写。我现在要的只是情况。这些只有你才了解,别的人就不清楚了。我倒不一定非要把这一切弄得如何冠冕堂皇,不过德律菲尔究竟不是个平常的人,所以不论对英国文学负责,还是对他本人负责,你都不能不把你知道的东西讲出来。本来这件事我也可以不必求你,可前几天你曾亲口讲过你不准备写他。如果这么一大批材料你自己既不打算使用,又不让别人使用,这岂不是有点像那马厩中的犬了?"

就这样,我的责任感、我的勤奋、慷慨和正直等等无一不受到他的冲击。

"可德律菲尔夫人为什么非要我到佛恩院去住上几天?"

"关于这件事情,我们已经商量过了。那所房子住起来非常舒服。德律菲尔夫人待人向来厚道,另外现在也正是到乡下去的最好时候。德律菲尔夫人觉得,那个地方清幽极了,特别适合你来写回忆录。当然我讲了这事我也无法保证,不过一旦到了黑斯太堡附近,不少情景就会使你不由得想了起来,不然人们是想不起来的。再说,住在他的家里,周围尽是他的藏书和遗物,也会使旧日的一切变得更加真实。我们大家也能常谈起他,这样谈着谈着,许多往事也就都勾引出来了。艾米这人又机灵勤快。好多年来她对德律菲尔的谈话总是有闻必录。因为往往有这种情形,一个人在讲话时忽然说出了什么,但事后却很少再动笔去写,可艾米早已把这些全记录下来了。另外我们还可以打打网球和游游泳。"

"我最不喜欢到别人家里去住,"我说道。"我最不喜欢每天早上都得按时起来,只是为了不误九点那顿早饭,而吃的东西我又常不喜欢。我也不喜欢跟人出去散步。我对别人养的小鸡也没兴趣。"

"可她现在一个人相当孤单。你如果能去一下不仅对她是件好事,对我也是件好事。"

我不免沉思起来。

"好吧,我现在就告诉你:我可以去黑斯太堡,但不用你们来接。我自己去。我也不住在你们那里,我要住在熊与钥匙。你在的时候,我可以过去看看德律菲尔夫人。至于爱德华·德律菲尔,你们整天整夜去谈,我也不管;不过我听腻了,就走开,绝不奉陪。"

罗依十分友善地笑了起来。

"好啊,这办法行。那么你答应了,把你认为可能对我有用的东西,一想起来,就全都记下来?"

"我试试吧。"

"那么你什么时候去?我星期五就过去。"

"我可以跟你一起去,可你必须答应我,火车上别啰唆我。"

"好吧。坐五点十分那趟最好。到时间我来接你吧?"

"不用,我可以自己去维多利亚车站。我们站台见吧。"

我说不清罗依是不是还在怕我变卦,只见他忽地一下便站了起来,把我的手紧紧握了一阵,这才告辞出去。临走的时候还一再叮咛我千万别忘记带上游泳衣和网球拍子。

第十二章

一旦应承下了罗依,我的思想不由得又返回到了我伦敦的早年生涯中去了。

明天午后正好没事,我忽然来了个念头,想去看望一下我旧日的房东太太,同她一起喝上杯茶。这位房东名叫赫森太太,这个名字还是我这个没有经验的年轻人初到伦敦找房子时,圣路加医学院的一个秘书告诉我的。这位太太在文森广场有所房子。我在她那里曾一住五年,住的是二楼的两间房子;住在我客厅上面那间的则是威斯敏斯特公学的一位教师。我的房租为每周一镑,他是 25 个先令。赫森太太个子不高,但却是个非常活跃和充满生气的女人,一张焦黄的脸上长着一个鹰钩鼻子,至于那眼睛,真是我所见过的最黑、最亮和最有精神的眼睛了。她还长着一头碧油油的黑发,每逢下午和礼拜天,她总是额前飘着刘海,颈背盘个高髻,完全是旧日照片上吉西·莉莉①那副模样。她有着一颗金子般的真纯的心(尽管当时我并不太能体会,一个年轻人总是把别人对他的好处视作理所当然),另外烹饪的本领相当高明。她制作的奶酥蛋卷是谁也比不过的。每天清早她都按时起来,先把各位房客作息室里的炉火挨个生好,生怕他们吃早饭的时候给冻坏了,一边还念叨着"今天早上还是真够冷的";再有,如果她没有听到你洗澡的声音(这澡盆是个扁底的锡铁盆,平时放在床下,头天夜里舀好了水,以免第二天洗时太凉),这时她就会说:"你瞧,楼上那个人还没起来,他上课又该要迟到了,"说着她又会匆匆跑上楼去,一边捣门,一边尖声喊道:"如果你还不马上起来,你就来不及吃早饭了。我已经给你做了一条最好吃的大头鱼。"她每天从早忙到晚,一边干活,一边唱着,什么时候也是有说有笑,高高兴兴。她丈夫的年龄比她要大得多。他在一些体面人家当过管事,留着两撇胡子,仪表相当不错;后来在附近的教堂里当了个差,很受人们尊重,另外也常伺候酒筵,捎带做点涮靴洗涤的事。赫森太太的唯一消遣是在伺候房客吃罢饭后(我六点半吃,那位教师七点钟吃),走上楼来同他们聊上几句。我真巴不得我当时就能有那心计把她的谈话记录下来(正像艾米对待她那有名的丈夫那样),因为赫森太太实在是一位伦敦土话的幽默大师。她的那副天然生就的应对本领确实使人什么时候也难不倒她,她的句子来得那么流畅地道,用词那么恰当而又富于变化,种种滑稽的比喻和精彩的话语更是脱口而出,源源不绝。她在各个方面都不愧是礼貌规矩的典范。只是她的这所宅子从不接受女性房客,她没法对她们的行为保险("这些人的嘴里总是整天男人、男人、男人个没完,而且一会儿要茶,一会儿又要奶油面包,奶油又是多了厚了不行,又是开门关门不停,又是按铃要水,又是天知道还要什么。");不过谈起来她倒也并不完全避讳使用一些当时人们认为的脏字。我们这里完全不妨拿她用来形容一个叫玛利·劳埃德的女人的话来形容一下她:"我喜欢她,因为她能叫你开怀大笑。有时候她那话再多说半句,就要成下流笑话了,可妙在她就是刚好不捅破。"赫森太太对她自己的幽默是得意的。我觉得她所以特别好和房客们聊天,主要因为她的丈夫是个性情严肃的人("这也是免不了的,"用她的话来说,"既然干了教堂差事,整天管的尽是些婚丧之类的事。"),不太能够欣赏什么幽默。"我对赫森就常好讲,能有机会笑笑就笑笑吧,等到黄土埋了你的脖子,你就是再想笑也笑不成了。"

---

① 英国著名女演员。

赫森太太的幽默属于那"累积式"的,即一点一点,慢慢来的。她和那住在14号、也出租房子的布契小姐间的一番宿怨新仇实在够得上一部非同凡响的伟大滑稽史诗,而且那历时之长真是你多少年也讲不完的。

"那真是个讨尽人嫌的老妖精,可我敢保险,如果上帝哪天真的把她收拾了去,我还是会想念她的。只是上帝将要怎么去对付她,那我就说不清了。她这一辈子真是天天能让你笑破肚皮。"

但是赫森太太的牙齿却相当不行。是不是该把它们全部拔掉,另换上一副假牙,光这件事她便谈论了两三年,而且每次谈时都是滑稽透顶,花样百出。

"就是昨天晚上我还和赫森说起过这件事,只听他讲道,'那就快着点吧,全部拔掉,这事也就了啦。'果真这样,我可就再也没有什么好谈的了。"

自那时以后,我曾有两三年时间没再见过赫森太太。我最后那回去她们家是应她的一次吃茶之请。那请柬上面写道:"下星期六恰值亡夫赫森逝世三阅月,谨备薄茶恭候。乔治与海斯特附笔致意。"乔治是她与其亡夫所生,那时已接近中年,在乌里支兵工厂工作。多少年来他母亲一直在讲他不久一定会娶上一房媳妇回来。至于海斯特,那个样样能行的女孩,则是我在赫森太太家居住的后期她雇下的,至今说起她时赫森太太仍然是口口声声"我那个傻丫头"。尽管我租她房子时赫森太太早已年过三十,而这又已是三十五年前的事了,此刻当我漫步穿过通往她家的格林公园时,我却丝毫也不怀疑她这时还会活着。她在我青年时代的记忆中已经成了一个不可磨灭的部分,正如一些人工湖的水边少不了塘鹅之类的东西似的。

我走下了地下室的台阶,前来开门的正是这海斯特,这时她已年近五旬,身体肥胖,但那腼腆好笑的面孔上仍然带着股当年傻丫头般的嘻嘻哈哈的神气。我被引进地下室前面房间时,赫森太太正在给乔治补袜子,这时她马上取下眼镜,仔细瞅了瞅我。

"天哪,该不是阿显敦先生!谁会想到能见着你?水开了吗?海斯特,快坐下来好好喝杯茶吧!"

赫森太太的体态此刻已比我最初见着她时笨重了些,行动上也比那时来得缓慢,但头上却仍旧见不着什么白发,一双眼睛还是那么乌黑晶亮,洋溢着戏谑味道。我坐在了一张已经相当陈旧的栗色漆皮的小扶手椅上。

"一向好吧,赫森太太?"

"我倒是没有什么好抱怨的,只是不像过去那么年轻了,"她回答道,"我已经干不了你在时那么多的活了。所以对那些先生们,我现在也就只管早饭,不再管午饭晚饭了。"

"你的房间都还出租吧?"

"是的,总算运气。"

由于物价上涨,赫森太太的房租收入已比我住的时候好了一些,因而以低标准说,她这时也还算过得不错。只是今天人们的要求全都高了。

"说起来这事也真是够吓人的。第一,你得给人家修盖洗澡房间,接着,安装电灯,再接着,便是非给安电话不可。至于以后还得闹些什么,你真是说不上来了。"

"乔治就说过,赫森太太也该考虑一下自己的退休问题了,"海斯特在给我递茶的时候插嘴说道。

"少管闲事,我的小姐,"赫森太太对她毫不客气。"如果真的退休,那就退休到坟地去吧。你想想看,一天到晚除了乔治和海斯特外,再没个人可以谈谈,这日子谁受得了!"

"乔治就说说过，赫森太太最好到乡下弄所房子，自己去住算了，"海斯特继续插嘴道，根本不管赫森太太的申斥。

"再别跟我说去乡下的事了。今年夏天大夫还劝我到乡下住了一个多月。你猜怎么着？真是差点要了人的命。那声音简直把你吵死。又是鸟叫，又是鸡叫，又是牛叫，一天也不能让你安生。我再也受不了啦。如果你这些年来也像我一样的安静惯了，你也一样受不了那整天价吵吵嚷嚷。"

其实，离这里几户人家之外就是热闹的沃厅桥路，在那上面一天到晚都是那铃声不断的电车的当啷声，公共汽车的隆隆声，出租汽车的喇叭声。这一切赫森太太没有听到吗？但她听到的却是那可爱的伦敦的声响，它宛如母亲口里的咕哝声，只会使烦躁不安的孩子安然睡去。

122

我环视了一下这间舒适、破旧而又普通的小客厅——赫森太太已经在这里生活了这么久了。我这时心里真是巴不得能为她干点什么。我注意到了这屋里有只留声机。除此之外我再想不出什么别的了。

"有什么你想要办的事吗，赫森太太？"我问她。

她把那亮晶晶的眼睛向我凝注了一晌，然后充满思虑地讲道：

"我说不清，不过你既然提起这个，也可以说只求身体和精力再维持一二十年，这样我还能再干一段。"

我知道我自己平时不是个好动感情的人，但是她的这句话，也许是因为来得突然和太典型了，竟使得我几乎哽咽起来。

到了该告辞的时候，我问赫森太太能不能再看看那间我曾经住过五年的房子。

"海斯特，上楼去看看格雷姆先生在不在。即使不在，你上去看上一眼也不会有什么的。"

海斯特匆匆跑了上去，接着气喘吁吁地下来说他出去了。赫森太太陪我上了楼。进屋之后发现，那床还是我曾经在那上面大睡高卧的那只窄钢丝床，衣柜还是那旧日的衣柜，面盆架也是那原来的面盆架；一切几乎没有变样。但是那间客厅里却来了股体育家的粗犷热闹的气息；墙壁上挂的是板球队和穿着短裤的划船队员的照片，墙角竖着高尔夫球棍，壁炉架上胡乱堆放着烟斗、烟草罐和学院的院徽，等等。我们那个时候却是为艺术而艺术的信徒①，具体做法是，我总不免要在壁炉前面铺块摩尔地毯，挂起漂亮的哔叽窗帘，上有褐色枝叶饰物，周围四壁上则尽是佩鲁吉诺②、梵戴克与霍贝玛③的复制作品。

"你那时候也是挺艺术的，是吧?"赫森太太评论道，话里不是没有揶揄的味道。

"不错，"我嘟囔道。

一想到自我离开这个房间又是那么多年过去了，以及其间遭逢的种种变故，我心上竟不由得一阵绞痛。正是在那张桌子上我曾经高高兴兴地用我的早餐，清清苦苦地吃我的午饭，阅读我的医书和我写的第一本小说。正是在那把安乐椅上我才第一次读了华兹华斯和斯丹达尔、伊丽莎白时代的剧作和俄罗斯小说，读了吉本、鲍斯韦尔、伏尔泰和卢梭。我不禁纳闷后来哪些人又住过这里。肯定还会是些医校学生、临时雇员、寻找职业的年轻人、从殖民地退休回来的或者因为离婚分产而一时无家可归的上岁数的人。这个住处，如果用赫森太太的话说，确实使我觉得古怪透了。试想这里曾经产生

---

① 上个世纪的后十年正是斐德与王尔德等人的唯美主义大行的时期，为艺术而艺术的口号盛极一时。
② 佩鲁吉诺(1446? —1523?)，意大利画家。
③ 霍贝玛(1638—1709)，荷兰画家。

过多少希望——对未来的鲜明憧憬,对幸福的火热感情;多少悔恨、失望、厌倦和无可奈何;在这间房子里所曾感受到的东西是那么多,多到人生的酸甜苦辣全部包括进去,而且那感受者的数目又是如此之大,所以这间房子也就仿佛染上了某种令人困惑不安和诡秘难解的奇特色彩。我也说不清是怎么回事,但这时我的脑海里确实浮现出一个女人,她站在十字路口处,一只手放在唇边,然后转过身来,用那另一只手向人招呼。可怪的是,我内心深处的这点独得之秘,或曰腼腆感受,不知怎的竟也传到了赫森太太的心里,因为这时她发出了一声会心的笑,一边以那特有的姿势揉揉她的鼻子。

"我总觉得,人实在是太滑稽了,"她说道。"说起我这里的好多房客先生,我敢说,就是我把他们的一些事情告诉了你,你也很难相信的,他们真是一个要比一个滑稽。所以有时候躺在床上一想起他们,我简直会笑出声来。可话说回来,一个人如果连偶尔笑笑的机会也没有,这个世界也不免太乏味了。可是,天哪,这些房客也真是太好笑了。"

第十三章

在赫森太太家住了将近两年,我才重又见到德律菲尔夫妇。那时我的生活是很规律的。白天我在医院里忙上一天,六点左右才返回文森广场。路过兰百斯桥时,总是买上份《星星晚报》,一直读到晚饭开出。饭后我一般都认真读上一两个小时的书,以提高自己的知识水平,而我那时确实是个勤奋好学的热情青年。然后再动笔写点戏或小说,便入睡了。也是事有凑巧,六月末的一天下午,我刚好离开医院的时间较早,于是忽然想起去沃厅桥路走走。我喜爱那里的喧嚣嘈杂,乱乱哄哄之中,仿佛别有一种诱惑力量,非常慰人,因而使你觉着似乎时时刻刻都将会有奇遇在你眼前发生。我做梦一样地漫步走着,竟不料突然听到有人在呼叫我的名字。我停下步来张望了一下,这时使我吃惊的是德律菲尔夫人已经站在了我的面前。只见她嫣然一笑,向我问道:

"你不认识我了?"

"认得,认得,德律菲尔太太。"

按说此刻我已不再是个小孩子了,可我深深感觉到,我这时还和我十六七岁时一样害羞得一塌糊涂。我的样子狼狈极了。凭着我的那套早不时兴了的维多利亚式的道德观念,我对德律菲尔夫妇在黑斯太堡的逃债行为确实至今都接受不了。这在我的眼中始终是桩醒醒醒行径。在我看来,这种羞愧之感他们也必然会少不了的,但此刻她却不害怕碰见了解他们丑事的人,实在不能不使我感到吃惊。这次如果是我先见着了她的话,我一定会立即把脸掉转,因为照我的想法,她准会设法避开这番相见的痛苦的;可她并没有,她伸出手来握住了我的手,全然一副高兴样子。

"我真高兴能见到一个黑斯太堡的面孔,"她说。"你知道我们那次走得匆忙。"

说着她笑了起来,我也只好陪着她笑。只是笑和笑不同;她的笑是愉快和天真的,我的笑,我感到,则是够勉强的。

"我听说,他们发现了我们跑掉之后曾经很乱哄了一阵。我常想,台德如果听说了这个,他一定会笑死的。你伯伯对这事是怎么看的?"

幸亏我的头脑很快便转过弯来。我主要是不想让她觉得我这个人完全不懂幽默。

"你还不了解他吗? 他的观念太陈旧了。"

"一点不假,黑斯太堡的毛病就在这里。是需要去唤醒的。"她向我友好地望了望。"自从分手以后,你长高多了。瞧,你的胡子也留起来了。"

"不错,"我回答道,一面把那几根胡子尽量地拈了拈。"我已经留了好长时间了。"

"时间过得多快! 四年前你还是个孩子,现在你已经是大人了。"

"我当然会是的。"我的回答很有几分傲慢。"我已经快二十一岁了①。"

我细看了看德律菲尔夫人。只见她头戴一顶带有羽饰的小帽,身穿浅灰上衣,袖口是那羊脚式的,裙尾拖得很长。一副神气相当俊俏。以前我也一直认为她长得不错,但这时我才真正认识到了她的漂亮。她的一双眼睛比我原来想象的更加蔚蓝,她的皮肤像象牙

---

① 二十一岁在英国被认为是达到成年的年龄。

一样白净可爱。

"你知道吗,我们就住在这拐角附近,"她告诉我。

"我也离那儿不远。"

"也就是说在林帕斯路。自离开黑斯太堡以后,差不多就一直在这儿。"

"我在文森广场这里也住了将近两年。"

"我知道你在伦敦。乔治·坎普告诉过我,只是我不知道你住在哪儿。怎么样,现在就跟我回去?台德见着你会高兴的。"

"好吧。"

去的路上,她告诉我德律菲尔现在已是一个周报的文学编辑。他最近一本书比以前的销路都好,所以下一本书的稿酬可望大大提高。她似乎对黑斯太堡那里发生的事情全都清楚;这使我马上想起,过去人们怀疑乔治帮德律菲尔夫妇潜逃的话,并非毫无根据。我猜想乔治至今仍不断同他们有书信往来。路上我注意到一些迎面过来的男人常盯着德律菲尔夫人看,想必也都认为她是个美人。想到这个,我自己也就不觉地扬扬得意起来。

林帕斯路是一条笔直宽阔的长街,正好与沃厅桥路平行。路边房屋都很相像,一例属灰墁墙垣,色暗质坚,门廊厚重。我想这许多房屋原系为市中心的阔人而建,但后来这条街却渐次零落下来,至少已不大能招来像样的住户;于是门庭衰败的同时,又难免有股假充豪奢的样子,那情景不禁使人记起一些家道中落的人,尽管此刻已经不堪一提,酒醉醺醺之中,仍旧斯斯文文地在追叙往日光荣。德律菲尔夫妇目前住的这所房子为暗红色。这时德律菲尔夫人已把我引进一个光线不佳的狭窄穿堂,一边开门说道:

"请进吧。我去告诉台德你来了。"

我进了客厅。她向着穿堂的另一头走去。

德律菲尔夫妇租了这座楼的地下室与一楼两层,女房东住在他们上面。我走进的这间屋子给人的印象是,那里面的家具全是从拍卖行新抬来的,带着刮垢磨光的明显痕迹。只见厚重的天鹅绒窗幔上面装饰极盛,花穗、圈环、彩结等件件不缺,家具表面全部敷金,锦缎靠垫一律作杏黄色,而且扣袢重重,室中央设有奥托曼式长椅一只。靠墙角处另有镀金柜橱,陈列着陶瓷、木雕、象牙制品、印度铜器等等摆设玩物,四壁则悬有大型油画多幅,内容多为高原溪谷与猎手麋鹿之类。不过只一晌,德律菲尔夫人已将她的丈夫领来,并向我亲热问候。德律菲尔上身穿了一件旧驼羊呢衣服,下面是灰裤子;胡子刮了,但嘴唇上下蓄有短髭。这时我才第一次注意到了他的身材确实非常矮小,但气派则比以前大了。另外神情之间却不知怎的来了股异国味道;我完全不曾料到一位作家会是这样。

“你对我们的新居印象如何?”他问道,“这回阔了些吧? 我看它会给人带来信任感的。”

说着,他环顾了一下左右,面有得色。

“台德在后面收拾了一个小窝,这样可以安心写作;我们在地下室也有了了自己的饭厅,”德律菲尔夫人讲道。“房东考莱小姐多少年来是给一位贵夫人当伴友的,所以那夫人过世后就把自己的家具全赠给了她。你一定看得出来这些家具都是很考究的。完全是上流家庭里面的东西。”

“露西一见到这个地方就爱上它了,”德律菲尔说。

“你不也是一样,台德。”

“我们的确在苦环境下住太久了;现在一旦奢侈起来,也真是有点新鲜。比如蓬巴杜式①的发型和这类讲究东西。”

---

① 一种往上梳拢的发式。

　　离去之际我受到了希望我继续前去的盛情邀请,另外知道了他们的会客日是每周星期六下午,到时候不少我渴望一见的人都常会去的。

第十四章

我去了。我很满意。于是也就一去再去。入秋返回伦敦去圣
路加医学院上课之后,周末去德律菲尔家在我已经成了一种习惯。
这正是我步入文艺界的开始。不过我对自己正在悄悄埋头写作这
个秘密却一直瞒得很紧,不曾透露半点。使我激动的是,我遇到的
人们当中也有搞写作的。这时听听他们的议论,尤其让人着迷。前
来参加这类聚会的人实际上是各行各界都有,这一方面是由于彼时
周末之举尚不普遍,另外高尔夫球也还为人小看,于是一到星期六
下午许多人便感到无法排遣。我倒并不认为凡前来的都是了不得
的人物;至少我在德律菲尔家所见过的那些画师、作家和音乐家当
中,至今我还想不起有哪位后来还站得住脚。不过尽管这样,这对
人还是大有益处的,给人带来文化与生气。在这里你不愁获得许多
见闻:你会碰到正在寻觅角色来扮的年轻演员、抱怨英国这个民族
缺乏音乐素质的中年歌手以及跑到德律菲尔那架土钢琴前面奏奏
自己作品的音乐家,一边悄悄声明,除非上了音乐会的大钢琴,他曲
子的妙处是完全出不来的。另外还会见到诗人在被邀请朗诵新作,
画师在物色代销人员,如此等等。偶尔一位有爵位的人也可能为这
里增添一点光彩。不过这种情形并不多见,原因是彼时贵族阶级仍
然行事比较拘谨,因而如果其中哪一位忽然结交起文士或艺术家
来,那不是因为他个人在离婚问题上弄得名声败坏,就是因为在牌
桌上过于失利,以致使他(或她)在其本阶级中有些混不下去。但
是这种情形目前已不存在。义务教育所携来的最大好处之一便是
使写作一事在整个贵族与士绅之间得到广泛普及。过去霍勒斯·

沃尔波尔曾编过一部《王室贵族文学典》，专门记载这方面的作者与文学成就，这类便览如果今天重编的话，那就至少得是一部百科全书的规模。一项爵位头衔，哪怕仅仅是荣誉性的，也完全足以使任何一个人在写作上立即成名。因此我们几乎可以十拿九稳地讲，要想在文坛上获得声名，有了爵位实际上也就有了一切。

事实上我自己就经常考虑过，鉴于贵族院的终必废除已经是为期不远的事，那么是否可以在法律上明文规定，将来文学这一行业便统由这个阶级的成员及其家室子女来加以承担。既然爵爷贵胄已将其世袭特权交让出来，英国人民作为回报，给予他们这点补偿也是完全说得过去的。这样，不仅对那些（相当可观的一些）再无财力蓄歌女、赌赛马、玩铁路股票的人，不失为一种补救之道，另外对其余种种由于自然选择关系，除了充当大英帝国官吏之外，再也干不了别的事情的人，也能够欣然俯就。不过目前毕竟到了专门化的时代，因而我的这项建议如果幸蒙采纳的话，则文学中的各个不同门类似亦可按照贵族间的各个不同等级而专门予以分配。据此，我将建议将文学领域中较为卑微的部门给等级上亦较低下的贵族执掌，亦即将新闻与戏剧主要交给子、男这两级。小说日后即将成为伯爵这级的专门领域。事实上这个阶层的人在这门艰难的艺术上既已显示出如此才华，且人数上又如此众多，因而在这方面一定不愁不敷供应。对于侯爵吗，文学上那一部分向来称之为美文（belles lettres）的生产我们尽可以十分放心地委托给他们。当然从赚钱角度考虑，这个行业未必非常有利，不过它的品位颇高，对于一位这类美爵艳称的拥有者来说倒也不算十分亏待。

不过文学的冠冕却是诗歌。诗歌乃是文学的极致与目的。诗歌正是人类心智的最辉煌的表现。诗歌的成就即是美的成就。散文的作者遇到一位诗人经过时,便只能趋避让路;他会使得我们当中最优秀的人物也要相形见绌。因此,显而易见,写诗的事只能由具有公爵身份的人来承担,另外我十分希望看到这项权利能受到保护,僭越者则处之以峻法严刑,因为设使这一最高贵的艺术不能由最高贵的人去操持,这将成何体统?但由于在这里专门化同样也已形成风气,故我的看法是,公爵们也必将效亚历山大后人之所为,将诗歌这一领地做重新划分,于是衮衮诸公各凭其家学与禀赋之所长,而仅专攻其中一项:据此,则曼彻斯特之公爵分掌教诲与伦理诗;威斯敏斯特之公爵专擅颂歌,以阐发帝国之义务与责任为主;德文郡之公爵将以普洛佩提乌斯①之诗风编写些情歌挽诗之类;最后轮到马尔波勒公爵,则尚可以其牧歌式之情调,就诸如家室之乐、兵役之事乃至安于所遇等题材而有所发挥。这后一分配虽略卑微,也是势所难免。

　　不过假如你听了这段话后大叫道,我的上述说法太过分了,于是提醒我说,缪斯的步履并不仅有其威武雄壮的一面,有时也尽可以是"玉趾飘逸轻捷"②;再有假如你,由于记起某位哲人的一句名言,即他更关心的并非是谁制定了某个国家的法律,而是谁写出了这个国家的诗歌,于是向我提出:在以诗配乐,以便餍足各种焦灼的灵魂的某种渴求这方面,这事又将由谁来承担(你的想法一点不错,以公爵之尊而屈就此事,确有许多不便)?——那么我的回答便是(显然也不可能不是如此),公爵夫人或女公爵。我当然认识到,时代确实变了。过去罗玛那③的农民曾吟唱塔索④的诗行给他们的

---

① 普洛佩提乌斯,古罗马哀歌诗人。
② 英国诗人弥尔顿语,见其《欢愉篇》。
③ 意大利地名。
④ 塔索(1544—1595),意大利诗人,史诗《耶路撒冷的解放》的作者。

情人去听,汉弗莱·沃德夫人也曾将《俄狄浦斯王和罗诺斯》①中的合唱歌念给摇篮里的小阿诺德听。类似这样的事情今天再也不会有了。我们今天所要求的是更加符合于时代的新东西。因此我建议,那些家庭型的公爵夫人可以写点赞美诗或儿歌之类的东西,而一些更活跃的,也即是更喜爱交际应酬的公爵夫人则可以替喜歌剧写点抒情诗,给滑稽报刊作些幽默诗,或为圣诞贺片和饼干匣撰写点箴言题词等等。这样,由于其高贵出身而长期在英国公众心目中所享有的荣耀地位也会永远保持不衰。

正是在这些星期六午后的聚会上我才发现爱德华·德律菲尔原来已经成了一位大名鼎鼎的人物。这一发现真是使我吃惊匪浅。此刻他已经写了大约二十本书;尽管他从中挣到的金钱极为有限,他的名气已经相当可观。不仅那些最有眼力的批评家非常赞美他的作品,来访的友人们也都众口一词地表示不须多久他必将获得举世公认。他们痛斥一般读者认不出这位伟大天才。既然抬高一个人的最好办法便是压低其他的人,于是他们对凡是在声名上掩盖过他的别的小说家便采取了一概骂倒的办法。的确,如果我那时对文坛的了解能有后来那么透彻的话,那么仅凭巴登·特莱福德夫人的频频来访一节便已经够看出,那重要的一刻已经到来,于是这时的爱德华·德律菲尔正像一名长跑运动员那样,突然一下将那一小撮辛辛苦苦的伙伴们全都甩开,而独自一个向着那终点猛冲过去。我并不否认,当我第一次被介绍给这位女士时,她的大名完全不曾引起我的半点注意。至于我呢,德律菲尔的介绍不过是,我是他在乡下时的一个邻居,这时在念医学。女士给了我甜甜的一笑,柔声慢

---

① 希腊悲剧家索福克勒斯《俄狄浦斯王》的续篇,其中的第一合唱歌尤有名,被誉为抒情诗的典范。

气地嘟囔了个汤姆·索耶①的词,随手接过了我递给她的奶油面包,便继续同她的主人谈了下去。不过我看出了她的到来给予人的印象很不一般,就拿谈话说吧,本来那么热热闹闹,她一入门便立刻变得鸦雀无声。我悄声地问了问周围的人这是谁呀,这时我才发现,我自己的无知也是真够瞧的;原来正是她才"造就了"某某、某某、某某以及某某。半小时后,她起身告辞,十分客气地同一些熟人握了握手,便步履轻盈地翩然而去。德律菲尔将她一直送至门外,搀扶她上了马车。

巴登·特莱福德夫人那时已经是五十许人;身材生得小巧玲珑,只是头部未免偏大,这就显得与其身躯稍不相称;头上覆着一蓬银白鬈发,大有米罗的维纳斯之风范,因而年轻时候也颇曾是位美人。服装上,她一身黑绸,相当考究,脖颈间则丁零作响地悬挂着一些珠贝饰物。据说她初嫁时遇人不淑,婚姻很不幸福,这些年来她才十分美满地与巴登·特莱福德重新结合,其夫君现供职内务部,兼为史之专家。这位夫人给人的最奇特的印象便是,她的周身上下仿佛棉团一个,柔若无骨,因而不免使人觉得,如果你用手掐一掐她的皮肤(当然出于对其性别乃至威严的尊重,这事是断乎做不得的),你的两个指头几乎会碰到一处。如果你握一握她的手的话,那也会像片鲽鱼卷一样柔软。她的一副面庞,尽管比例稍大,却具有着某种神情飞动的地方。而一旦她坐下时,那身体内部好像并无脊椎骨来支撑,仿佛一只大靠垫那样,全凭里面的天鹅绒衬料才不致垮下来。

夫人的妙处全在一个柔字,她的音磬笑语,可说无一不柔;她的

---

① 美国文豪马克·吐温的著名儿童小说及其主人公名字。按这里特莱福德夫人可能把阿显敦视作类似汤姆·索耶式的儿童。

眼睛,尽管小而偏淡,却像鲜花一样柔美;她的仪态,也是沙沙夏雨般的柔和。正是由于这种非同寻常的特质乃至丽质,才使她成为不少客厅中的头等嘉宾。另外她享有的这种非凡名气也都无不与此有关。当时夫人与我们这位伟大小说家的一番友情早已家喻户晓,尽人皆知(几年前他的逝世曾给整个英语世界带来不小震动)。今天我们几乎人人全都拜读了他给夫人写过的那大批信札,这些,为了勉副众望,业已于其死后,迅速刊出。展读遗书,小说家生前对夫人美貌的仰慕之深,和他对夫人见解的倾倒之甚,可说处处溢于言表;他对得之于夫人的种种鼓励、同情、裁断乃至斡旋等等的一番感激之情,颇有一种言不尽意的意味;因而,如果说其中个别用语由于热情过高,难免会如某些人所担心的那样,要使其夫君巴登·特莱福德先生读起来产生某种复杂的感受,那也只会使这部书札的人情味道更加浓郁。不过巴登·特莱福德先生却是个能够摆脱庸俗偏见的人(他的不幸,如果确有其事,也必属于古今伟人颇曾以其哲学态度临之的那种),于是竟能将其奥理涅克①燧石与新石器斧头等研究暂搁一旁,而毅然肩负起为我们这位小说家修传之重任;在这本传记中,先生即曾直言不讳地明确表示,我们这位大师相当部分的成就便曾得力于先生妻子的襄助。

但是巴登·特莱福德夫人的一腔文学兴味与艺术热情并不曾因为她所鼎力相助的某位友人(这往往远非一般等闲的帮助)业已名垂后世而便剧告衰竭。夫人实在是一位于书无所不窥的人。谁的作品只要稍有可观,她都不会认不出来,另外还特别善于同崭露头角的年轻作家建立个人关系。自那本传记问世后,她的名气既已大到如此程度,她自己也十分自信,只要她对谁伸出援引之手,任何

136

① 法国南部村庄名,其地颇曾有史前遗物发现。

人也会毫不迟疑地欣然接受。因此不消多久，她的那副交际长才便又寻新的施展机会，原也是意料中事。所以每逢她读到什么使她感动的东西，她的那位笔下颇能来得的夫君便马上替她发去快柬一封，热情赞美之余，兼请那位作家前来用顿午餐。午餐既毕，夫君又到部里去上班，那客人便单独留下来与夫人继续长谈。类似这种情形，绝非一起半起。事实上大凡前来者，当然都是有本事的人，但这并无关重要。重要的是夫人自有她一副非凡的眼力，并对这种眼力居之不疑；而且正是这种眼力才使得她一直期待着奇迹的出现。

　　夫人的行事既素以谨慎著称，所以后来在约斯波·吉朋斯这位先生的身上几乎险些失之交臂。过去的文献记载经常告诉我们说，某某作家曾经一夜成名，但在我们今天这个稳健的时代，这类事情已经绝少听到。批评家们总想继续观观风势，看看一些作家是如何跃法，读者方面也因以往受骗过多而不大敢贸然轻信。但是约斯波·吉朋斯的情形却有些特殊，他确实是一点不假地一跃而成了大名。时至今日，他既早已全然被人抛在脑后，那些曾经吹捧过他的批评家何尝不想赖掉他们原来的许多说法，怎奈这些言论在不少报社的办公室里早已历历在册，改动不得；不过回想一下当日他的第一卷诗刊出时所引起的那番轰动，确实使人难以相信。当时全国各大报刊无不以他们报导悬赏拳击的大版篇幅来刊载他诗作的书评；一切重大批评家们也都一哄而起，以打破脑瓜的劲头，争先恐后地去竭诚欢迎这位诗家。他们把他比作弥尔顿（因他素体诗的堂皇音调），把他比作济慈（因他具体形象的富腴丰赡），把他比作雪莱（因他诗才的俶诡飘逸）；这还不够，他们并继续以他为大棒去对他们早已厌倦的一些偶像乱打一通；于是在他的名义下，丁尼生勋爵①那

① 丁尼生（1809—1892），英国桂冠诗人。

干瘪得没肉的屁股上不知着了他们多少下响亮的捶打，罗伯特·勃朗宁①那光秃的脑门上也着实挨了几个清脆的巴掌。至于广大群众，那就简直像耶利哥城的塌陷②那样，全倾倒了。登时他的诗集不胫而走，一版接着一版地畅销出去，于是约斯波·吉朋斯那装帧精美的集子不仅在梅法区③一些伯爵夫人的闺阃内室中，在南北各地每个牧师的休憩室里常能见到，甚至在像格拉斯哥、阿伯丁、贝尔法斯特等边远郡市的不少老实而有文化的商人家庭客厅里也都能见到。最后据说连维多利亚女王陛下也从那忠诚的出版商手中接受了这本诗集的一部为她特制的精装本，并以一部题为《高地札记》的书作为回赠（只不过回赠的是出版商，而非回赠诗人本人），这消息一传开来，全国简直是群情激动，一片沸腾。

谁能料得到，这么轰动的局面居然在瞬息之间便出现了。以前古希腊曾有过七城邦争夺荷马出生地的轶事，而如今，尽管约斯波·吉朋斯的出生地非常明确（沃尔索耳市），因而再无可争，还是有两倍于七的批评家去转争他的"发现人"；这样几十年来一向在各个周刊上互相吹捧的不少文坛名士竟为了这件事而翻脸火并起来，厮杀得不亦乐乎。另外广大社交界也都不吝对他予以公开承认。于是约斯波·吉朋斯的茶会饭局也就连番接踵而来，宴请他的也尽是些公爵未亡人、阁员夫人和主教遗孀等上流显贵。据人讲，英国文士当中，哈理逊·恩兹渥斯④算是第一位能够出入于上流社会而受到平等对待的人（我有时也不免诧怪，何以出版界的精明人

---

① 勃朗宁（1812—1898），英国著名诗人。
② 耶利哥为古代死海北部迦南人的城市。据《圣经》记载，以色列人在进攻该城时，遵照上帝的神谕，一连七天绕城吹角，并大声呐喊，城墙终于塌陷了。事见《旧约·约书亚记》第六章。
③ 梅法区，伦敦西区中高级豪华住宅区。
④ 哈理逊·恩兹渥斯（1805—1882），英国历史小说家。

士竟想不到因此而出上他的一套全集);但我确信约斯波·吉朋斯却是第一位能使其大名登上一些"会客"请柬的诗人,从而使他能像一名歌剧演唱者或腹语师的艺名那样而起到极大的招徕作用①。

在当时的情况下,想要由巴登·特莱福德夫人一人而独占了这位诗魁还是不可能的。她还只能在竞技场上进行一般的较量。我说不清她曾使用了什么样的高明策略,什么样的奇妙手腕、勾引媚术、攻心办法以及什么样的拉拢话语,这一切,惊异之余,我也只能但凭臆测了;但事实是,她收服了吉朋斯。不消多久,他已经在夫人的闺阃之内被豢养起来。她的气派也实在是令人叹服。她不仅在宴请要人的时候一定要他在座,以增加其结识机会;她还在会客的日子让他在英国最有名望的人物面前朗诵他的作品;她还把他推荐给当日的名演员以便他有脚本好写;她还指导他一定要将他的诗作刊印在恰当的地方;她还出面向出版商进行接洽,替他争来写作合同,这一手连不少内阁大员也将自叹弗如;她还设法使他仅仅接受那些经由她批准同意了的邀请;她甚至不准他同他的妻子见面(这点不免稍嫌过分),尽管他们结缡十载,伉俪极笃,而理由则为,在她看来,一位诗人如想忠于他自己及其艺术,便不应受到家室之累。这样,如果最后垮台到来,巴登·特莱福德夫人完全可以有话好说,她已经在人力所能达到的范围内为他尽了最大努力。

而垮台却真的到来了。约斯波·吉朋斯又出了一卷诗作;比起那第一卷来,这本诗是既不更好也不更坏,实际上同那第一卷完全一样。诗出版后倒也受到尊重,但批评家们在赞词上已经有所保留,个别人甚至还挑剔起来。这个集子失败了。另外销路上也出现

① 这句话的意思是,一些发出会客请柬的人会把这位诗人的大名(正像把一些名演员或魔术师的艺名)印到这些请柬上面,以便表明时这位诗人也将在场,这样前来的人可以有幸见到他。

颓势。更糟糕的是约斯波·吉朋斯此刻已沾染上了酗酒的毛病。本来他过去手里就没有花过什么大钱,对于人们所提供给他的种种奢侈玩乐他就更是不太习惯,更何况他可能还有点想念家里的那个可怜妻子,因而好几次在夫人的餐桌上便曾出现过某种失态的情形,这时在座的人如果不是像夫人那么见识宽广,或者那么心地纯良,一定会认为他已经是人事不省,烂醉如泥了。夫人倒也委婉地向席上客人作了解释,诗人那天身体有点不适。他的第三卷诗也失败了。这一回批评家们对他可不客气了,不仅把他撕裂得体无完肤,把他打翻在地,而且还踏上一只脚;说到这里,就正用得着爱德华·德律菲尔最喜爱的那首歌里的词儿了:他们把他打得满地翻滚,他们全都跳到他的脸上,等等。他们这么气恼也是很自然的,他们竟把一名舞文弄墨的平庸角色错当成了不朽诗豪,而这事全是他造成的,这回让他吃点苦头,也就完全应该。紧接着这约斯波·吉朋斯又出事了,他以酗酒和败坏风纪罪在皮卡迪利遭到拘捕,于是巴登·特莱福德夫人又得黉夜赶到宛茵街去,将他保释出来。

处在这种难堪时刻,巴登·特莱福德夫人的行事的确令人钦佩。她并没有怨天尤人。她连一句刻薄话也没讲过。如果她这时流露出某种不满,人们也会完全原谅她的;她曾经倾注了那么多心血的这个人竟然完全辜负了她。但她没有。她还是和以前一样地温柔、和蔼和充满同情。她的确是个最能理解别人的人。不错,她甩掉了他,但绝不是像甩掉块滚烫的砖或热白薯那般甩法。她甩掉他时甩得极有礼貌,甩得无限温柔,温柔得就像甩掉她自己的泪珠似的,因为她既下决心来做一件全然违背其善良天性的事情,她是不可能没哭过的。但到底她甩得那么巧妙,又甩得那么富有感情,结果那约斯波·吉朋斯或许还不大知道他自己已经被人甩掉。不过甩掉这点却是绝无含糊。她没有再说他丝毫不是,事实是她再也没有议论过他;万一别人提起他时,她也只是笑笑,惨淡地笑笑,和叹上口气。但这一笑却能致人于死命而有余,而那叹气更将使他永世不得翻身。

但是巴登·特莱福德夫人对文学的热情确实是太诚挚了,她不可能让这样一种挫折长期影响着她自己;所以尽管打击沉重,她毕竟是一位性情相当超脱的人,绝不会甘心自己种种得天独厚的手腕、同情心和理解力等就这样地衰竭下去。她像往日一样,继续活跃在文学界里,各地的茶会、晚会和家庭聚会里面都少不了她的踪迹,而且每次露面总是那么迷人,那么可亲,听着别人讲话时也总是那么一副聪明样子,可内心里面却在观察盘算,以便一旦看准之后(如果我能把话说得直截了当一些),再培植赞助个有前途的。正是在这种情形下结识了爱德华·德律菲尔,并对他的才情很有好感。可惜的是他已经很不年轻,不过他至少不会像约斯波·吉朋斯那样完全垮下去。她向他伸出了友谊之手。而他也不可能不被她深深感动,特别当她以她那特有的温柔方式告诉他说,他的那许多绝妙作品长期以来只能传播在一个很小范围,这事实在太不合理。他听到后,自然会感激涕零了。谁会不高兴自己被人当作天才!她告诉他,巴登·特莱福德正在考虑给《学术季刊》撰写一篇评论他作品的长篇论文。她邀请他去参加她家的午宴,以便他能在那里结识许多在水平上和他相当的人。有时候她还带上他到切尔西岸边转转,一边谈谈旧日的诗人以及爱情和友谊等等,然后便在 ABC 茶室饮上杯茶。所以,到了她每星期六下午去林帕斯路的时候,那神情,已经活像一只神采奕奕的蜂后,只待飞升到高空去举行婚礼。

巴登·特莱福德夫人对待德律菲尔太太的态度也是无疵可挑的。和蔼可亲又不居高临下。她的感谢的话总是挂满嘴边,而且讲得那么动听——感谢德律菲尔太太允许她前来看她,还常夸她长得漂亮。如果夫人当着德律菲尔太太的面说了她丈夫什么长处,比如她就常带着几分艳羡的口气讲述,能有这么一位伟人在自己身边是件多么荣幸的事。夫人这么讲时也肯定是出于好心,而绝不是因为她非常清楚,想要激怒一名文士的妻子的最好办法就是当着她的面去讲她丈夫的好话。另外夫人在同德律菲尔太太谈话时总是寻找些简单的题材,这样她那比较简单的头脑也可能会感兴趣,比如谈点烹饪、用人、爱德华的健康以及她该如何照料他等问题。总之夫人对待她的态度正不折不扣地是通常一位出身于苏格兰上流家庭的贵妇人(而夫人正是这种出身)对待一名酒吧女郎时的态度(只不过后来一位知名文士糊涂地娶下了她)。夫人总是半诚恳半玩笑,但又非常和气地想让她别太显得拘束。

奇怪的是露西竟忍受不了她;的确,就我所知,露西如果公开表露过她厌恶谁,那还就是这巴登·特莱福德夫人。那个时候即使是酒吧女郎也绝不是动不动便“妈的”、“鸟的”用些脏字,尽管这些早已变为我们今天不少最有教养的女性口语里的一个组成部分。我自己就从来没听见露西用过一个会使我的伯母苏菲听了摇头的字眼儿。谁如果讲的笑话里头稍微有点那个,她会登时羞得脸红至耳根的。可是每次提起巴登·特莱福德夫人,她总是管她叫“那老妖精”。她的不少好朋友拼命劝她才使她对那位夫人客气了些。

“你可别糊涂,露西,”他们讲道。这些人都好叫她露西,于是慢慢地,尽管还有点羞怯,我也就跟着他们这么叫了。“她如果想让他出头的话,就能让他出头。所以他不能不奉承她。这种事情只有她能来得。”

虽然德律菲尔的多数客人只是偶尔来来,比如每隔两周甚至三周才露次面,有一小伙人,我就是其中之一,却几乎是每周必到。我们这伙人仿佛是批死党似的,总是到得最早,走得最晚。这些人里头那最忠心耿耿的便是关丁·福特、哈理·赖特弗得与里昂奈耳·希利尔。

先说关丁·福特，这是个矮小结实的人，头颅长得不错，属于后来银幕上一度受人欢迎的那种头型，另外鼻子修直，眼睛很俊，发色淡灰，剪得齐齐，上唇蓄着黑髭；如果身材再能高上四至五吋，那实在是舞台上的一个标准反面角色。据说他的"社会关系"颇为不恶，家中也很富有；于是其唯一好尚便是扶持艺术。每逢新戏首演或绘画预展，这些场合都少不了他。他具有着非专业人员的那种苛刻，在对待其同时代人的作品上很有点貌似客气而实际上横扫一切的味道。我发现，他到德律菲尔家来并非是因为仰慕台德的天才，而是因为露西长得漂亮。

回首往事，我对这类本来是十分明显的事但还得由他人来向我解说，实在也感到不胜惊异。当我最初认识露西的时候，我对她的美与不美这件事就连想也没有想过；五年以后再次见到她时，我确实看出了她长得很美，我注意是注意了，但也并没有更多考虑过。我只是把这件事当成某种外界的自然现象来看待，仿佛北海海面或坎特伯雷教堂顶端的日落那样。因而当我听到人们谈论起露西的漂亮时，我甚至感到有些突如其来，另外当这些人在爱德华面前夸奖她美，而他也向她瞥了瞥时，我的目光也不禁跟了过去。上面提到的里昂奈耳·希利尔是位画家，很想请露西坐下来让他画画。一次他谈起他想要作的这帧画时，曾向我讲过他在露西的身上看到了什么什么，但我却听得非常糊涂。岂止糊涂，我简直给他搅昏了头脑。另外那个哈理·赖特弗得认识一位当时很红的摄影名家，于是高价谈定之后，便带露西去拍了次照。一两周以后玉照送来，我们大家都先睹为快。我从来还没有见露西穿过夜礼服。相片上的衣服是一身白缎，肥袖口，长拖裙，胸口部分裁得低低；头上的发髻更是比平日做得考究十倍。那样子看上去实在和我最初在喜巷见到的那个戴硬壳草帽穿浆领衬衫的结实女子大不相同。可里昂奈耳·希利尔见了后马上好不耐烦地把它扔到一旁。

"糟糕透了,"他骂道。"照相怎么能表现出露西的长处?她最妙的地方全在她的肤色。"说着转向她道:"你知道吗?露西,你的肤色真是我们时代的头等奇迹!"

她望了望他,没说什么,但那丰腴猩红的唇却顽童般地笑了。

"只要我能把那妙处多少传出几分,我也就真真地可以不朽了,"他接着说,"那时不管多有钱的股票经纪人老婆也准会双膝跪在地下求我去给她们画像,就像给你画那样。"

不久我听说他真的给露西画起像来。我过去从来没有进过画室,总以为那里是最浪漫的地方,所以希望他准许我哪天能进去看看那幅画的进行情况。希利尔的答复是,他暂时还不想让人看。希利尔那时三十四五岁,穿戴打扮非常花哨。他看上去简直热闹得仿佛梵戴克笔下的一个人物,只不过高贵气息不足,仅仅性情还算善良罢了。他个子中等稍高,细长身量,一头乌黑长发,秀髭飘飘,胡须溜尖。他平日最爱戴顶墨西哥阔边帽,外加一条西班牙式披肩。他以前侨居巴黎多年,谈起莫奈、西斯莱和雷诺阿①总是赞不绝口(尽管我们从来没听说过),但对我们心目之中特别崇仰的弗德烈·雷顿爵士、阿尔玛-塔德玛以及盖·弗·瓦兹②等人却是充满鄙夷。我一直弄不清他后来混得怎样。他在伦敦住了些年,希望闯出条路,但我猜想他失败了,以后便去了佛罗伦萨。我听说他在那里办了一所美术学校。若干年后偶然的机会使我去了那座城市时,

---

① 以上三人均为近代法国画家。
② 以上三人均为近代英国画家。

我还到处打听过他,可惜没有人能说得上来。看起来,这个人肯定是有点才能的,他给露西·德律菲尔所作的那帧肖像至今还使我历历难忘。那帧肖像今天又到哪里去了?是被毁了,还是给弄丢了,画面朝墙地丢在了切尔西的哪个旧货店的阁楼上了?果真这画能在哪个地方美术馆里找到个挂处,那才算得上是万幸哩。

当我后来被允许去看那幅画时,我也给弄得狼狈透了。希利尔的画室在富汗姆路,像他那样的房子在一排店铺后面不知有多少座,你进去时还得穿行一条又黑又臭的过道。那天正值五月的一个星期日下午,天空倒还蓝湛湛的,我于是从文森广场出发,穿过几条行人稀疏的小街,步行去了。希利尔就住在他的画室里面,一条长沙发兼作他的床铺,画室后面还有一间小屋,可以做些早餐和洗洗画笔之类,总之一切都得他自己来干。

我进屋时,露西身上穿的还是上面提到的那件夜礼服,此刻正在同希利尔喝茶。希利尔起身为我开门,一边拉着我走到那幅画布前。

"这就是她,"他道。

画布上的露西是一幅全身像,比起真人来仅略小一些,身上穿的则还是那件白缎衣服。那幅画看起来与我以前在一些展览馆里所见过的肖像画似乎大不相同。一时我也不知道说些什么才好,于是顺便问了一句:

"什么时候就画完了?"

"已经完了。"

我羞愧得满面通红,我丢尽人了。我当时的确过于幼稚,还完全没有学会像今天我所具有的那种应付现代画家作品的全套本领。所以这里我很想占用本书的一点篇幅来向我们的门外汉们传授几条简要的秘诀,以期他们对于面前众多画师的多种多样的艺术表现能够比较像样地应付一下。根据我们的经验。一声强烈的"天啊"可以表示看画人注意到了那无情的写实主义画家的劲健笔力;"这么惊人地真实"适合于在别人拿给你一帧某市参议员遗孀的彩绘的情况下,来遮掩你的不安时使用;一阵响声不太大的口哨用以表达你对后期印象派的赞美;"太好玩了"是用来对付立体主义派的;一个"哦"字表示你被彻底征服,一个"啊"字表示你给惊得透不过气,如此等等。

"真是再像不过,"我实在说不出更高明的话了。

"对你来说,恐怕还是不如巧克力匣上的美人漂亮。"希利尔道。

"我觉得真真是很不错的,"我为了替自己声辩,急忙补了一句。"这幅画你准备送到皇家美术院吗?"

"天哪,恐怕是不! 不过我倒有可能送到格罗夫纳画廊去。"

接着我从画中的露西到真正的露西,又从真正的露西到画中的露西来来回回地端详了一遍。

"再做做你被画时的样子,露西,"希利尔命令道,"好让他再细看看你。"

露西再次上了那模特台子。我凝神看了看她,又看了看她那肖像。这时不知有股什么样的滑稽感觉突然来到了我的心里。那感觉就像有谁在我的心上轻轻捅了一刀似的,不过并不特别难受;疼是疼的,但奇怪的是倒还惬意,于是猛地一下几乎站立不住。今天我已弄不清楚我记忆中的露西是那画中的她,或者就是她自己本人。因为每当我记起她时,我脑中浮现的既不是我第一次见到时穿着衬衫戴硬壳草帽的她,也不是那时或以后穿着任何其他服装的她,而只是希利尔笔下那个一身白缎、头上打着黑色天鹅绒蝴蝶结的她,以及按照希利尔的指示而装模作样的她。

我从来闹不清露西的确切年龄，不过一年一年地推算上去，她那时也应该有三十五岁了。但看上去却一点不像。她的脸上没有一丝皱纹，皮肤也仍然柔嫩得像个孩子。我倒并不认为她的面孔如何的美。它显然缺乏一些贵妇人的那种高雅气派，这点我们从许多店铺里售卖的那些照片上都不难见到；她的容貌实在够不上精致。她的鼻子短粗了些，眼睛稍细了些，嘴又偏大；但那双眼睛却是矢车菊般的蔚蓝，她的嘴唇，那么猩红、富于肉感的嘴唇，有时简直笑成一团，而她的笑，实在是我平生见过的最快活、最温暖和最甜美的笑了。她的神情本来偏于沉郁一类，但笑起来时，那沉郁却又会顿时变得无限迷人。她的脸上血色不多；一般为浅棕色，只是靠近眼底部分色泽才稍深些。她的头发属淡金色，按照当时的样式在顶上盘着高髻，额前飘着长长的刘海。

"她实在是太值得一画了，"希利尔评论道，一边朝着她和那肖像来回打量着。"你瞧，她整个是块金子，面孔也好，发髻也好，可她给你的效果却不是金，而是银。"

我能理解他的意思。她是有光彩的，但却是淡淡的，更像那月光而不像日光；如果说还像日光，那也是晨曦之际白霭纷纷时的日光。希利尔在画布上使她处于居中的位置，这时，但见她亭亭玉立，双臂下垂，掌心向前，头部微微后仰，这样站法，她的一副颈与胸的珍珠般的光泽之美全都充分显示出来。她那姿势很像一位正在接受采访的女演员，一时不免被那突如其来的热闹赞赏弄得有些发昏，但是她周身上下的那股纯净的气息竟是那么强烈，初春般的明媚风光又是那么动人，上面的那个比譬也就难免有点不伦。这个天真无邪的女子是从来不懂得浓妆艳抹与舞台灯光的。她只是像个满怀柔情的少女那样，一动不动地站在那里，仿佛是在执行大自然的使命似的，将自己的全身毫不踌躇地奉献给前来爱她的人。她那个时代的人一般还不曾因为稍稍胖些就怕得要命,而她自己,虽然还很苗条,乳房已经相当发达,臀部也已够丰腴了。后来巴登·特莱福德夫人见着这幅画时,她的评论是,那画中的露西活像一头拉到祭台上的肥犊。

第十五章

　　爱德华·德律菲尔爱在晚上写作,露西无事可做,也就乐得和这个或那个朋友一起出去走走。她喜欢豪华,而关丁·福特又很富有,于是常叫上辆出租车,带她到凯特纳或沙沃依等餐馆吃饭,这时她也为他穿上自己最气派的服装。至于哈理·赖特弗得,尽管衣兜里从没有几个先令,却偏要摆阔,常用双轮马车带上她四处兜风,请她在罗曼诺或苏荷区里一些近来很时髦的小饭店里用餐。他是个演员,而且是个很不坏的演员,只是太不好将就,因而常常丢了工作。他三十岁上下,长着一张可爱却又难看的脸,说话常好漏掉一

些音节,听起来让人觉着怪滑稽的。露西很欣赏他那种在生活上满不在乎的态度、穿着伦敦最上等裁缝制作(但尚未付钱)的衣服时那副自鸣得意的样子、身无分文,却敢在一匹马上下五镑赌注的那种莽撞做法,以及一旦赢点钱,便大把扬出去的冒失举动,等等。他快乐、迷人、虚浮、爱吹牛而又不管不顾。露西告诉我,有一次,他当了手表带她出去下馆子;又从请过他们看戏的演员经济人那儿借了几镑钱请他和他们出去吃晚饭。

　　露西也同样喜欢和里昂奈耳·希利尔一起去他的画室,然后吃着他们自己做的排骨,一聊就是一个晚上。但她和我一起吃饭的时候却并不太多。常常是我先在文森广场吃过了饭,她和德律菲尔也吃完后,这才前去接她,然后乘上公共汽车去音乐厅。我们到处都去,不是去巴维龙,就是蒂沃丽;有时,大都市剧院上演了我们喜爱的节目,我们也去那里,但最爱去的地方是坎特伯雷。那里票价便宜,节目也好。然后便要上一两瓶啤酒,我再点上支烟。这时环顾

着被伦敦南部的居民挤得满满的、昏暗而又烟气腾腾的大厅,露西显得特别高兴。

"我喜欢坎特伯雷剧场,"她说。"这里最不拘束。"

我发现她挺能看书。她喜欢看历史书,当然只是某一类的历史书,比如记载王后或王室成员情妇的书,她常用略带稚气的好奇口吻告诉我她读到的种种奇闻。她很熟悉亨利八世的六位王妃,而对菲茨哈伯特太太①和汉米尔顿夫人②的事也几乎无所不晓。她的喜好极广,从卢克西亚·博尔吉亚③到西班牙菲力国王的王妃以及一大串法国皇室的情妇,所有这些人和她们的一切,从阿格尼丝·索拉④到巴里夫人⑤,她全都了解。

"我爱读真实的事情,"她说。"不太喜欢看小说。"

她常谈起黑斯太堡的事儿,我想也许是因为我和那个地方的关系,她才愿意和我出来。她对那里所发生的事好像全都清楚。

"每隔一个星期左右,我总去看一次妈妈,"她说。"不过每次只住一个晚上。"

"到黑斯太堡吗?"

我大吃一惊。

"不,不是去黑斯太堡,"露西微微一笑。"我知道至少现在我还不想去那儿。我到海弗珊。妈妈到那儿和我会面。我就住在过去干过活的旅馆里。"

她从来不太好多说。每逢夜色很美,我们从音乐厅返回时,总

---

① 威尔士亲王(日后的英王乔治四世)的秘密妻子。出身于天主教的古老家庭,曾在法国的女隐修院中受教育。
② 英国海军名将纳尔逊的情妇。
③ 教皇亚历山大六世的私生女,意大利女公爵,艺术奖掖者。
④ 法国国王查理七世的情妇,小贵族家庭出身。
⑤ 法国国王路易十五最后的一个情妇。她是私生女,父母属于下层阶级。早年曾在隐修院中受教育。

是不再坐车,而是走着回去,这工夫她往往一路也不开口。可她的沉默却是亲密慰人的。这种沉默并不使你感到她在思想上和你有距离,而是使你沉浸在一种浓浓的幸福之中。

一次,我和里昂奈耳·希利尔谈起她来。我说我不明白她是怎样从我在黑斯太堡最初见到的那个挺俊的女孩子一下变成了个大美人的,这点今天差不多已经人人承认。(当然也有人有保留看法。"不错,她的身材可以,可我不太喜欢她那长相。"也有人说:"噢,是啊,是个美人。只可惜不够高雅。")

"我半分钟就能给你解释清楚,"里昂奈耳·希利尔说。"你第一次见着她的时候,她只是个水灵丰满的少妇。美是我给了她的。"

忘了我当时是怎样回答他的,肯定我那话很不客气。

"行啊,这正说明你太不懂美啦。过去谁重视过露西?是我指出了她像个闪着银光的太阳。我给她画了像,人们这才见出了她的头发是世上最美丽的。"

"难道她的脖子、胸脯、她的体态、她的骨骼也全是你给她造出来的?"我问。

"是的,混账,这些确实全是我的作品。"

每次希利尔当着露西的面谈起她时,她总是面带微笑地认真听着,苍白的面颊上不时泛起红晕。我想他起初对她谈起她的美时,她觉得他不过是在捉弄她罢了。后来发现他并不是在开玩笑,还把她画得银光似的,她也完全没把它当回事。她只觉得倒还有趣,当然也很高兴,还稍稍感到有些惊讶,但并没有忘乎所以。她认为他有点荒唐。我常纳闷他们之间是什么关系。我对自己在黑斯太堡听到的有关露西的传闻以及在牧师的花园里亲眼看到的情形总是忘记不了;对关丁·福特,还有哈理·赖特弗得我也是这种感觉。我常看到他们和她在一起。她对他们的态度并不十分亲昵,倒更像一般的朋友;她总是当着大家的面,公开和他们约会;她看他们时,脸上则是那种顽皮、稚气的微笑,这微笑,我现在发现,原来有一种神秘的美。当我们肩靠肩坐在音乐厅里时,我也偶尔张望一下她的面孔;我倒不觉着自己爱上了她,只是喜欢体味体味静静地坐在她身旁、注视着她淡淡的金色的秀发和肌肤时产生的那种感觉。显然,里昂奈耳·希利尔的说法不错,她最妙的地方就是这种金色给人的是一种月光下的异样感觉。她的宁静只有当最后一缕幽光从那没有云翳的碧空渐渐隐去时的夏夜可以比拟。她的宁静,那么深沉,没有丝毫沉闷的地方,它宛如八月骄阳下肯特郡岸边波光粼粼的宁静海面上所蕴藏着的活泼生机。她令我想起古代一位意大利作曲家的一首小奏鸣曲,沉思中跳动着都市的轻率,轻快的涟漪中荡漾着哀婉的叹息。有时,察觉我盯着她,她便转过头来,睁大眼睛看我一阵,一句话也不说。我实在闹不清她在想些什么。

记得有一次我去林帕斯路接她,女仆对我说,她还没有穿戴好,让我在客厅稍候。她进来时,穿一件黑丝绒礼服,戴着配有鸵鸟毛的阔边帽(我们正准备去巴维龙剧院,她这次穿得非常正式)。我站不住了。她那晚的衣饰最能使一个女人显得高雅,华贵的礼服充分衬托出了她纯洁的美,使她看上去格外动人(有时她简直就像拿波里斯博物馆里的那尊爱神雕像)。我觉得她身上有个特点一般恐怕不大多见:眼皮底下淡青的地方总是蜜露似的。我往往不信那会是天然的。一次我问她:是否常在眼睛下面搽凡士林,因为那才能产生这种效果。她笑了,掏出手帕,递给了我:

"你擦擦看,"她说。

不久一个夜晚,我们从坎特伯雷剧场散步回来。把她送到家门口时,我伸出手和她道别,这时她忽然笑了,虽然只是一声浅笑,一边探过身来。

"你真傻,"她说。

她吻我了。不是匆匆的一下,但也不是特别动情。她的嘴唇,那红润饱满的双唇,久久地和我的贴到一处,它的轮廓、它的灼烈和温柔,我全感觉到了。接着她停了下来,同样不慌不忙,然后一声不响地开了街门,进屋去了。她的举动把我给吓坏了,一句话也说不出来。我呆呆地让她吻了自己。我一直是被动的。我转身走了回去,耳边依旧回响着露西的笑声。不过那倒不是轻蔑或怀有恶意的笑,而是坦诚、充满深情的笑;她笑我也许正是因为她喜欢上了我。

第十六章

那之后的一个多星期，我没有和露西一起出去。她到海弗珊和她的母亲过了一个晚上。她在伦敦有各式各样的约会。后来她问我是否愿意和她一起去草市剧院看戏。那出戏相当叫座，好票不易买到，因此我们只在后排看了。我们先在蒙尼加酒吧吃了牛排，喝了杯啤酒，便挤在人群当中。那时人们是不排队的，门一开，便是一阵狂拥乱挤。当我们终于被推推搡搡地挤进座位时，早已满头大汗，气喘吁吁，简直吃不消了。

我们穿过圣詹姆斯公园散步回家。那晚夜色太美好了，我们便在一条长凳上坐了下来。星光下，露西的面孔和金发泛着柔美的光辉。她仿佛是全身都溢满着一种既真挚而又温柔的友情。（我表达得十分拙劣，可我不知该怎样描述她带给我的那种情感。）她好像夜晚的一束银色花朵，只知对月光奉献自己的芬芳。我将她轻轻揽在怀里，她的脸转向了我。这次是我吻她了。她没动，柔软、红润的嘴唇平静而又热烈地接受着我的吻，仿佛一湖碧水接受着日光的爱抚。就这样不知过了多久。

"我饿坏了。"她猛然说了句。

"我也是。"我笑了。

"找个地方吃些鱼和炸薯条，怎么样？"

"好极了。"

那些日子，我对威斯敏斯特地区十分熟悉。那时这里还没有成为议员和其他有教养人士的社交场所，而是个邋里邋遢、贫民窟似的地方。我们走出公园，穿过维多利亚大街。我把露西带进了渡马巷的一家炸鱼店。这时天色已晚,除了我们,店内的顾客只有一个车夫,他的四轮马车就停在门外。我们要了些炸鱼、炸薯条和啤酒。一个弱女子走进店来,买了两便士的杂拌,用纸包着走了。我们吃得津津有味。

送露西回去的路上,经过文森广场,路过我的住处时,我问她道:

"不进去坐会儿?你还没有见过我的房间。"

"你的房东太太会怎么说?我不想给你惹麻烦。"

"怕什么,她睡觉最沉。"

"那就进去坐会儿。"

我用钥匙轻轻打开街门。过道很黑,我便拉着露西的手领她进去。我点着起居室的煤气灯。露西摘下帽子,用力搔着头发。接着她想找个镜子照照。但因为我嫌那里的镜子太俗气,早把它从壁炉架上摘走了,因此,室内无镜子可照。

"到卧室去吧,"我说。"那里有个镜子。"我开了门,点起蜡烛。露西跟了进来。我举起镜子,这样她就能够照见了。她梳头,我一直从镜子里细瞅着她。她取下几个卡子,用嘴含着,又拿起我的梳子,把头发从脖颈往上梳了起来。她卷了卷头发,又轻轻拍了几下,然后别上卡子。当她专心弄头发时,她的目光和我的在镜子里相遇了,接着便是一笑。当最后一枚卡子别好时,她转过身来,面对着我,一句话也不说,只是悠闲自在地望着我,蓝色的眼睛中依然闪烁着那亲切的微笑。我放下蜡烛。我那房间很小,梳妆台紧贴着床边。她抬起手,轻轻抚摸着我的面颊。

此刻我真是后悔我起头不该用这第一人称单数的形式来写这本书了。倘若你能把自己表现得亲切感人,那么用此种形式来写当然是再好不过;如果运用得当,再没有比适度的夸张或感人的幽默更能打动读者的心了。当你写了自己后能够看到读者的睫毛上闪烁着晶莹的泪珠,嘴角流露出温柔的微笑,那当然是非常诱人的事,然而当你不得不向读者展示一个彻头彻尾的愚蠢的你时,那滋味可就不同了。

前不久,我在《标准晚报》上读到伊夫林·沃先生①写的一篇文章,其中他提到用第一人称写小说是个可鄙的做法。我当然希望他能解释一下原因,可是他抛出这个观点的方法完全是当年欧几里得进行其著名的平行直线观察时用过的方法,只是信不信由你罢了,态度轻率得很。我苦思之余,只好请阿罗依·基尔(他是什么都读的,甚至他为之作序的那些书他也读)推荐几本有关小说创作的书。在他的建议下,我读了波西·洛伯克先生的《小说技巧》,从那里我了解到,原来写小说的唯一方法就是享利·詹姆斯的那种写法;之后我又读了爱·摩·福斯特先生②的《小说面面观》,又懂得了原来写小说的唯一方法便是爱·摩·福斯特先生的那种写法;我又读了爱德温·缪尔先生的《小说的结构》,结果更没收获。在这些书中我都找不到与上述论点有关的章节。这种根据虽然找不到,但对为什么某些作家,例如笛福、斯特恩、萨克雷、狄更斯、艾米莉·勃朗特以及普鲁斯特等等(当日非常有名,但今天肯定早已完全被人忘掉)偏要使用伊夫林·沃先生不赞成的办法,我却能够找到一条理由。随着年龄的增长,我们对人类的复杂多端、前后矛盾以及种种不讲情理等等逐渐有了更清醒的认识;一些中老年作家为什么不把注意力集中到更重大的事物,而却把精力花费在一些虚幻人物的细节上去,那理由恐怕正在于此。如果说对人类的研究应从本身入

157

① 伊夫林·沃(1903—1966),英国小说家。
② 爱·摩·福斯特(1879—1970),英国小说家。他的《小说面面观》极有名。

手,那么很明显,最好的做法倒是去研究小说中那些不变的、真实而却是有意义的人物,而不是研究现实生活中那些荒谬朦胧的人。有时,小说家感到他自己仿佛就是上帝,于是简直可以告诉你他小说里人物的各个方面;可也有时候,他并不这样,因而并不向你讲述他的人物的一切,而只讲给你他所了解的那点东西。既然随着年龄的增长,我们会感到自己越来越不像上帝,因而当我们看到一些年纪稍大的作家越来越只喜欢写他经验范围之内的东西,这事也就不足为怪了。第一人称单数对这种有限度的目的,正是一种十分有益的表现手法。

露西举起手,轻轻抚摸着我的面颊,我说不清自己当时为什么竟会出现下面的情形,按说这本来是不会有的。我紧绷的喉咙里爆发出一阵呜咽。不知是由于害羞和寂寞(不应该是肉体上的寂寞,我整天都在医院里和各种各样的人打交道,而只能是精神上的寂寞),还是欲望太强烈了,我当时哭了起来。我真是感到无地自容;极力想控制一下自己,但就是控制不住;泪水泉水般地涌满我的眼睛,只管往下滴。看见我这样子,露西也紧张起来。

"天啊,宝贝儿,怎么啦?出了什么毛病?别这样,别这样!"

她搂住了我的脖子,也哭了起来。她把我的嘴唇、眼睛和湿面颊全吻遍了。她解开了胸衣,把我的头靠在她胸脯上,抚摸着我光滑的脸。她来回地摇动着我,仿佛在摇动怀里的孩子。我吻了她的乳房和雪白的脖颈;接着她脱下背心、裙子和衬裙,但还穿着围腰,我已经把她抱住了。接着,屏住呼吸,围腰也解下了。她就这样穿一件薄衫立在我的面前。我的手摸到她腰边时,还能感到胸衣勒出的印子。

"吹灭蜡烛。"她低语道。

当晨曦透过窗帘,将笼罩在迟迟不肯退去的夜色中的床和衣柜的轮廓呈现出来时,是她,她的吻,叫醒了我。她的头发落在我的脸上时,怪痒痒的。

"得起床了,"她说,"我不想让你的房东太太看到我。"

"还早着呢。"

不一会,她下了床。我点起蜡烛。她对着镜子束紧头发,然后在镜子里望了望自己裸露的身躯。她天然生就纤腰,发育虽好,仍然非常苗条;这样一副身躯天生就是为着享受爱的。在与那渐渐泛白的天色争辉的烛光衬映下,她浑身上下完全是熠熠耀目。

我们默默地穿上衣服。这次她没有再穿围腰,只把它卷起;我拿了一张报纸替她包住。我们蹑手蹑脚地穿过过道,出了街门,一跨上大街,晨光便像只小猫跃上台阶似的飞快地来迎接我们。广场上空旷无人;太阳已照射在窗上了。我觉着我自己这时浑身充满朝气。我们肩靠肩地向前走去。一直走到了林帕斯路拐角处。

"别再送了,"她说。"谁知道会碰上谁?"

我亲了亲她,目送她走去。她走起来实在是太不快了,仿佛乡下女人那样脚步挺重,一边还要试试脚下的松软泥土,她那身子也挺得直直。我已无意再回去睡觉,便漫步去了泰晤士河外滩。河水完全笼罩在晨曦的彩焕之中。一条褐色的驳船正顺流而下,穿过沃厅桥。另一条小船上两人在划着桨,已快靠岸。我突然感觉饿了。

第十七章

自那以后一年多的时间里,每逢露西和我一起出去,回来时她总要到我房间来,有时停留一小时,有时则要等到破晓的晨曦提醒我们:女用人就要擦洗大门台阶了。我至今还能记起那些温暖明媚的早晨,伦敦懒洋洋的空气中散发着令人喜悦的清新;能记起我们踏在空旷的街道上时发出的清脆的脚步声;在挟裹着雨霰的寒冬到来时,我们挤在一把雨伞下,怀着愉快的心情默默赶路时的情景。这时站岗的警察会瞅上我们一眼,那目光是带怀疑的,但有时候也闪现着点理解的神情。偶尔我们也会看到一个蜷缩在门廊下睡觉的流浪汉,于是我把一块银币丢在他们破烂的膝盖处或皮包骨的手上(主要是想表现一下,以给她留个好印象,尽管我自己也没多少钱),这时露西总是亲切地抓紧我的胳膊。露西使我感到非常幸福。我已深深爱上了她。她总是那么随和自在。她的一副宁静性格感染着她周围的每一个人;你每时每刻都能分享她的欢乐。

在我成为她的情人之前,便也常常想过,她是不是也是其他人的情妇,比如福特、哈理・赖特弗得、希利尔等等。后来我向她提出了这个问题。她亲了亲我说:

"别那么傻。我喜欢他们,这你是知道的,我只是喜欢和他们一起出去罢了。"

我很想问问她是否曾是乔治・坎普的情妇,但却不曾开口。虽然我从没见她发过脾气,但我觉得她也许是有脾气的,并隐隐约约感到这个问题会使她发起怒来。我不想让她说出非常伤人的话,结果弄得自己恨起她来。我还年轻,刚刚二十一岁多些,而关丁・福特和其他人都比我老;所以,在露西眼里他们只不过是些一般朋友,这也是很自然的。一想到自己竟然成了她的情人,我实在感到非常自豪。每当星期六下午喝茶时,看到她与各式各样的人又说又笑,我完全沉浸在自我陶醉之中。我想起了我们在一起度过的不少夜晚,但对我这个天大秘密,他们竟完全被蒙在鼓里,也实在让我心里十分好笑。不过有时候,我觉得里昂奈耳·希利尔看我的神气有点特别,仿佛内心之中是在嘲笑我什么似的,我便又会突然不安起来,心想露西是否向他透露了我们的事。或许是自己在举止上暴露了什么问题?我后来对露西讲,我疑心希利尔看出了什么,她听后只是用她那仿佛随时会笑出来的蓝眼睛瞄了瞄我。

"管他哪,"她说。"那人心地不够光明。"

我和关丁·福特的关系从来都不太亲密。在他眼里我只是个迟钝无聊的年轻人罢了(当然我也的确是这样)。虽然他表面上对我也讲礼貌,但从没有把我当回事儿。也许是自己的错觉,现在他对我比以前更冷淡了。有一天,哈理·赖特弗得出乎意料地要请我去吃饭看戏。我把这事告诉了露西。

"那好哇,你当然要去。他这个人最有意思。哈理这家伙,他讲起话来简直把我笑死。"

于是,我便和他一起去吃饭了。那天他的态度挺友善的。他讲了许多男女演员的事,给我的印象很深。他的幽默常常带挖苦的味道,嘲弄起关丁·福特时尤其好玩;他是讨厌他的。我极力想引逗他谈谈露西,可他却没说什么,他似乎是个浪荡家伙。他淫声浪气地向我暗示,他对付女子的一套本领可不得了。这不禁使我怀疑,他今天请我吃饭是不是因为他知道了我同露西的关系,所以借此表示他对我的好感。可如果他知道了,其他人自然也都知道了。但愿我自己没有暴露,可从内心讲,此刻我对这些人已经有了种居高临下的感觉。

接着冬天到了，一月底，林帕斯路上突然冒出了一张新的面孔。这就是荷兰犹太人贾克·库依伯，一名阿姆斯特丹的珠宝商。他因前来伦敦办事，在此小住几周。我不知道他是怎样认识德律菲尔夫妇的，或许是出于对作家的崇敬使他前来拜访，但可以肯定，他第二次来可就未必是那个原因了。他长得又肥又大，肤黑秃顶，鹰钩鼻，五十岁上下，相貌相当魁梧，具有着性情果断但好纵欲和好玩乐等特点。他毫不掩饰他对露西的爱慕。显然他很有钱，天天给她送玫瑰花。虽然她也责怪他太铺张，但也感到得意。我实在看不惯他，他说起话来，总是大吵大叫，太吵人了。我讨厌他谈起话来那滔滔不绝的古怪腔调（尽管他英语讲得还不错）；讨厌他总是对露西夸得过分；讨厌他对他的朋友所表示的那种热情。我发现关丁·福特也和我一样不喜欢他；这一来倒把我们拉到一起。

"幸好他还不会待长，"关丁·福特又是噘嘴，又是耸眉，他苍白的头发和灰黄色的长脸使他看上去很有绅士派头。"女人总是这样，她们喜欢粗人。"

"他太俗不可耐了。"我抱怨道。

"这正是他的妙处。"关丁·福特说。

在以后的两三个星期里，我几乎见不到露西。贾克·库依伯每天晚上都带她出去，去高级馆子，去剧院看戏。这深深刺伤了我。

"他在伦敦没有一个熟人。"露西极力想安抚我被激怒的情绪。"他不过是想趁此机会四处看看。老让他一个人出去总不太好吧。他只再待两个星期。"

我实在看不出她作这种牺牲有何必要。

"你不觉得他俗气吗？"我问。

"正相反。我觉得他很风趣，总逗我笑。"

"你看不出他已经完全迷上你了?"

"唷,随他的高兴吧,这对我又没损害。"

"他又老又肥,太可怕了。我见着他就起鸡皮疙瘩。"

"我倒不觉得他那么坏。"露西说。

"你总不致和他发生什么吧,"我的态度十分坚决。"我是说,他实在是个俗物。"

露西挠了挠头。这也属于她的不良习惯之一。

"能体味一下外国人和英国人的不同,也是怪有趣的。"她说。

谢天谢地,贾克·库依伯最后总算回了阿姆斯特丹。

露西答应过我,他走后的第二天和我一起吃饭。作为一件难得的乐事,我们约定去苏荷。她租了辆双轮马车来接我,我们便出发了。

"你那位可恶的老头走啦?"我问。

"嗯,"她笑了。

我搂住了她的腰。(我曾在什么地方说过,在这件既愉快又几乎少不了的人类接触当中,双轮马车实在要比今天的出租汽车方便得多,这里不赘述。)我搂住了她的腰,又吻她,她的嘴唇真是春花似的。到苏荷后,我把帽子大衣(大衣身长腰细,领子袖口都是天鹅绒的,非常时髦)挂好后,让露西把她的披肩也递给我。

"我不脱,"她说。

"那太热了,你出去会感冒的。"

"没关系。这是我第一次穿,漂亮吧? 看,还配着手笼呢。"

我瞟了披肩一眼。是皮的,但还不知道是貂皮。

"倒是挺讲究的。你买的?"

"是贾克·库依伯送的。昨天他临走前,我们一起买的。"说着摸了摸那光滑的皮子,高兴得和小孩拿到玩具似的。"猜猜多少钱？"

"说不清。"

"二百六十镑。我一辈子都没买过这么贵重的东西。我跟他说，太贵，不用买了。可他不听，非要让我买下。"

露西咯咯地笑了，眼睛放着光彩。但我感到我的脸绷紧起来。脊梁沟一阵发冷。

"德律菲尔不觉得这事荒唐么，库依伯居然送了你这么贵的披肩？"我说话时声音尽量放得自然一些。

露西的眼睛顽皮地转来转去。

"台德是什么人，你还不清楚吗？他什么也看不出来。就是他问起来，我也会说是花了二十镑从当铺弄来的。这类事他一点不懂。"她一边把脸在领子上来回蹭着，"多柔软啊，谁也看得出来这东西是值点钱的。"

我这时已经没了胃口，只是勉强吃而已，另外，为了掩饰内心的痛苦，只是口不应心地胡乱找些话说。好在露西倒也并不关心我讲些什么，她一心想的只是她那披肩，而且每隔几分钟都要向她腿上的手笼望望。那副目光深情之中还有股贪图享受和悠然自得的味道。我气坏了，觉得她实在是太愚蠢，太俗气了。

"你高兴得就像个猫吞了只金丝雀似的，"我不免挖苦起她来。

但她只是咯咯地笑，全不在乎。

"真是这样。"

二百六十镑对我来讲可是个相当可观的数目。我真不敢相信有人竟肯为一个披肩花这么多钱。我每个月不过靠十四镑钱过日子，而且过得还不坏；如果哪位读者一下子还计算不来，我甚至可以替你算好，一年一百六十八镑。我很难相信一个人送这份重礼只是出于单纯的友谊；难道这是因为贾克·库依伯在伦敦时每晚和露西

过夜,于是离开之前,付她笔钱? 而她怎么也就收下了? 难道她看
不出这会使她多么掉价? 难道她看不出送人这么贵重的礼物有多
么庸俗? 显然她是看不出来,因为你听她的说法:

"这在他真是一番好意,不过犹太人也就大方。"

"他不过是出得起钱罢了,"我说。

"一点不假,他的确有钱。他讲了,他走之前一定要送我点东
西,于是问我想要什么。我说,能有件披肩和配套的皮手笼就行了;
可没想到他会买这么贵的。我们走进商店,我让店员拿了件仿皮制
品看看。可他说,不,要貂皮的,最上等的。一看到这件披肩,他便
硬要我买下。"

这时出现在我头脑中的却是,她那光净的身躯,那乳白的皮肤,
正在一个满身肥肉的老光头的怀抱里面,受着他那又厚又松弛的嘴
唇亲吻的情景。接着我又意识到过去我一直不愿相信的疑虑可能
全是真的;意识到当她和关丁·福特,哈理·赖特弗得以及里昂奈
耳·希利尔一起出去吃饭后,她便也像和我那样,和他们一起过夜。
可这话我讲不出口;因为一开口,就会伤害了她。我这时的心情与
其说是嫉妒还不如说是沮丧。我觉得我受到了她的十足愚弄。我
拼命控制自己才没说出刻薄话来。

我们又去了剧院。这时我已经无心看戏。唯一的感觉便是我
胳膊旁的光滑的貂皮披肩,唯一的印象便是她的手不停地在抚摸那
只手笼。这事如果说是别人,我倒还能容忍几分;但居然是贾克·
库依伯,这可太让人受不了。但她怎么竟能受得了? 看来人穷是会
志短的。我真希望,如果我有了钱做后盾,我就能告诉她,她要是把
那令人恶心的披肩退还给他,我一定送她一件更值钱的。她终于注
意到我的沉默。

"今晚你的话很少。"

"是吗?"

"没有不舒服吧?"

"我好得很。"

她用眼角扫了我一眼。我没看她的眼神,可我知道她的目光中还会是我非常熟悉的那种顽皮而又充满稚气的微笑。不过她也没再说什么。看完戏后,因为下起雨来,我们便叫了辆双轮马车,我一边把她在林帕斯路的住址告给车夫。车上她一直没说什么,直到到了维多利亚大街,她才问我道:

"你不想让我去你那里吗?"

"完全听你的。"

她打开车门把我的住址告诉了车夫。然后她抓住我的手,紧紧握着,但我却没有表示。我满怀怒气严肃地直视窗外。到了文森广场,我扶她下来,默默地把她让进屋去。我脱掉帽子和大衣,她也把披肩和皮手笼扔在沙发上。

"干吗生这么大气?"她问道,向我走来。

"我没生气,"我答着,避开了她的目光。

她用双手捧住我的脸。

"你怎么会这么傻气? 怎么能因为贾克·库依伯送我件皮披肩,你就发这么大火? 你又给我买不起一件。"

"我当然买不起。"

"台德也买不起。你总不能要我拒绝一件价值二百六十镑的皮披肩吧。我早就想要这么一件。可对贾克一点也不算什么。"

"你总不会要我相信他只是出于友谊才送你这礼物的吧?"

"那也完全可能。无论怎么说,他已经回阿姆斯特丹去了。天知道他什么时候再来?"

"另外,他也不是你唯一的吧?"

这次我可是正眼看着露西，目光中充满了怒气、怨恨和委屈。但她却只是向我笑笑。真希望我能描述得出她美丽的微笑中所蕴含的甜蜜和亲切；她的声音温柔极了。

"嗳，亲爱的，何苦为别人费心思？别人的事对你有什么妨害？难道我不是尽力在使你高兴吗？你和我在一起的时候，你不感到快乐吗？"

"非常快乐。"

"这不就得了。好管闲事和爱嫉妒最不好了。为什么对自己能得到的幸福老不满足？照我看，有机会享受就尽情享受；百年之后我们也就全都死了，到那时，再说什么也没用了。还是让我们趁能享受的时候尽情享受吧。"

说着她搂住我的脖子，使劲吻起我来。我的怒气全消了。整个身心都沉浸在她的美丽和浓浓的温柔之中。

"你明白吧，你不能对我要求过高，"她低语道。

"好的。"

第十八章

整个这段时间我的确很少见到德律菲尔。编辑工作占去了他白天的大部分时间,晚上他又要写作。当然,每星期六下午聚会的时候他会在场,这时他总是和人亲亲热热,有说有笑,但也带点调侃的味道,他似乎很高兴见到我,常爱和我说东道西地聊上几句;自然他的注意力更多地集中在那些年龄地位都比我高的人们身上。但我有一种感觉,他和人的距离变得疏远了;他已经不是我在黑斯太堡见到的那个快快活活,甚至有点俗气的好伙伴了。也许这只是我慢慢形成的感觉,仿佛在他和那些他好嘲弄的人们中间产生了一道无形的障碍。他似乎更多地生活在想象的世界里面,这样一般的日常生活反而显得虚幻、不够真实。他常常被邀请在公共聚餐上发表演讲。他参加了文学俱乐部,开始结交许多超出了他那狭窄的文学圈子以外的人。他越来越多地被许多女士请去赴宴吃茶,这些女士总是好把一些知名作家聚集在她们周围的。露西当然也在被邀之列,只是她很少参加;她说她对这些集会不感兴趣,而实际上她们也并非真想要她去,她们要的只是台德。我想她所以有此想法主要是因为她有些怯生,另外怕感到孤独。或许那些女主人便已经不止一次让她感觉到了,她们深感有她在场,晚会将是多么乏味;于是在迫于礼貌邀请了她之后,她们又因为受不了这礼貌带来的麻烦而冷落了她。

正是在这个时候,爱德华·德律菲尔的《人生之杯》问世了。这里我完全不准备评价他的作品,何况后来人们写了数不清的评论,想必足以满足一般读者这方面的需求;但我想稍稍一说的是,

《人生之杯》虽不是他最负盛名、最受人喜爱的作品，但在我心目中却是最有趣味的一部。书中流露出的那种冷峻无情的笔调在全部英国的言情小说中确实能够脱开陈套，别具特色。它笔锋犀利，令人耳目一新。那滋味就如吃酸苹果似的，除了让人牙根发酸之外，另有一股淡淡的苦中带甜的味道，格外迷人。在德律菲尔的全部小说中，这是唯一一本我巴不得自己也能写出的作品。孩子惨死那一场更是写得极其伤痛，读来大有撕心裂肺之感，但却绝无半点孱弱造作的地方，紧接着发生的那件怪事也是很精彩的；所有这些谁读过后也会永远难忘。

恰恰是书的这一部分给可怜的德律菲尔带来了一场狂风暴雨般的灾难。书刚出版的头几天，一切正和他的其他作品那样，进展似乎完全正常，也就是说，人们会为它写出许多有分量的书评，会对它基本上加以赞扬，但也稍有保留；在销售上也会过得去，但也不是太多。露西对我说她估计可以从中挣得三百镑，还打算在泰晤士河边租间房子去避暑消夏。最初的两三篇评论态度已不够明朗；接着公开猛烈抨击便在一份晨报上刊载了出来，而且占去了整整一栏。不仅书被说成是对社会的无端冒犯，因而是淫书一部，连出版商也因出这种书而遭到严厉申斥。人们还对它可能给英国青年带来的可怕后果作了绘形绘色的骇人描写。另外它被认为是对女性的极大污辱。评论家声称要防止这样的作品落入天真无邪的男女少年之手。其他各报也都一哄而起，争相仿效。有些糊涂人甚至提出应当将这本书进行查禁，另一些人则板着面孔建议，这类情形检察官是否应当适当加以干预。总之责难铺天盖地而来，即使偶尔也有个别熟悉欧洲写实主义小说的作家勇敢地起来为他声辩，说这本书是爱德华·德律菲尔的最好作品，人们也并不予理会。人们只会将他诚恳的意见看作是哗众取宠，迎合低层读者趣味。不仅一般图书馆封了这本书，车站书店一些出租人也都不再进它。

这一切对德律菲尔自然是件不快的事，但是他颇能以一种哲人的心胸冷静对待。他耸耸肩说：

"他们说它不真实，"他微微一笑，"见鬼去吧。但它的确是真实的。"

是他朋友们的忠诚支持他度过了这场劫难。结果造成的局面是：能够喜爱《人生之杯》便标志着你有很高的审美能力，而对它感到骇怪则意味着承认自己完全没有文化。巴登·特莱福德太太曾经毫不迟疑地宣称这是一部文学杰作，尽管当时巴登的文章不适合在《学术季刊》上刊载出来，但她对爱德华·德律菲尔的未来却丝毫没有丧失信心。现在如果我们重读一下这部当年曾经弄得满城风雨的作品，我们一定会感到够奇怪的（和很有益的）；因为全书之中实在没有一个字会使我们这些善良人引起丝毫羞愧，也没有一处地方会使我们今天的读者感到半点不安。

第十九章

六个月之后，围绕《人生之杯》一书的风波当然早已平息下来，德律菲尔也早已投入了他的小说创作之中，这部小说后来以《凭借他们的果实》为名发表，而我自己这时也已经是四年级生，兼一名住院部的外科手术助手。有一天轮到我值班，当我在医院正厅等候查房的外科医生时，我扫了一眼放信的架子。有时，人们不知道我在文森广场的住址，便把信写到这里。我惊奇地发现有我的一份电报。上面写着。

请务于今天下午五时来见我。非常紧急。

伊莎贝尔·特莱福德

我想不出她会找我有何事情。在过去的两年多时间里，我的确见过她十多次，但她却从来没有注意过我，我也从来没有去过她家。我知道平日下午喝茶的时候，一般总是很少有男士在场，遇到这种情形，当主妇的或许会觉得，能有个医学院的年轻人作陪总比没人要强。可电报的语气又分明不像是一般的聚会。

我为他做助手的外科医生是个啰里啰嗦的人。所以直到五点多我才脱开身，又花了二十多分钟才赶到切尔西。巴登·特莱福德太太住在泰晤士河外滩的一所房子里。当我按过门铃，询问她是否在家时，这时已是将近六点。我被带进客厅，正想解释迟到原因，她打断了我的话说：

"我们想到了你可能是脱不开身。没关系。"

她丈夫也在家。

"我想他也许想喝杯茶吧。"他提议道。

"可喝茶是不是太晚了些?"她温和地看看我,那柔和而又漂亮的眼睛里充满着善意:"你不想,喝杯茶吧?"

我这时又渴又饿,我的午饭不过是一块黄油烤饼和一杯咖啡,可我不愿这么说。便谢绝了。

"你认识奥古德·纽顿吧?"巴登·特莱福德太太指着一位男子问道,当我进屋时他坐在一把扶手椅里,这时已站起身来。"我想你在爱德华家也许见过他。"

我是见过他。他不常露面,但他的大名我早听到过,对他的长相也很熟悉。我的印象是,他常使我感到非常紧张,但不记得和他搭过话。虽然他现在早已完全被人遗忘,但在过去他却是英国最有名气的批评家。他身材高大肥胖,脸面白皙而略显发胖,只是那金发碧眼看上去已经变淡变灰。他常系一条淡蓝色领带,以充分衬托出他那双眼睛的湛碧。他对在德律菲尔家碰到的作家们向来十分亲切,当着他们他总会有几句漂亮和奉承的话好讲,可刚一转脸,他便又会对他们挖苦起来。他说话时,语调平板而低沉,但措辞极其巧妙;三言两语便能把个好朋友搞得名誉扫地。

奥古德·纽顿和我握了手后,极富同情心的巴登·特莱福德太太想让我放松一下,便拉着我的手,让我和她并排坐在沙发上。茶点这时还在桌上,她拿起一块果酱三明治,十分优雅地细细品味着。

"最近见到德律菲尔夫妇了吗?"她向我问道,口气仿佛是在闲谈。

"上星期六我还去过他们家。"

"后来再没见着他们?"

"没有。"

巴登·特莱福德太太的目光从奥古德·纽顿身上转到丈夫身上，仿佛在默默地向他们求援。

"不必再搞那迂回委婉的做法了吧。伊莎贝尔，"纽顿用他稳当而又准确的口气说道，眼睛里还微微闪着一丝幸灾乐祸的味道。

巴登·特莱福德又对我说：

"那你可能还不知道德律菲尔太太已经和别人走了。"

"什么？"

我一下惊得完全讲不出话来。我简直无法相信自己的耳朵。

"奥古德，这一切还是由你亲自讲给他听吧。"巴登太太说。

批评家直起身来靠在椅子背上，先把两只手握在一起，然后津津有味地讲述起来。

"昨天晚上，我有事要找德律菲尔，是为了我给他们撰写的一篇文章。晚饭后，夜色很美，我步行去了他家。他正在等我，我知道，除非有市长宴请或学术界的聚餐这类十分重要的活动，他晚上一般从不出门。所以，你不难想象出当我走近他家，看见他的门开着，爱德华出现在门口时，我的那种惊讶，不，我那完全不知所措的样子。你们当然都听说过康德就有每天在某个固定时间外出散步的习惯，而且总是准确得那么分秒不差，以至于柯尼斯堡的居民都据此去对他们的表。一次他提前了一小时散步，这一下周围的居民全吓坏了，以为一定发生了天翻地覆的大事。他们猜对了：康德刚刚接到巴士底狱被攻占的消息。"

说到这里奥古德·纽顿略作停顿，以观察一下这段轶事可能产生的效果。巴登·特莱福德太太向他投去了会心的一笑。

"看到爱德华匆匆向我跑来，我当时倒也没有估量到会是爆发了上述那种震撼世界式的灾难，可我马上意识到了某种不吉利的事情正在萌发。他没戴手套也没拿手杖。身上只穿着那件工作服——那件早有了些年代的黑羊驼毛的外套,头戴一顶阔边呢帽。他的神态看上去是一副疯狂样子,举止动作也是十足的颠倒错乱。因为我对他们夫妻间的那种时好时坏的关系早有耳闻,当然不免暗自思忖,是夫妻间的纠纷使他匆匆跑出家门,还是仅仅因为他急于去邮筒发上封信。他那奔跑的速度,完全是赫克托耳式的。那最尊贵的希腊勇士,他似乎并没看见我,于是也就使我顿生疑心,我向他大喝一声'爱德华',他听了猛地一惊。我敢发誓他那时完全弄不清我是谁。

'是什么复仇女神逼得你十万火急地奔驰于匹姆里柯①林木之间?'我问道。

'没想到是你呀。'他说道。

'你准备去哪儿?'

'哪儿也不去。'"

我心想,如果照这速度讲述下去,奥古德·纽顿的故事恐怕永远也讲不完了。但赫森太太却会因为我吃饭可能要迟到半个小时而对我发脾气的。

"我说明了来找他的目的,并提议回他家里去,在那儿他能够更方便地谈谈这个令我感到不安的问题。'我心烦得很,不想回家,'他对我讲,'我们走走吧。你可以一边走一边跟我谈。'我顺从了他的意思,于是转身和他并排走着。可他的步子实在过于快了,我不得不请他放慢一些。即使是约翰生博士那样健谈的人,如果在弗里特街上用特别快车的速度散步,他恐怕也没办法和别人边走边谈。

---

① 匹姆里柯,伦敦西南部地区名,位于惠斯敦斯与切尔西之间;伊丽莎白时期为旅游与射猎胜地。

看到爱德华的表情那么异常,态度那么激动,我觉得最好还是把他带到比较偏僻的街道去谈更为妥当。我向他谈了自己的文章。这时萦绕在我脑海里的题目比原来想象的更加丰富,所以我感到用一期的篇幅是否能把它谈得充分。我把这个问题详尽而又公允地摆在了他的面前,并征求他的意见。'露西走了,'他这样回答我。我一时听不懂他在说些什么,但随即意识到,他是在说那位身材丰满而又并非不迷人的女子,她偶尔也为我递递茶什么的。从他的语气中,我猜测到他这时渴望从我这里得到的是慰问而绝不是祝贺。"

奥古德·纽顿又停了下来,蓝眼睛闪闪发光。

"讲得太好了,奥古德。"巴登·特莱福德太太恭维道。

"不能再妙了,"她丈夫附和着。

"意识到在这种场合下人们最需要的是同情,我便对他说:'亲爱的朋友,'但是他马上打断了我的话:'我收到了最后一趟邮班送来的信,她跟乔治·坎普勋爵跑了。'"

我听了张口结舌,什么也讲不出来。特莱福德太太飞快地扫了我一眼。

"'这乔治·坎普勋爵是什么人?''是黑斯太堡人。'他回答说。我这时无暇考虑,便干脆实话对他讲了。'这么说,也彻底甩掉她了。''奥古德!'他哭了起来。我停下脚步,把手放在他的肩上。'你必须明白她和你的那些朋友都在欺骗你。她的所作所为早已成了一桩公开的丑闻。亲爱的爱德华,我们必须面对现实:你那妻子不讨是个普通的烟花女子罢了。'听了这话他一下子便挣脱开我的手臂,发出了一种低沉的吼叫,就像婆罗洲森林里的猩猩被人夺走了嘴里的椰果似的。我还没来得及阻止他,他已经甩开我,飞快跑掉了。我这时早给他惊呆了。除了耳朵里头灌满了他的哭声和脚步声,我是一点办法也没有了。"

"你不该把他放走,"巴登·特莱福德太太说,"在那种情形下,他很可能会跳进泰晤士河去的。"

"我也这么想过,不过我注意到他没有往河边跑,而是钻进了大街旁边的一个小巷子里。当时我还想起,文学史上还从没有过哪位作家会在作品没有完成的时候,去自杀的先例。无论遇到多么大的不幸,他都不会给后代留下一部没有结尾的作品。"

听到这消息,我感到震惊和沮丧;同时我还感到非常烦恼,因为我弄不清特莱福德太太为什么要把我请来。她既对我毫不了解,也不知道我对这事会有什么兴趣,总不会是专门把我请来听段新闻吧。

"可怜的爱德华,"她说道,"当然,谁也不能否认这或许会因祸得福。可我担心他会为此忧伤过度。值得庆幸的是他还没有做出轻率举动。"说着她转过身来对我说:"纽顿先生一告诉我这件事,我就马上去了林帕斯路。爱德华不在,不过女仆说他刚刚出去;这就是说,他在离开奥古德以后,到今天早晨这段时间,他回过家。你大概很想知道请你来的原因吧。"

我没回答,我想等她自己解释。

"你是在黑斯太堡第一次结识德律菲尔夫妇的吧? 你可以告诉我们这个乔治·坎普勋爵是个什么人。爱德华说他是黑斯太堡人。"

"是个中年人,已经有妻室和两个儿子,儿子们的年龄都和我这么大了。"

"我一直猜不透他是个什么样的人。在我国和法国的名人录里都没查着他。"

我差点笑出声来。

"咳,他并不真是什么爵爷,他只是个当地煤炭商。黑斯太堡的人这么叫他主要是因为他平日喜欢摆谱。这只是个玩笑罢了。"

"这些乡巴佬的幽默也未见得就十分好懂哩,"奥古德·纽顿评论道。

"我们一定要尽我们的一切努力去帮助亲爱的爱德华,"巴登·特莱福德太太发话道,一边把沉思的目光对准了我。"如果坎普和露西私奔了,他一定把他妻子丢在了家里。"

"我想会是这样的,"我答道。

"你愿意做一件好事吗?"

"尽力而为吧。"

"你能不能亲自去一趟黑斯太堡,了解一下这件事的准确情况?我觉得我们应和他妻子取得联系。"

我向来最怕干预别人的私事。

"我闹不清该怎么办。"

"你不能去见见她吗?"

"不行。"

如果说巴登·特莱福德太太感觉到了我的回答过于生硬了些,她可并没有表露出来。她只是微微一笑。

"这件事可以暂时放一放。最要紧的是先查清坎普的情况。今天晚上我就去看爱德华。一想到他还得一人待在那个要命的屋子里,我实在太难过了。巴登和我已经商量好让他搬到我们这儿来住。这里有空房间,只要稍加布置,他就能在这里写作。奥古德,你是不是也觉得这样对他最好?"

"那太好了。"

"其实就是长期住下来又有什么不可以的? 至少先住上几个星期,然后就跟我们一起去消夏。我们打算去布列塔尼。我敢说他一定会喜欢那儿的。这样也可以使他彻底换换环境。"

"当务之急是，"巴登·特莱福德用眼睛瞟着我说，这时那目光已经快和他妻子的一样和蔼了。

"这位年轻的手术大夫是否肯去黑斯太堡搞点调查。我们一定要心中有数，这是最重要的。"

巴登·特莱福德为了不突出他自己的考古学者身份，所以态度显得特别热情，说话也尽量滑稽通俗。

"他不会不答应的，"他妻子说。温柔的目光中带着祈求的味道，"能答应吧？这件事太重要了，只有你能帮我们。"

她哪里知道，其实我和她一样急于弄清这件事情的真相，当然她也不清楚一腔妒火是怎样在刺伤着我的心。

"可是星期六以前我从医院走不开呀。"我对他们说。

"迟些也可以。那就太谢谢你了。爱德华的朋友们也都会感谢你的。你什么时候能回来？"

"星期一一大早就得返回伦敦。"

"那你下午就来和我们吃茶吧。你知道我们会急切地等待你的消息。感谢上帝，问题总算解决了。现在就得去稳住爱德华。"

我明白这是在送客了。不过奥古德·纽顿也起身告辞，和我一起走下楼来。

"我们的伊莎贝尔今天的举止雍容大度，实在小有阿拉贡的凯瑟琳①之遗风，"当我们掩门出来他便嘟囔道。"这可是一个千载难逢的绝好机会，我们深信我们的朋友不致错过这个机会。这真是有着一颗金子般心的迷人女性。"

我不明白他这句话在指什么，因为我给读者讲述的巴登·特莱福德太太的种种情况也都是我后来才了解的，但我意识到他的话

---

① 阿拉贡的凯瑟琳(1485—1536)，英王亨利八世之后。

里对她隐含攻击,甚至在开她的玩笑。于是我也报之一笑。

"我想你这年岁还是喜欢乘坐我的好狄兹在不走运的时候称之为伦敦的贡多拉①的交通工具吧。"

"我打算去坐公共汽车,"我的回答直截了当。

"是吗?要是你想坐辆双人马车,我倒有心思让你捎我一程,不过你如果要去乘坐那种我这老脑筋至今还喜欢管它叫昂尼巴斯②的平凡的运输工具,我这一团死肉就得改乘那四轮马车了。"

说着他招手叫来一辆,然后把他松软无力的两个指头递过来让我握了一下。

"下星期一我还要来听听你出访的结果哩,亲爱的亨利③将会把它称之为一次异常微妙的出访。"

① 贡多拉,威尼斯的一种平底船。所谓"伦敦的贡多拉"这里显然指公共汽车。
② 昂尼巴斯,英语公共马(汽)车的音译。
③ 这里亨利可能指伊莎贝尔的丈夫。

第二十章

　　然而我再次见到奥古德·纽顿却是几年以后的事了。因为我那次一到黑斯太堡,便收到了巴登·特莱福德太太的信(她早已细心记下我的地址),要我回来后不必去她住处找她,而是下午六点在维多利亚车站的一等候车室里与她见面,至于这样做的原因她说见面后再告诉我。于是星期一从医院出来后,便匆匆赶到车站,工夫不大,就见她来了。她步履轻快地走到我的面前。

　　"情况怎么样了? 让我们找个安静的角落坐下来谈谈。"

　　我们找到一个安静的地方。

　　"我必须解释一下为什么我要你上这儿来,"

　　她开口道。"爱德华现在和我们住在一起了。起初他不肯来,是我说服了他。可是他很紧张,身体又有病,情绪也极不稳定。我不想冒险让他见到你。"

　　我把一些基本情况向特莱福德太太做了回复。她听得非常仔细,还不时地点点头。当然我并没打算让她知道我在黑斯太堡看到的那种骚动。整个城镇全乱套了。由于这是多年不曾有过的稀奇事件,人人都在谈论它。汉普提·顿普提跌了大跤①。坎普勋爵确实逃之夭夭了。一个星期前他还声称要去伦敦出差,但两天后他便接到了要求宣告其破产的起诉书。看来他经营的房地产没有成功;他要把黑斯太堡建成海滨胜地的建议也未引起任何反响。他不得不想尽一切办法去筹措必需的资金。小城里流传着各种各样的谣言。相当一部分普通居民把自己仅有的一点积蓄都托付给了他,可现在都面临着失去一切的危险。具体情况我并不太清楚,因为莫说我伯父母对生意一窍不通，就是我对这些事情也似懂非懂，隔行如隔山嘛。乔治·坎普的住宅已经做了抵押，家具也成了卖契。他的妻子从他手里一个便士也没得到。他的两个儿子，一个二十岁，一个二十一岁，原来也都在干煤炭生意，这次也被卷进了这场灾难。乔治·坎普把他所能搞到的全部现金都带跑了，据说约有一千五百多镑，至于他们是怎么知道的，我就不清楚了。据人讲，警方已经对他发出了拘捕令。人们猜测他此刻已出了国；有的说去了澳大利亚，有的说去了加拿大，众说不一。

"真希望能抓住他，"伯父道，"判上他一辈子徒刑也不冤枉他。"

这种不满实在是太普遍了，而且也是大有理由的。他过去也确实是说话声音太高，总是吵吵嚷嚷的；总是拿人取笑，也太好替人们开销钱，太好筹办园会，也太好驾着他那辆漂亮马车奔跑，还匪里匪气地歪戴着顶褐色的毡帽招摇过市，所有这一切，谁能原谅？不过最严重的事要算星期日的晚上，做完晚祷之后，教会执事在祈祷室里向我伯父捅了出来。两年以来，坎普几乎每周都去海弗珊和露西·德律菲尔幽会，然后便一起在客栈过夜。那客栈老板曾在乔治勋爵的投机生意中投过一笔钱，后来发现这笔钱已无法追回，便把他们那些事全都给抖搂了出来。如果乔治勋爵哄骗的是别人，那他是能容忍的；但他这次哄骗的却是个为他帮过忙、又被当成朋友的人，实在是太过分了。

"我想他俩一块逃走了，"伯父说。

"这不足为奇，"教会执事答道。

---

① 汉普提·顿普提是英国儿歌中的一个长相很像鸡蛋的矮小家伙，一跌倒后就将摔成碎片，无法收拾。

晚饭后趁女仆们收拾桌子的工夫,我跑进厨房向玛丽-安打听这件事。她刚才也在教堂里,所以也听到这些话了。我想那天晚上,听众不会很专心地去听伯父布道的。

"听牧师讲他俩是一起跑的,"我说,假装其他什么也不知道。

"那还用说,当然是这样。"玛丽-安答道,"露西的心里只有他一个人。他只要稍稍透点意思,露西是谁也舍得甩掉不顾的。"

我的眼皮奔拉下来。内心的痛苦实在难以言喻;我对露西气愤极了,我觉得她有些对不起我。

"恐怕以后我们再也见不着她了,"我挣扎着说出这句话。

"恐怕会是这样,"玛丽-安说这话时心情非常快活。

当我把我认为需要让巴登·特莱福德太太知道的一些情况向她做了交代之后,只见她叹了口气,至于这叹气表示的是喜是忧,我就无从得知了。

"好了,无论如何,露西的事也就到此为止。"说着她站起身来,和我握手告别。"这些文人的婚姻怎么都闹得这么糟糕?这真是太惨了,太惨了。非常感谢你为我们帮了这么多忙。现在一切全清楚了。最重要的是不能让这件事影响了爱德华的写作。"

她的话听起来似乎和我没有半点关系。事实是,我完全明白,她根本就没有关心过我。不过我还是招呼她出了车站,又扶她上了一辆开往切尔西区国王路的公共汽车,这才步行回我的住处。

第二十一章

我和德律菲尔失去了联系。我总是不大好意思上门去找他;另外我当时也正忙于考试,而考试结束后,我又去了国外。我只隐约记得在报上见过他和露西的离婚消息。这之后就再没有听到她的情况。她的母亲偶尔会收到数额不大的汇款,一般一二十镑不等。是用盖着纽约邮戳的挂号信寄来的;可上面既无地址,也没有留言。据推测只可能是露西寄来的,因为除她之外,再没有人会给干太太寄钱。后来露西的母亲在享尽天年之后也去世了;可以想见,死讯不久就不知以何种方式传到了她那里,因为白那以后再也没有汇单邮来。

第二十二章

　　按那天的约定,阿罗依·基尔和我在星期五到维多利亚车站去搭五点十分开往黑斯太堡的列车。我们斜对着角、舒舒服服地坐在一个吸烟间里面。这时我才从他嘴里得知妻子出走后德律菲尔的大致情况。过了一段时间,罗依便和巴登·特莱福德太太打得火热。既深知他的为人,又没有忘记她的那些习惯,这事在我看来也就在所难免了。所以当他谈起他是如何同她和巴登一道游历了欧洲大陆,又是如何分享了他们对瓦格纳、对后期印象派绘画以及巴罗克建筑的一番狂热,我也就丝毫不以为怪。他时常奋不顾身地在切尔西的公寓里和他们共进午餐,而当后来,由于年岁和身体关系,特莱福德太太已经走不出客厅时,不论他的工作多忙,他还是每周定期要去看望她一次,和她聊聊。他的心肠确实是太好了。她死后,他还特别撰文去纪念她,文中他以异常可贵的热情对她的襟怀识力等伟大天赋着实给予了极高的评价。

　　一想到他的这番仁义举动终必得到其应有的乃至非所预期的回报时,我自然也甚感欣慰,因为巴登·特莱福德太太给他讲述过的许多爱德华·德律菲尔的情况,这对他目前正从事的这项爱的事业肯定会不无裨益的。巴登·特莱福德太太凭着她那软中有硬的手段,不仅在德律菲尔的妻子弃他而去之后(至于他那时的一副惨状,只能靠罗依用过的"无依无靠"一词加以形容),将他强迫拉入她的住处,而且使他一住就是将近一年。她使他真正感受到了情人般的关怀、无微不至的爱护以及聪明颖悟的理解,这一切都可谓集女性的机敏与男性的气魄于一身,既有着一副金子般的心肠,又有着那种能够抓住关键时机的准确眼力。正是在她的寓所里他完成了题为《凭借他们的果实》的创作。所以她将这部书看作她自己的作品,似乎也没什么不合理的。而德律菲尔在这本书的扉页上将它题献给她,正好是他不曾负恩的有力证明。如上所说,她带他游了意大利(当然是和巴登同行的,因为特莱福德太太对人心的险恶岂会不知,故绝不给那些好事之徒以把柄可抓),于是,凭着罗斯金①的一卷大著在手,她把那个名邦的种种永恒之美全都给爱德华·德律菲尔细细讲了。回来后,她又在伦敦的法学院附近替他觅了住处,并在那里不时举办小型午宴,公然以女主人的身份出现。以便他可以在此接待因他日益增大的名气所吸引来的客人。

必须承认,他日后声名的鹊起在很大程度上都应当归功于她。他那巨大的声望虽然只是在他久已搁笔不写的最后几年中方才到来,但其基础却无疑是特莱福德太太的不懈努力所奠定的。她不仅鼓励巴登(难保其中她也亲自撰写了几段,因为她下笔也颇来得快)写出了终于刊登在《学术季刊》上的那篇文章,正是在这家刊物上,首次出现了德律菲尔应与英国小说界的巨匠齐名的提法,而且每逢他的新作问世,她都要举行庆祝宴会。她四处奔波,拜见所有的编辑,至于各个大报要刊的负责人,更是访问的重点;同时积极筹备文艺晚会,凡是稍有用处的人均在被请之列。她说服爱德华·德律菲尔前往一些大人物的府上进行朗诵义演。她还设法使一切附有插图的周刊登他的照片,并对他的每一次会见的记录都要进行审查。十多年来,她一直是一位不知疲倦的宣传员。是她使他能够出现在公众面前。

---

① 罗斯金(1819—1900),英国文艺批评家,他的《威尼斯之石》体现了他对意大利建筑的精辟研究。

这一段时期巴登·特莱福德太太过得相当称心如意,但她并没有因此而趾高气扬。事实上,对他的任何邀请如果缺少了她便将办不成;他会拒绝参加。每逢她、巴登和德律菲尔被邀请去赴宴,他们三人总是同来同去。她从不让他越出她自己的视线。也许那些女主人会对此气得发疯;她们当然完全可以不理她的这一套,但是一般来说她们还是接受了下来。如果说巴登·特莱福德太太也会偶尔有点脾气时,这点脾气也将是借着他而发作出来;所以尽管她此时仍然可以不失风度,爱德华·德律菲尔的态度却不免显得太生硬了。她非常清楚如何才能使他开心见肠地大谈特谈;而当周围尽是名流显贵时,她也知道怎样使他才华横溢,震惊四座。她对待他的一番态度确实堪称表率。她从不向他隐瞒,她从心底里坚信他是当代最伟大的作家;她不仅在每次谈到他时总是口口声声称他为大师,而且当着他面也这么称呼,或者这里面也掺杂着些许玩笑意味,可听起来却是那么使人舒畅。总之,终其一生她都一直带着几分调皮神气。

接着一桩意想不到的厄运突然降临了。德律菲尔染上了肺炎,病情十分严重;一度几有生命告危、良医束手之势。作为与他有着这等关系的一名女人,巴登·特莱福德太太确实可说尽了她的最大努力。她甚至提出要亲自去护理他。但她毕竟体力不支了,她此刻已年过六旬;因而这事便只能交给专职护士。后来当他终于拖过险期,医生要他去乡下疗养;考虑到身体仍很虚弱,大夫坚持由一名护士陪同前往。特莱福德太太有意安排他去邦莫斯市,因为这地方不远,她每个周末都能去看看他一切是否顺利。可德律菲尔却想去康沃那,医生也认为那儿比潘扎斯镇气候温和,适于养病。写到这里,人们或许会说,像伊莎贝尔·特莱福德这样一位敏锐过人的女人,此时她不会没有几分不祥的预感吧。但遗憾的是,她一点预感也没有,她放他去了。临行之前她向那护士殷殷做了嘱托,明确了她所承担的任务之重大,因为这时交付在她手里的,即使不是英国文学的前途与未来,至少也是它最杰出的现存代表的生命和幸福,因而确实够得上无价之宝。

三个星期之后,爱德华·德律菲尔竟然快书一封,向她告知他已获得特许①,与那护士结婚了。

我想巴登·特莱福德太太在这种场合下所呈现的一副面目实在最足以显示她灵魂的伟大了。她大骂犹大、犹大了吗?她一头栽倒在地上,打滚撒泼,又哭又闹,又揪头发,歇斯底里地大发作了吗?她斥责巴登,骂他是头号大傻瓜了吗?她疾言厉色地痛斥男人的不忠和女人的放荡了吗?或者,为了平息自己受伤害的感情,而提高嗓门喊出一连串据精神病专家说连最贞节的女子也都熟悉的淫话了吗?完全没有。相反地,她给德律菲尔去了一封感人的贺信,又写信对新娘说,一想到她从此将有了两位,而不是一位知心的朋友,她是多么高兴。她恳请二位回伦敦时一定要去看她,并和她住在一起。她逢人便讲这段佳姻使她感到如何欣慰,因为爱德华·德律菲尔已经慢慢上了年纪,确实需要有人照顾;在这事上又有谁能比医院的护士更合适呢?每当谈起德律菲尔的这位新夫人,她口中总是充满着赞誉之词。这新夫人的确谈不上是漂亮,她这样对人讲,但脸蛋儿还很不错吧?当然也不是什么贵妇人,不过太高贵了,爱德华也会吃不消的。所以这样一个老婆对他倒也正相般配。我觉得,公平地讲,巴登·特莱福德太太的所作所为早已全然超出了人之常情。但我仍认为,如若说人之常情中也有不乏尖酸刻薄的话,那么这里正好是最典型的一例。

---

① 结婚特许证为坎特伯雷大主教所签发,不必再经普通手续即可结婚。

第二十三章

当我们,罗依和我,抵达黑斯太堡时,一辆既不过分豪华又不特别寒伧的汽车已在恭候着他。车夫递给我一张便条,是邀请我次日和德律菲尔太太共进午餐的。我钻进一辆出租车,去了熊与钥匙。我从罗依那里听说那地方新建起了一座海上旅馆,但我并不打算因为现代文明的享受而放弃我青年时代的故地。一下火车我就发现这里发生了变化,但是熊与钥匙却没有变样。它依旧以它那昔日的寒伧冷漠地迎接着我:门前空无一人,车夫放下我的行李便开车走了;我叫了一声,没人应答;我走进酒吧,看见一个剪着短发的年轻女子正在读一本康普顿·麦肯齐①的小说。我问她有没有空房。她略带怒容地望了望我,回答说可能还有,因她说完后便不再答理我,我只好又客气地问她是否有人能带我进去。她站了起来,开开一扇门,尖声叫道:"凯蒂。"

"什么事?"

"这里有位房客。"

不一会,出来了一个穿着邋遢印花布衣服,蓬头垢面,瘦削憔悴的老女人。她带我上了两段楼梯,把我领到一间又小又脏的房子里。

"能不能给找间更好些的?"我问道。

"跑买卖的一般都住这种房间,"语气中带着股不屑的味道。

"再没有别的房间了吗?"

"单人的没有。"

"那就来间双人的。"

"我得去问问布伦福特太太。"

我随她一起到了二楼。她敲了敲一间房子的门。门被打开时，我瞥见了一个肥胖女人，灰白的头上烫着考究的发式。她也正在看书。看来熊与钥匙这里人人都对文学感兴趣。凯蒂对她说我对七号房间不满意时，她淡淡地扫了我一眼。

"那就带他去五号房间，"她说。

这时我方才认识到，自己高傲地谢绝了德律菲尔太太的邀请，又没有接受罗依要我去住海上旅馆的建议，实在是有点欠考虑了。凯蒂又领我上楼，把我带进一个稍大点的房间，从那里可以俯瞰下面的长街。一张双人床便占去了大半个房间。窗户想必整整一个月都没开过了。

我表示满意，然后询问起吃饭问题。

"你想吃什么都行，"凯蒂答道，"我们这里东西不全，但需要什么我可以去买。"

我了解英国客栈的情况，所以便只要了一份炸鳎鱼和烤肉排，吃罢便出去散步。我一直跑到海滩，发现那儿已经修起了一条滨海长堤；记忆中的那片荒凉空地此刻已是一排排有凉台的平房和别墅。但是这里的一切又都是污秽破旧不堪，因而我想，尽管多年过去，乔治勋爵要把黑斯太堡变成海滨胜地的想法并未实现。一名退役军人，一个上了年纪的妇女这时正在那低劣的柏油路面上慢慢踱着。这里给人的印象太凄凉了。冷风吹过，便觉丝丝雨意从海上吹拂过来。

我又返回城去。所谓城里，也即是在熊与钥匙和肯特公爵之间的一带地方。尽管天气极不暖和，人们都三五成群地站在露天地。

---

① 康普顿·麦肯齐，英国当代小说家。

他们的眼睛全是淡蓝色的,高高的颧骨上泛着微红,同他们的父辈一模一样。奇怪的是一些身着蓝色紧身衣的水手耳朵上居然戴着小金耳环,不但老水手如此,就是一些不到二十岁的年轻人也是这样。我沿街走了下去,不久又来到了堤岸边,那家文具店依然如此,过去我常在这里买些纸和蜡,以便和一位偶然相遇的名作家搞拓片;两三家电影院和它们耀眼的招贴仿佛给那古板的街道突然带来了一股放浪的味道,正像一位年纪大的规矩女人竟也不免贪起杯来。

　　我所在的那个客栈餐室阴冷而又凄凉。我在一张可供六人用饭的大桌上独自吃着。伺候我的还是那个邋遢的凯蒂。我问她能不能生个火炉子。

　　"现在六月份了,不行了。"她说,"四月以后就禁止生火了。"

　　"那我出钱如何?"我还坚持着。

　　"六月不行。得等到十月以后。目前无论如何不行。"

　　饭后我走进酒吧,想喝杯葡萄酒。

　　"这里好清静,"我和一个短发的女招待说。

　　"是的,是很清静,"她回答道。

　　"我估计,一般到了星期五晚上,这里的人一定会大大增多吧。"

　　"不错,的确可以这么估计。"

　　这时一个头发灰白,留着平头,脸色微红的胖子从后面走了进来。我猜他是这家旅店的老板。

　　"是布伦福特先生吧?"

　　"嗯,是我。"

　　"我和令尊认识。来杯葡萄酒吧?"

　　我向他通报了我的姓名,按说我这姓名,在黑斯太堡妇孺皆知,他小时候就对此很熟悉,但是使我懊丧的是,我的姓名并没有勾起他对往事的半点回忆。不过他还是接受了我的葡萄酒。

"到这儿出差?"他问道,"我们这儿总是有些客商光顾。我们也尽量为他们提供一些方便。"

我告诉他是来看德律菲尔太太的,至于来的目的就完全由他猜了。

"过去我倒时常见着这老先生,"布伦福特继续道。"他一直特别垂青我们这里,喜欢进来喝杯苦啤酒。不过您别误会,我不是说他贪杯,他只是喜欢坐在这酒吧里和人聊天。他能一聊一个钟头,而且和谁都能聊到一块儿。德律菲尔太太是不大高兴他上这儿来的。他总是谁也不告诉,悄悄溜出家门,就晃晃悠悠地上这儿来了。你瞧,对他这岁数的人,这截路也不近了。当然,一发现他不在了,德律菲尔太太就知道他去哪儿哩,于是马上打来电话询问。接着她就开车过来,进门找我老婆。"布伦福特太太,请你进去把他给叫出来,"她总是这个说法;"我不想自己去酒吧间,尤其是当着那么多男人。"我女人只好就进去了,然后又是那句,"德律菲尔先生,您太太开车来接您了,赶紧把酒喝完,跟她一起回去吧。"每次德律菲尔太太打电话来问他,他总想让我女人说他不在,可我们当然不能那么做,他毕竟是上了年纪的人,再加上其他因素,我们是担不起这责任的。你听说了吧,他就生在本教区。他那前妻是咱们黑斯太堡人。已经死了好些年了。不过我并不认识她。可老先生倒是挺有趣的。难得的是,没有架子。据人们讲,在伦敦他还是挺受人推崇的,所以死了以后,各个报上登的全是他的事情。可当时谁又能想到这点呢,不然也会有意找他谈谈。本来他也完全可能是个无名之辈,就像你我这样。当然我们总是尽量让他舒适一些,坐坐我们那些舒服座位,可是他偏不,非要坐在这里;他说他喜欢把脚放在这栏杆上。我相信他在这儿比在哪儿都快乐。他老是说他喜欢酒吧间。说在这儿他能接触生活,还说他一直热爱生活。他真是个有意思的人。我一看见他就想起我父亲来,只是那老人一辈子没念过书,天天都得有一瓶法国白兰地,最后活了七十八岁。他平生第一场病就要了他的命。德律菲尔死了以后,我挺想念他的。前几天我还跟老婆讲,什么时候我也想看看他的作品。人们说他好几本书写的都是咱这里。"

第二十四章

第二天上午,天气又潮又冷,但没下雨。我沿着长街向牧师宅走去。我又看到了那些铺面招牌上的店家姓氏,好久以来早就刻记在那上面的纯肯特的姓氏——姓干的,姓坎普的,姓卡伯斯的,姓依格尔登的,等等——只是没有碰上一个我认得的人。这时我感到自己仿佛是这条街上的一个游魂孤鬼似的,以前这里的人我差不多全都认识,至少见了面都认识,即便并不说什么,彼此也都很眼熟。突然间一辆破旧的小车从我身边开过,随即停下,又倒了回来,只见车里的人正用惊奇的目光打量着我。接着一位高个笨重的老人下了汽车,向我走来。

"您是威利·阿显敦吧?"

我认出了他。这正是那医生的儿子,我过去的同学,我们共同度过了年复一年的学生时代,我已经知道他后来继承了父业。

"还好吧?"他开腔道,"我刚刚顺路去牧师宅看望我孙子。那里现在办了所预备学校。这学期一开学,我就把他送进去了。"

他的衣着破旧邋遢,但却有张英俊的面孔,这足以证明他年轻时一定是很漂亮的。奇怪的是我过去就没有注意到这点。

"当爷爷了?"我问他。

"当了第三回啦,"他笑了。

这话使我一惊。我心想,我面前这个人自他呱呱落地之后,又慢慢进入成年,然后便是结婚,便是生育孩子,孩子们又有了他们自己的孩子,如此等等;从他的外貌神情可以看出,他这一辈子没少操劳,但却始终难脱贫穷。他的言谈举止完全是一副乡村医生的样子,率直、热心而又圆滑。他的人生道路已经走到尽头。而我自己却仍然是满脑子的著书写戏计划,对未来充满着种种美妙的设想;仍然觉着我前面的道路上还有着数不清的活动和乐趣在等待着我;然而,我又想,在他人眼里,我恐怕也正像他在我眼里那样,早已是一个没有希望的老年人了。这种想法深深震动了我,一时竟没了心思去问询问询他的兄弟(那些曾是我儿时的伙伴)以及故旧的消息,只胡乱应付了几句便走开了。我继续向着牧师宅走去,那是一所宽敞但比较分散的住宅。对于今天这些比我伯父当年更加认真的现代牧师来说,这处住宅离交通沿线确实太远了一些,按今天的生活费用考虑,也有点大得住不起了。它外面是一个大花园,周围全是绿色田野。一块四方布告牌上写着这是一所为绅士子弟开办的预备学校,并附有校长的大名和学历。我隔着木栅向里望去,花园污秽不堪,过去我常去钓斜齿鳊的池塘也早已填平。整个地面已被划成一方方的建房用地。崎岖不平的小路上蜿蜒着一排排小砖房。我穿入喜巷,这里也盖起了许多新房,大都为面海而建的平房;旧日的通行税收所这时也成了一爿利落的茶馆。

我漫无目的地到处走着。似乎这里的每条街都盖起了无数小黄砖房。谁也弄不清住在那里边的都是些什么人,因为四周根本见不到人。我又去了海港,那里也没有人。只有一个流浪汉在离码头不远的地方躺着。两三个水手坐在一家货栈门口,我走过时,他们盯着看了看我。采煤业已经垮掉,矿工再也不到黑斯太堡来了。

应该去佛恩院看看,于是我先返回熊与钥匙。店主告诉过我,他有辆戴姆勒牌汽车可以租用,等我到旅店时,车已停在门口,那是一辆布鲁姆式旧车,看上去破旧不堪;汽车启动了好一阵子,才吱吱扭扭、咕咕隆隆地跑了起来,不时地把人猛孤丁地颠得左摇右晃,我实在担心它是否能把我送到目的地。但最奇怪的就是这车的气味竟和我伯父当年用的那辆老式四轮马车完全一样。那本是从马厩的腥臭味和铺在车底的烂草味发出来的；我实在想不明白，何以隔了这么多年，这辆车里也会出现这股气味。但是天下再没有什么比香味甚至臭味更能勾起往事的了，所以尽管眼前掠过的景物全非，我仿佛一刹间又重新回到了我幼时的马车前座上，一旁放着教堂的圣餐盘，对面坐的则是散发着科隆香水的淡淡清香，身着黑丝绒斗篷、头戴插着羽毛小女帽的伯母，以及一身长袍，宽阔的腰围上束着一条罗纹绸带，胸前悬着一副挂在颈项上的金十字架的伯父。

"威利，今天你可得规矩些。脑袋不要转来转去，要端端正正坐在你的位子上。主的殿堂里是不允许懒懒散散的人进入的。你必须记着要给别的孩子做个榜样，他们可没有你这样的优越条件。"

抵达佛恩院时，德律菲尔太太正和罗依在花园散步。我一下车，他们便迎了上来。

"我正让罗依看我的花呢，"德律菲尔太太边说边和我握手。接着又叹了口气："现在我的财富就这些了。"

她看上去比我六年前见她时一点不显老。她身上的丧服也给人以素静高贵之感。衣领和袖口都是一色白绉绸镶边。罗依，我注意到，则是一身藏青西装配黑领带；想来也是意在对这位已故名人聊表敬意。

"你们先去看看我那些各式各色的花坛吧，"德律菲尔太太道，"然后我们就该吃午饭了。"

我们四处走着。罗依实在是知识渊博极了。园中的花草他没有一个叫不上来，那些拉丁名词更是脱口而出，就像制烟机里出香烟似的那么轻松。他还不断建议德律菲尔太太应该再从哪里弄些新品来，这些品种都是她的花坛不可缺少的；并告诉我们哪些花特别可爱，等等。

　　"我们就从爱德华的书房进去如何?"德律菲尔太太提议道,"那里一切如故,我完全按照他生前的样子布置的,一丝也没变动。你们恐怕想不到会有那么多人前来瞻仰他故居,当然,人们首先想要看的就是他的这间工作室。"

　　我们从一扇敞开着的落地窗户进去。书桌上装饰着一盒蔷薇,扶手椅旁的小圆桌上放着一册伦敦的《旁观者周刊》。大师的烟斗依旧躺在烟灰盒里,墨水瓶里的墨水也依稀可见。一切都布置得十分完美。只是说不清为什么屋子里竟是死一般的沉寂;房间里散发出博物馆常有的那种霉臭气味。德律菲尔太太走到一排书架前,飞快地捋了一下好几本用蓝色封皮重订的书背,一边向我微笑道(其中既带玩笑,也有伤感):

　　"你知道爱德华是很爱你的这本书的。他常常一遍又一遍地看你的作品。"

　　"那真是太荣幸了,"我礼貌地回答。

　　其实我非常清楚,上次我来的时候,这里还没有我的那些书。于是仿佛并非故意似的,我顺手取出了一本,用手指轻轻在上头擦了一下,看看有没有尘土。真的没有。我又拿下一本夏洛蒂·勃朗特的书,一面假装和他们搭话,一面又做起试验来。同样也是没有。这里的每本书全都纤尘不染。试验的结果表明,德律菲尔太太确实不愧是一名杰出的管家,另外她的那个女用人也非同一般。

　　我们终于一起进入餐室吃饭了。这是一顿丰盛的英国式饭菜,吃的是烤牛肉和约克郡布丁什么的,我们边吃边谈起罗依写传的事。

　　"我总是想尽我的可能来给罗依减轻些负担,"德律菲尔太太说,"我一直在亲自汇集一切有可能收集到的材料。当然,这件事十分艰苦,可也挺有意思。我找到了不少旧日的照片,很有必要拿给你们看看。"

饭后我们去了客厅。从那里的一切,我再次发现德律菲尔太太布置安排的本领的确高超。不过从室内陈设来看,与其说是适合于一个普通家居过日子的妻子,倒不如说它更适合于一位文坛名士的遗孀。那些各式各色的印花布;一盒盒的百花香以及德累斯顿的陶瓷人——这一切都隐隐给人以一种凄凉哀惋之感,仿佛在忧郁地诉说着这里往日的光荣。我真希望这么阴凉的天气,壁炉里能生个火,然而英国这个民族如果不是太保守,那就是太能受罪了;他们往往不惜以别人的不舒适为代价来维护其原则。我很怀疑德律菲尔太太是否也曾想到过在十月一日之前可以生炉子。她问起我近来是否见到过曾经带我去她们家吃午餐的那位女士;从她略带尖酸的语气中不难想见,大概自她那有名的丈夫去世后,上流社会从此就对她再不关心了。我们刚刚坐下来谈论起死者,德律菲尔太太和罗依便以各种方式提出诸多问题,以便促使我把记忆里的东西全部和盘托出,而我也赶紧打起精神,以防把一些绝不想谈的事情泄漏出来。正在这当口,一个衣着整洁的客厅女用人突然用托盘送进来两张名片。

"太太,有两位开车来的先生希望参观一下这所宅院。"

"真烦人!"德律菲尔太太大声道,不过语气却相当兴奋。"刚才我就想说那些想来参观的人够多滑稽,我是一会儿也甭想安生。"

"那好办,说你抱歉无法接待不就行了?"罗依说。语气间不无狡猾味道。

"我不能那么做。爱德华会不同意我那么做的。"她瞅了瞅名片,"忘记戴眼镜了。"

她把名片递给我。一张写着"亨利·比尔德·麦克杜格,弗吉尼亚大学";下面用铅笔写着"英国文学副教授"。另一张名片写着

"吉恩·保罗·安德希尔",下款是他在纽约的地址。

"是美国人,"德律菲尔太太说,"去告诉他们,我非常欢迎。"

说话间女用人已经把客人带了进来。两个人全都是体大肩宽、肤色黝黑的年轻人;全都是一副憨厚的神态,刮得精光的脸膛上长着一双漂亮的大眼睛;全都戴着角质架的眼镜;全都是浓密乌黑的大背头;他们全都是一身英国式服装,显然是刚刚买回来的,他们俩都显得有几分拘束。他们解释道,他们正做一次有关英国文学的考察。作为爱德华·德律菲尔的崇拜者,他们很想趁前往莱镇瞻仰亨利·詹姆斯故居的机会,顺路在这里作短暂停留,以期能获准参观一下这个充满着种种美丽联想的胜地。不过刚才他们提到去莱镇的话,德律菲尔太太听了可是不太舒服。

"那地方的高尔夫球场倒还不错,"德律菲尔太太这样回答他们。

她把两位美国客人给我和罗依做了介绍。罗依应付场面的本领实在令我钦佩不已。他好像就在这个弗吉尼亚大学做过演讲,并同这个大学的某位知名人物相处过一段时间。那真是一段令人难忘的经历。他简直说不清,是那些迷人的弗吉尼亚人对他的那番盛情的款待,还是他们对文学艺术所表现的浓厚兴趣给他留下更为深刻的印象。他一连串问起了许多人;他谈起当年的那些终生难忘的朋友;似乎他在那儿遇到的每一个人都是极为聪明、极为良善。所以,没有多久,两个年轻的教授便告诉罗依,他们是多么喜爱读他的作品,而罗依则自谦地向他们宣布了他每本书各自的意图,但同时说明他的这些意图没有得到充分的贯彻,差距又是如何之大,等等。这期间德律菲尔太太一直带着一种富于同情的微笑在一旁听着,不过我察觉到,她那微笑变得越来越不自然了。罗依似乎也感觉到了这一点,因为他突然把话题煞住了。

"我的这些东西恐怕早已经把你们给搞厌烦了，"他以他那特有的热热闹闹的方式高声讲道："我到这里来，主要是应德律菲尔夫人之邀，将把为爱德华·德律菲尔修传这件光荣重大的任务接受下来。"

这话一出口，两位来访者的兴趣自然一下子被推入高潮。

"这的确是件不轻的活儿，不瞒你们说，"罗依拿出一副十足的美国人腔调。"值得庆幸的是在这件事上我能得到德律菲尔太太的大力帮助。她不仅是一位贤惠的妻子，同时也是一名令人羡慕的书记和秘书；她向我提供的材料是那么丰富而又完整，令人惊讶。我只要充分利用她的勤奋，她的——她的深情和热心，这事也就会差不多了。"

德律菲尔太太谦虚娴静地低下了头，只顾望着脚下的地毯。两位美国人那又大又黑的眼睛马上集中到了她的身上，从目光中我们看到，全是一派同情、关注和敬佩。在他们又稍稍谈了一阵之后——既谈文学，当然免不了也要谈谈高尔夫球，因为来访者们也承认了他们想要到莱镇去打几场球的愿望。听到这话，罗依马上又来了精气神儿，不仅告诉他们在球场上应该当心这样或那样的问题，而且提出如果他们去了伦敦，一定能同他本人在日照谷球场打上几场——我再说一遍，也就是在又说了这一席话之后，德律菲尔太太这才站起身来，提出要带他们去参观一下爱德华的书房以及卧室，当然还有那花园。罗依马上站了起来，显然是想陪同他们前去参观，但德律菲尔太太却一笑止之；那笑是客气的，但是十分坚决。

"不必劳你大驾了，罗依，"她说，"我带他们四处看看，你就留在这儿陪阿显敦先生好了。"

"噢，对对，当然可以。"

两位客人道别之后，罗依和我又坐到了包着印花布的扶手椅上。

"真是间不坏的房子,"罗依开始道。

"不坏。"

"艾米真是花费了不知多少心血才把它弄成这样。你知道,老人是在他们结婚的两三年前买下这幢房子的。她劝过他把这房子卖掉,可他不肯。在有些方面他也是挺固执的。这幢房子的原主是一个叫沃尔夫的小姐,德律菲尔的父亲曾在小姐家当过管家。德律菲尔说过,他从小就梦想将来自己能拥有这所房子,后来既然弄到手里,就不能保存下来。人们或许会认为,他大概是最不愿意住在一个人人都知道他底细的地方。一次艾米雇女用人时差点儿出了问题,因为她不清楚这用人就是爱德华的小辈亲戚。艾米初来这里的时候,整个宅院从顶楼到地窖,全都是一色的道登姆院路的那种装修方式;这你当然是懂得的,也就是土耳其地毯、红木餐柜、客厅里的长毛绒罩家具,还有现代镶嵌细工之类的东西。这就是他脑子里一名绅士之家应有的样子。艾米对这些当然大不赞成。可这老人一点也不许人改变他的意图。所以她也只能采取徐图之的办法了,她讲了她实在在这里住不下去了,而且下了决心非把这一切搞得妥当才成。所以她也就只能一件一件慢慢改换,他也就不注意了。她跟我说过,最让她难办的就是他的那张写字台。不知道你注意过没有他书房里的那张写字台。那是件相当不错的旧式家具;要换了我是绝不肯扔掉它的。可他原来用的是张要命的美国式的拉盖书桌。他使用了不少年头,又在那上面写下了十几本书,这样他就一点也和它离不开了。在这类事情上他是分不出好坏来的;只不过是用的时间长了,他也就慢慢对它有了感情。你一定要让艾米讲讲她最后是怎么处理那桌子的。那真是再妙不过了。她的确是个了不起的女人;她是想干什么就能干成什么。"

"我刚才已经领教过了,"我说。

不是罗依刚刚露出了点想陪来访者去转转的念头,艾米不费吹灰之力就把他打发掉了吗?听了我这句话,他马上疾扫了我一眼,会心地笑了。看来罗依也绝不傻。

"你对美国的了解赶不上我,"他说道。"他们总是宁要活鼠也不要死狮的。这也是为什么我喜爱美国的一个原因。"

第二十五章

送走朝圣香客之后,德律菲尔夫人进来时腋下夹着一个大纸夹。

"这个年轻人真是不错!"她赞叹道,"英国的青年要是也都这么喜爱文学就好了。我送给他们一张爱德华去世时的照片,他们又向我讨了一张我自己的,我也给他们签上了名。"然后转身宽厚地对罗依道:"你给他们留下的印象太好了。他们说这次见到你实在荣幸极了。"

"那是因为我在美国做过不少演讲,"罗依谦虚地说。

"不止这些。他们还读过你的书呐。他们说他们最喜欢的是你作品里的那种雄健的气势。"

大纸夹里有不少旧日的照片,一张是小学生们的相片。里面一个头发乱蓬蓬的小家伙原来就是作家本人,我能认出他来也是夫人告诉我的。另一张是德律菲尔参加球队时的照片,这时他已经长大了一些。接着是一张穿着运动衫和对襟短衫的年轻水手,那是他逃到海上那段时期拍的。

"这里有一张他第一次结婚时的相片,"德律菲尔太太指给我们看。

照片中的人蓄着胡子,下穿黑白格裤,驳领上佩着一朵白玫瑰,身旁桌上放着一顶高高的礼帽。

"这就是那新娘了,"德律菲尔太太面无笑意地说。

可怜的露西,在这张四十多年前由一个乡村摄影师给她拍摄的照片里,那副模样实在像个活鬼。但见她硬挺僵直地呆立在一幅绘有高堂华屋的布景前边,手持鲜花一束,身穿百褶长衫,腰间紧束,下用裙撑。额前刘海齐至眼睛,香橙花环高高别在一团发髻上,然后再由一方长长的面纱向后甩去。恐怕也只有我心里明白,她那时候实际上绝不难看。

"看上去她太平常了,"罗依评论道。

"是太平常,"德律菲尔太太哼了一声。

我们又看了看爱德华的其他一些照片。有刚刚成名的时候照的,有蓄起胡子的时候照的,还有他后来的好些照片,每张照片他的脸上都刮得精光。而且你很快就会发现,他越来越瘦,皱纹也越来越多。此时前期那股倔强平庸的神气早已被一副精力衰退的老成神态所代替,这些照片真实体现出岁月沧桑、功成名就等等带给他的种种变化。我的目光再次落在了他那张年轻时当水手的照片上。我感到他的脸上透着那么一种淡漠的神情,这在他后来的照片里表露得更加明显了。而这一点,多少年前我就已经隐隐约约从他身上感觉到了。你所看到的这张面孔只是一副面具,而他所表现出来的种种动作也都全无意义。我对他这位先生本人的看法是,面具背后那个真正的人——一个始终让人莫名其究竟而又异常孤独的家伙,只不过是飘忽游离于那些书的作者和实际生活中的他之间的一个幽灵;只不过是被世人误以为是爱德华本人的两具木偶。我十分清楚,迄此为止,我笔下所刻画出的这个角色绝非是一个活生生的人,一个站得起来,有血有肉,办事有行为有逻辑的人;我甚至也就没想这么去做。我完全乐得能把这件事留给阿罗依·基尔的那支生花妙笔。

接着我又看到哈理·赖特弗得——也就是那个演员——给露西拍的几张照片,还有将里昂奈耳·希利尔为她做的肖像拍成的照片。我猛地又是心头一痛。这才是我记忆中的她。虽然说是一条旧式的长裙,可当时的她却是一个活人,满腔的炽情使得她浑身颤抖。她仿佛随时都在准备着迎接爱的袭击。

"她给人的印象完全是结实的村姑,"罗依说。

"或是挤牛奶的那种女人,"德律菲尔太太应了一句。"我觉得她倒更像个混血黑鬼。"

这原来是巴登·特莱福德太太给她的爱称,但露西那厚厚的嘴唇和宽宽的鼻子,倒也使这个酷评带有几分令人恼火的真实。但是她的一头金发怎么金里泛银,那银白的皮肤又怎么银中焕金,他们就全都不知道了;她的一笑怎么那般令人神魂颠倒,他们更不知道。

"怎么把她和混血黑鬼扯到一起?"我抗议道,"她纯洁得像黎明曙光,美艳得像青春女神。她简直就是一朵白玫瑰花。"

德律菲尔太太笑了,然后和罗依交换了一个意味深长的眼神。

"巴登·特莱福德太太过去没少跟我讲过她的情形。不是我心存刻薄,只是我实在没法把她说成是个很善的女人。"

"这你可能就错了,"我反驳道,"她正是个很善良的女人。我从来都没见她发过脾气。你只要跟她说你需要什么,她马上便会满足你的要求。我从来都没听见她讲过别人一句坏话。她有着一颗金子般的好心。"

"那是个邋遢得要命的女人。她的房间什么时候也是堆得乱七八糟;椅子脏得叫人没法坐,屋角旮旯儿就更不能看了。她本人也是这样。一条裙子从来穿不利落,里面的衬裙一边能露出二英寸多长。"

"她主要是不太在意这些事。但这并未妨碍她的美。岂止是美,她还善良。"

罗依扑哧一下,笑出声来。德律菲尔太太也手捂着嘴,强压着笑。

"天哪,我的阿显敦先生,你这可是有些言过其实了。得了,我们大家也别遮遮掩掩的了。她干脆就是个女色情狂。"

"我认为这个词用得非常不当,"我继续反驳。

"换个说法也未尝不可。不过既然她能这么对待爱德华,也就不是个好女人了。当然,这也算是因祸得福。假如她不从他身边跑掉,这个沉重的包袱他也就不得不一辈子背到底了,这样一来,他也就休想达到他现在的地位。不过事实还是事实,她的不忠谁不知道!从人们对她的议论中也可以看出,她实在是够乱的了。"

"这个你不懂了,"我辩护道,"她只是个很单纯的女人。她的本性天真健康。她只是想给人们带来点欢乐罢了。她喜欢爱。"

"你管这叫爱吗?"

"那就叫成爱的行为也行。她是个天生的情种。只要她喜欢上谁,和他过夜也是常事。她很少深思熟虑。所以这在她来说,也不是淫荡,只是她的天性罢了。这就跟太阳放热,花儿有香一样自然。这能给她带来快乐,她也把这快乐给了别人。这并不影响她的为人,她还是诚实的,不虚假,不造作。"

德律菲尔夫人听了这话简直就像喝了口蓖麻油似的,于是拼命吮吸起手里的柠檬来,以除去嘴里的怪味。

"我是不理解的,"她说道,"不过我完全承认,我自始至终也不清楚爱德华到底瞧上了她哪点儿。"

"爱德华知道不知道她跟好些杂七杂八的人都有关系?"罗依补了一句。

"我敢肯定他不知道,"她一口封死。

"你这可是把他想得过于蠢了,德律菲尔太太。我不这么认为。"我反驳道。

"那他为什么要将就她呢?"

"这我倒还可以给你说说。你知道,她并不是那种能够在人的心里激起爱情的人。只是好感罢了。所以,去嫉妒她是可笑的。她就像是树林里一潭清澈的深水,能跳进去一下当然是再妙不过,可它绝不会因为有哪个流浪汉、吉卜赛人或是猎场看守人跳进去过,就把它的清凉或晶亮全给毁了。"

罗依又放声大笑起来,这次德律菲尔太太也不加掩饰地轻轻笑了。

"看到你这么诗兴大发,也是够有趣的,"罗依讽刺道。

我强压下了一口气,没叹出来。我曾注意到,每当我特别严肃时,人们反而会嘲笑我,再有,每当我隔上一段时间,将自己那些发自肺腑的文章重读上一段时,我又会不由自主地嘲笑起自己来。很有可能,一段真情里面本身就包含着某种荒谬的东西,尽管为什么一定会是这样我想象不出;除非是,人类这种本属于一个平凡星球上的朝生暮死的家伙,尽管毕生奋斗不已、痛苦无穷,到头来也只不过是那个永恒的心灵的一个玩笑而已。

看得出德律菲尔太太这时心里头有个问题想要问我,因而显得有点局促不安。

"依你看,假设说她今天还肯回心转意,那他还会再次要下她吗?"

"你比我更了解他,我认为是不会的。我的看法是,当他已经把自己的感情耗尽以后,他是不会再对那曾经激发起这种感情的人发生丝毫的兴趣。在我看来,在这个人的身上,强烈的热情和极端的冷酷可以说两样都有。"

"真没想到你会说出这种话来,"罗依大声说道。"他是我见过的最慈祥的人了。"

德律菲尔太太一言不发地凝视了我一阵,然后耷拉下眼皮。

"我很纳闷她去了美国以后混得怎么样?"罗依又问了一句。

"她肯定嫁给了那坎普,"德律菲尔太太答道。"听说他们后来换了名字。当然他们是绝不敢在这儿露面了。"

"她是什么时候死的?"

"大概十年以前。"

"你是怎么听说的?"我问道。

"从他的儿子哈罗德·坎普那里;他这儿子现在就在梅德斯通镇上做点生意。这些事我从来没对爱德华说起过。这女人在他的心里早已死去多年了。所以也就没有必要再让她勾起这些往事。能够设身处地地为别人想想,对自己也会有好处的。我心里常想,如果我是他的话,我也会不愿意听人提起我年轻时候哪件不愉快的事情的。你说我这么做对吧?"

第二十六章

德律菲尔太太非常客气地提出要用车把我送回黑斯太堡,不过我宁愿自己步行回去。我答应第二天和他们在佛恩院里共进午餐,借此机会我可以把和爱德华·德律菲尔常常见面的那两段时间的情况尽量追述下来。当我沿着那弯弯曲曲的无人小路返回时,我已经开始寻思我该写些什么。人们不是常好讲吗,文章之妙全在一个"省"字?果真这样,我这次一定能写出一篇相当不错的东西,但是如此妙文却只能给罗侬去充当素材,委实是太可惜了。我心中暗笑,要是我愿意的话,我这次是能够抛出一颗炸弹来的。看来目前也只剩下了这个人能够把有关爱德华·德律菲尔和他第一次婚姻的全部情况公诸于世,可这一节,我只准备藏在心里,秘不示人了。他们以为露西已经死去;可他们错了。露西仍然活得很好。

不久前我为了剧本上演的事来到纽约。由于经理的那位精力充沛的报界代理人向社会各界做了广泛的宣传,一天我突然收到了一封来信,那上面的字体我曾经见过,只是一时记不起是谁的笔迹。字体又大又圆,笔下有力,但显然出自文化不高的人之手。但是字迹这么熟悉却又记不起来,我简直对自己有点恼火。本来一下子把它拆开,问题就解决了,可我偏偏要盯着那信去绞脑汁。来信给人的感情是很不同的,有一见面令人生畏的信,也有的信见了那么让人打不起劲,简直一个星期也不想去拆它。当我终于打开了这封信时,一读之下给我的感觉实在是不寻常。信文也起得突兀。

　　我刚刚从报上得知你来了纽约,故很想再见你一面。我现在已经不再住在纽约,不过扬克斯市距离那里不远。乘汽车前去的话,半小时可达。估计你会很忙,因此见面时间,可由你定。虽然自我们最后一面如今已有多年,但我想你总不会忘记你的老友吧。

　　　　　　　　　　　露西·依格尔登(前德律菲尔)

　　我看了看地址,是从阿尔伯马尔来的,显然是某家旅馆或公寓的名字,下面则是街道名和扬克斯市。顿时一阵颤抖流过我的全身,仿佛有人从我坟头走过似的。在过去那些岁月里,我也曾偶尔想起过露西,不过后来我渐渐觉得她恐怕早已不在人世。信上的署名也一时令我感到不解。为什么会是依格尔登而不是坎普?后来我才想起,这是他们逃离英国后另取的姓名,不过倒也是肯特人的姓名。我最初的反应是找个借口不见算了;我每次和久未见面的人再见面时总是有点窘迫,但又抵不住好奇心的驱使。我想耳闻目睹一下她目前的状况,也想了解一下这些年来她是怎么过的。当时我正准备到道伯斯渡去度周末,正好经过扬克斯市,于是我回信说本星期六下午四点左右去她那里。

　　阿尔伯马尔是一幢巨大的公寓大楼,外观仍比较新,里面住户大都是生活富裕的人家。一个身穿制服的黑人门房用电话把我的姓名通报上去,另一个把我送上电梯。我忽然意想不到地紧张起来。这时跑出来开门的是个黑人女用人。

　　"快请进来,"她说,"依格尔登太太正等着您。"

　　我被领进一间兼作餐厅的起居室里,这从房间里的布置就可以看出来:屋的一角摆着一张雕饰厚重的栎木方桌,一个橱柜和四把激流市①的制造商们肯定会说成是詹姆斯一世②时的椅子。屋子的另一端放着一套镀金、用淡蓝色绸缎装饰的路易十四时期式的家具;还有许多小巧、镀金细雕的桌子,上面摆着塞弗尔③产的花瓶,上有各式锡金装饰以及女性裸体铜像,那仿佛迎风而起的裙衫恰巧遮掩住了某些不宜外露的部分;另外玉臂舒展处,各自手拿一个灯泡。留声机属于店铺橱窗里那种最昂贵的,金光灿灿,状若肩舆,上面绘有华托④式的廷臣贵妇之类。

大约五分钟后,门开了。这时只见露西轻快地跑了进来。她向我伸出了双手。

"天啊,真真地意想不到,"她高兴地说,"快别去想我们这一别有多少年了。对不起,请等一下。"她走到门边喊道:"杰西,茶点可以端上来了。水一定要滚开。"然后转过身道:"你简直想不到要教会她沏杯茶有多费劲。"

露西这时少说也有七十岁了。她穿着一件俊美的绿绸无袖上衣,方领浅口,遍饰珠宝,丰腴得几乎脱体欲出。从形体上看,我猜她内着紧身胸衣。她的指甲染得绯红,眉毛也细细描过。她已经发福了,下巴圆圆,胸上虽然敷粉不少,仍然盖不住那偏红的肤色,脸也发红。她看上去气色良好,身体健康,精力也很旺盛。她的头发依旧浓密,只是大半花白,现在烫作短发。她年轻时本来生得一头轻柔飘动的鬈发,而如今她那仿佛刚从理发店里走出来的僵硬波浪似乎比什么都更使得她变了原样。唯一没有改变的就是她的笑,从那里面你仍然可以看到那旧日的雅气、顽皮和甜蜜。她的牙齿过去

---

① 激流市,美国密执安州西南部城镇名。
② 指英国十七世纪初期詹姆斯一世时所盛行的繁缛浓重的装饰风格。
③ 巴黎西市郊镇名,以盛产陶瓷著称。
④ 华托(1684—1721),法国风俗画画家。

本不大好,参差不齐,其状不美,但现在早已被一口晶光整齐的洁白假牙所替代;很明显这完全是高昂的费用给换来的。

黑女佣端进了一桌相当丰盛的茶点,馅饼三明治、各式甜饼和糖果,等等。刀叉餐巾也都样样雅洁精致。

"有一件东西我总去不掉——这就是我的茶点,"露西说道,一边吃着抹着黄油的热烤饼。"我最喜欢吃这个了。我也知道应当少吃这种东西,我的医生就常提醒我:'依格尔登太太,要是每次喝茶都吃上六七块甜饼,你的体重就别想降下来了。'"说着她向我一笑,这一笑使我猛地感到,尽管是有了这些烫发、香粉和发胖的身体等等,露西还是那过去的露西,并没有变。"不过我的看法是:如果你想吃什么就来上点,这也是有好处的。"

我总是觉得和她容易谈到一块儿。所以一会儿工夫我们就畅谈开了,就像不久之前还见过面似的。

"你接到我的信感到意外吗?我补上德律菲尔的字样你就不会弄不清是谁的信了。依格尔登这个名字是我们为了来这里才取的。乔治从黑斯太堡走的时候发生过些不顺利的事,也许你早已听说过了。他认为既然到了一个新的国家,也就最好用个新的名字。我想你会理解我的意思。"

我惘然地点了点头。

"可怜的乔治,十年前他就去世了。"

"听到这个,我很难过。"

"哎,他也上了年纪,七十多岁了。可从外表一点也瞧不出来。这对我来说是个沉重的打击。再也找不到比他更好的丈夫了。自我们结婚那天到他去世为止,我们连一次口角也没有发生过。让我感到欣慰的是,他没少给我留下家产。"

"那太好了。"

"是啊，他在这儿干得相当不坏。他搞房产贸易，这一行他本来就有兴趣。另外他和坦慕尼协会①很熟。他常说他生平最大的错误就是没有早来这里二十年。他从踏上这片国土的第一天就爱上这儿啦。他这个人浑身都是劲头，而这里需要的正是这一点。他确实是个能够出人头地的人。"

"那你们后来就再没有回过英国？"

"没有，我从没有过想回去的念头。乔治倒念叨过这事，可也只是说去旅行，不过我们并没有认真对待。现在他已经撒手走了，我也就再没有这种打算。我认为在纽约住过以后，就会觉得伦敦没意思了。你知道，过去我们一直住在纽约。只是他死了以后，我才搬到这里。"

"什么使你挑中了扬克斯市这个地方？"

"原因是，我一直就喜欢这里。过去我就常对乔治讲过，退休之后，我们就住到扬克斯市去吧。在我眼里，这地方是个小英国；诸如梅德斯通、吉尔福特一类的地方。"

我笑了，但我能理解她的意思。虽说这里到处都是电车、汽车、电影院和霓虹灯广告之类的东西，可在扬克斯市区，特别是那条弯弯曲曲的主要街道，的确有着几分英国小镇的风味，只不过是"爵士"化了。

"当然我有时候也想知道，黑斯太堡的乡亲们后来都怎么样了。估计他们中大部分人此刻已不在人世了，我想他们认为我也是这样。"

"我已经有三十年没去过那里了。"

回想当时我并不知道露西已死的说法已经到了黑斯太堡。我

---

① 美国民主党的一派，1789 年在纽约的坦慕尼大厅建立，故名。

估计很可能是有人把乔治的死讯带了回去,以致造成误传。

"我想这里恐怕还没有人知道你就是爱德华·德律菲尔的前妻吧?"

"还没有,也亏着还没有;不然我这个房间早就会让新闻记者们给乱成马蜂窝了。有时候在牌桌上,人们也谈起过台德的东西,每逢这时候我简直忍不住想笑。美国人对他的崇拜似乎达到了狂热的程度,可是我从来看不出这些书有多大意思。"

"你平时不大看小说吧?"

"我过去倒是更爱看历史书,可是现在也就没有工夫多看书了。我特别喜欢过星期天。这里星期天的报纸最有趣了。在这方面英国无法与之相比。当然我也打桥牌;我对合约桥牌尤其着迷。"

这使我想起小时候我第一次见着露西打惠斯特牌的情景,她那神出鬼没的手法实在让我太佩服了。我对她的牌路是有所体会的:大胆、敏捷、准确,理想的搭档,危险的对手。

"台德去世的时候,美国新闻界大吹大捧的做法真是叫人不可思议。我知道他们很看重他,可我从来也没有认为他就像他们所吹嘘的那么伟大。各个报上登的全都是他的消息;全是他的照片和佛恩院的照片;过去他常说他总有一天要住到那里去的。他怎么会和那个医院护士结了婚?我倒以为他会娶下那个巴登·特莱福德。他们后来没生孩子吗?"

"没有。"

"台德是想多要几个孩子的。生下第一个孩子后,我就不能再生了。这对他是个沉重打击。"

"你也生过孩子?"我感到很突然。

"是的,我也生过。这样台德才娶了我。可孩子出世时,我的身体很不好;医生说我不能再生育了。可怜的小家伙,要是这小女儿

还活着,我想我也就不会和乔治走了。她死的时候只有六岁。真是
个可爱的小东西,美得像张画似的。"

"你从没有提起过她。"

"没有,我也不忍心来提她。她患的是脑膜炎,于是我们把她送
进医院。医生把她安置在一个单间,允许我们陪她。我永远也忘不
了她受的罪。她一直哭个不停,可谁也无能为力。"

露西的声音哽咽了。

"德律菲尔在《生命之杯》里写的就是这件事?"

"一点不错。我总觉得台德够好笑的。他向来不忍心提起这
事;可是却把它详详细细地写了下来,连那些零星小事也没漏掉,甚
至一些我当时没太注意到的地方,他也全都写了进去,我是在看后
才又想起来的。你也许会认为他这个人一点儿没有心肝,其实也并
非如此;他和我一样心全乱啦。每次夜晚我们走回家门的时候,他
会像个孩子似的大哭起来。这人够好笑吧?"

正是《生命之杯》引起了那阵十分强烈的抗议风潮;其中孩子
的死以及接下来的那段文字尤其给德律菲尔招致了恶毒的辱骂。
那段描写我至今仍然完全记得。那的确是够悲惨的。但是笔调绝
不脆弱,也丝毫没有想赚读者眼泪的意思,作者想要表达的实际上
是他的一腔愤怒:这么残酷的折磨为什么竟要落在一个幼小的孩
童身上。读后你会感到上帝在最后的审判日也不能不对这类情形
做番解释。这是一段气势非凡的精彩文字。现在我们想要知道的
是,如果幼儿之死这段取自真实生活,紧接着的那段是否也是这样?
要知道,正是这件事触怒了九十年代的英国社会,另外也正是这件
事使得批评家们不仅痛骂这是冒犯,而且还斥之为诞妄。在《生命
之杯》里,那对夫妇(他们的名字我记不起了)在孩子死后从医院回
到家里来——他们都是穷人,在这个破旧的住处生活够拮据的——

喝了杯茶。这时天色已经不早,快七点了。一个星期的焦虑和劳累早已使得他们忧伤过度,精疲力竭。他们彼此一句话也没有了。他们只是痛苦地默默坐在那里。几个小时过去了。突然妻子站起身来,走进卧室去戴帽子。

"我出去一下。"

"好吧。"

他们住的地方离维多利亚车站不远。她顺着白金汉宫路走去,穿过公园,然后出了皮卡迪利,缓缓向着赛克斯广场走去。一个男的细看了她一眼,踟蹰了片刻,然后转过身对她说:

"晚上好。"

"晚上好。"

她也停下脚步,微微一笑。

"你能和我一起去喝点什么吗?"他问她。

"我不反对。"

于是他们走进了皮卡迪利一条小街上的一家小酒馆,这里正是那种妓女拉人,嫖客常来的地方。他们坐下来喝了一些啤酒。然后她便和那陌生人有说有笑地聊了起来。她还信口开河地胡诌了一篇自己的身世。很快他便问她是否可以和他一起回家;不,她说道,那可不行,不过可以去旅馆开个房间。接着他们跳上了一辆马车,去了布卢姆斯伯里,要了个房间过夜。第二天一早,她乘公共汽车回到特拉法尔加广场,步行穿过公园;她到家时,她丈夫正准备吃早饭。早饭后,他们又返回医院去办理孩子埋葬的事。

"你能告诉我件事吗,露西?"我问道,"书里孩子死后发生的那些——那些事是真的吗?"

她疑疑惑惑地望了我一阵,唇边又泛起了微笑,那依旧美丽的微笑。

"好吧,反正已经是多少年前的事了。说说又有什么打紧？我并不在乎对你实说。他写的那些并不全对。那只是他个人的猜测罢了。使我吃惊的是,他居然想象出了那么多的东西。真实的情形我并没有向他讲过。"

露西取出了一支烟,略带思索地把烟在桌子上轻轻弹着,但并没有点着。

"我们从医院回来的情形正像他写的那样。我们是走着回来的;我觉得我在马车里边坐不下去。我觉得我身体里的那颗心全死了。因为哭得太久,我已经再也哭不出来了。我太累了,台德安慰我,可我对他说.' 看在上帝的分上,闭上嘴吧。' 以后他也就没有再说什么。那时候我们的住处在沃厅桥路,我们住在二层,只有一间起居室和一间卧室,这也是我们不得不把那可怜的小东西送进医院的原因;我们那种住处没法给她养病。再说房东太太也不让留在家里,最后台德说去了医院也许能照顾得好些。房东太太倒不是个坏心肠的人,嘴头上尖刻一点罢了。台德过去和她一聊就是一个钟头。听到我们回屋,她走了进来。

"'孩子今晚怎么样了?'她询问问道。

"'已经死了,'台德回答她说。

"我当时一句话也说不出来了。随后她给我们端进茶来。我什么也不想吃,可台德还是硬让我吃了些火腿。然后我坐在窗前。房东太太进来收拾桌子的时候,我头也没回。我谁也不想答理。台德开始看起书来,至少是装着在看。其实他一页也没有翻;可泪水已经弄湿了书本。我的眼睛一直望着窗外。当时已经六月底了,六月二十八号,天还很长。我们的住处正好把着街角,所以我就只顾望着那旅店里进进出出的人,来来往往的电车。我觉得时间实在是长得没有尽头;可又像没过多久,我猛地一下发现外面已经黑了。街灯闪烁,行人熙熙攘攘。我忽然感到困乏极了,两条腿重得抬不起来。

"'为什么不点上煤气灯?'我问台德。

"'想要点吗?'

"'这么黑乎乎地坐着干什么?'

"他点上了灯,又抽起他的烟来。我知道这样他会觉着好些。我还是一动不动地坐在那地方,望着下面的街道。我不知道当时我心里是怎么想的,我只觉得再这么坐下去,我会疯的。我必须得到什么地方去,到有人的地方去,我得从台德身边走开;不过,当然还不到那程度,我只是想从台德的思想和感情里摆脱出来。我们当时只有两间屋子。我走进卧室,孩子的摇床还在那里面,我简直不忍心看。我戴上帽子面纱,换了衣服,走到台德面前。

"'我出去一下,'我说。

"台德看了下我。我敢肯定他注意到我换上了新衣服。或许是我说话的口气使他意识到我不想和他在一起。

"'好吧,'他说。

"在作品里,他写的是我步行穿过公园,可实际上并不是这样。我去了维多利亚车站,然后坐双轮马车到了查令十字广场。车费只花了一个先令。接着我步行去了河滨路。其实出门以前,我已经想好了我要干什么了。你还记得哈理·赖特弗得吧?他当时正在阿道尔菲剧院演出,是那出喜剧的第二主角。我跑到后台门口,报进了我的名字。我一直喜欢哈理·赖特弗得。他虽说有些无赖劲,在钱的问题上也有些可笑,可他确实是够滑稽的。所以缺点归缺点,他还是个难得的好人。你没听说他后来在南非战争中被打死了?"

"没听说。我只是觉得他不露面了,戏报节目单上也再没有见着他的名字。我还以为他去经商了或是干了什么的。"

"不,战事刚一爆发他就去了。后来在一个叫莱提史密斯的地方死的。我没等多大工夫,他就下来了。我对他说:'哈理,今晚我们去好好喝上一通吧,到罗曼诺去吃饭怎么样?''太好了,'他说,'你在这儿等着,戏一结束,我卸了装就来。'见到了他,我觉得心情稍好了些。他正扮演一个马场卖秘密的人;看见他那格子服、宽边帽和红鼻子,也是够让人好笑的。我一直等到演出结束。散场后没多一会儿他就下来了,我们便步行向罗曼诺走去。

"'你饿了?'他问我。

"'简直饿坏了,'我说,我当时也确实是饿极了。

"'那就好酒好饭,拣好的来,'他说,'钱算什么! 我跟比尔·台利斯①说了,我这可是请漂亮女人去下馆子。我从他那里搞来了好几镑。'

220

"'来点香槟吧,'我提议道。

"'那就香槟万岁!'他回答。

"我不知道你去过罗曼诺没有。那里挺不错的。那地方你能碰见不少戏院和马场的人。欢乐舞厅的姑娘也常去那儿。那里真是个最让人开心的地方。还有那个意大利人。哈理跟他很熟,于是他也来到我们的餐桌上。他好用一种滑稽的蹩脚英语跟人谈话;我明白他是故意这样来逗人笑的。不过遇上他的熟人真的交了厄运,他倒也能帮你点忙。

"'小娃娃怎么样了?'哈理问我。

"'好些了,'我说。

"我不打算告诉他实情。你不知道男人有时候有多可笑;有些事情他们干脆就不懂得。哈理会觉得,孩子刚死在医院里,你就跑

---

① 显然是哈理在剧院的同行之类。

出来吃饭，也实在有点太不像话了。而且，他还会感伤一大通的。可我需要的并不是这个；我需要的是好好笑笑。"

露西点起了那支已经在手里头拨弄了半天的烟。

"你知道，一个女人如果怀上了孩子，有时候她丈夫会觉得受不了，于是就出去另找女人。一旦让她发现，她的做法也常常是可笑的。她会为了这件事没完没了地大吵大闹；她会讲，她正在死去活来地受这么大罪，她的男人居然好意思去干那种事。这也太过分了。我也常去劝劝她们别那么傻。这并不一定就是他已经不爱她了，或者他们心里就不着急，这不一定就是不得了的。这只是他心里太乱了；如果不乱，他也就不会去想那些事了。我能理解这一点，因为我有过亲身体验。

"吃完晚饭，哈理问了我一句：'喂，怎么样？'

"'什么怎么样？'我反问他。

"那个时候跳舞还不流行，我们没有地方好去。

"'到我的住处，去看看我的相册怎么样？'哈理提议。

"'我不反对，'我说。

"他在查令十字街有个栖身地方，不过两间房子，一个洗澡间和一个小厨房。我们坐车去了那里。当夜我就没回去。

"第二天一早我回到家里的时候，桌上已经摆好了早饭。台德已经开始吃了。我早已经打定了主意，他只要开口说三道四，我就跟他大闹一场。我才不管后果哪。以前我就是自己挣钱养活我自己的，以后我也准备就这么办。半句话不对劲，我就会箱子一拿，掉头就走。从此和他一刀两断。可我刚一进门，他就抬起头来。

"'你回来得正好，'他说，'不然你那份香肠我也给吃了。'

"我坐了下来，给他倒了杯茶。他继续看他的报纸。早饭后，我们一起去了医院。他一直没问过我那天夜里去哪儿啦。我也不知

道他是怎么想的。那段时间他对我非常好。你知道我当时难受极
了。我觉得恐怕这一辈子再也高兴不起来了。他可是处处想着法
地来宽慰我。"

"你看了他那本书以后有过什么想法?"我问她。

"说实在,真是把我吓了一跳——那天晚上的事他简直猜出个
差不离来。我不明白的是,他干吗要写那个? 按说这种事他是绝不
会愿意往书里去写的。你们全是怪物,你们当作家的。"

这时电话铃响了。露西拿起耳机,注意听着。

"是凡努齐先生! 你又打电话来问,太客气了。谢谢,我挺好
的。精神也好,气色也好。希望你到了我的岁数,人们也都这么
说你。"

她同对方谈起来了。从她的口气来看,那谈话是带有几分滑稽
甚至调情的味道。我也没有多去注意他们的谈话,但由于话匣子
一开,一时半会儿收不住了,这工夫我不免思考起作家的生涯来。
那里面是充满着艰难困苦的。首先他必须准备受穷,准备受人冷
遇;接着,在取得了几分成就之后,他又不得不心甘情愿地去接受各
种意想不到的局面。他所赖以生存的广大读者也是捉摸不透的。
他还不得不受到各种各样人的摆布: 来访的记者;要给他拍照的摄
影师;火急索稿的编辑;催交所得税的税收员;邀他赴宴的上流人
士;请他做演讲的学会秘书,想要嫁给他与想和他离婚的女人;求他
签名的青年;求他写戏以便能够上演的演员;向他厚颜提出借款的
陌生人;恳请他对她们自己的婚姻问题发表高见的、喋喋不休的太
太;征求他对他们的文章的看法的热情青年;以及代理人、出版商、
剧院经理、啰嗦鬼、崇拜者、批评家,等等,甚至连他自己的良心也在
不停地折磨着他。不过他至少在一点上能得到补偿,这即是,每当
他心有所感,不管是烦恼的思索、对亡友的伤痛,还是不得回报的苦

恋、受到挫折的自尊心以及对那些恩将仇报的人的一腔怒火,一句话,不管是多么复杂的情感或恼人的思绪,只要他一旦诉诸笔墨,将上述种种敷演成一个故事装点进某篇文章,这时他们的一切苦恼也就都将烟消云散,忘在脑后了。因此作家又是天底下唯一能享受到自由的人。

露西放下了听筒,转向我说。

"这是一个爱向我献殷勤的人。今天晚上我打算去打桥牌。他于是就打电话来说他要用车来接我。尽管他是移居在这里的南欧人,可人确实不错。过去他在纽约市区里经营过食品店,现在已经退休不干了。"

"你一直没有想过再结婚吗,露西?"

"没有,"她笑道,"这倒不是因为没有向我求婚的。我现在一个人过得挺快活的。在这个问题上,我是这么看的:我不想嫁给个岁数大的,可嫁给个年轻人,在我这个年纪就又可笑了。我已经是过来人了,当然也就不再有这念头。"

"请问是什么使你跟乔治·坎普走的?"

"这个嘛,我本来就喜欢他。你知道,我认识乔治要比我认识台德更早得多。当然,我从来没有想到过能有机会去嫁给他。别的不说,他至少已经是个有了家室的人;再说他也不能不考虑他自己的地位身份。后来有一天他找上了我,对我说他现在一切都完了,他破产了,不出几天拘捕令就要发下来去逮他,所以他马上就去美国,又问我能不能也跟他一道走。好了,我又能怎么办!我不能看着他一个人走那么老远;说不定他身上没钱;再说他那个人也是多少年来一直排场讲究惯了,有宅院,有车马的。我是不怕走了以后要出去干活挣饭吃的。"

"有时候我也想过,是不是你这一辈子就只爱他,"我大胆问了一句。

"我觉着这话倒有几分道理。"

"我闹不清你到底看上了他什么?"

露西的目光移到了墙上挂的一幅像上。不知什么原因,这幅像我刚才一直没注意到。这是一张乔治的放大像;相框上镀金雕花,挺讲究的。看上去像是他初到美国以后照的;也许就是他们结婚时拍摄的。这是张半身像。相片上的他身穿长礼服,扣子系得紧紧的,一顶高高的绸帽歪着戴着;扣眼上别着一朵大玫瑰花;一只胳膊下夹着银头手杖,另一只手里的那支大雪茄上正冒着烟。他的须髭浓密,下端敷着凡士林油,眼神之间透着调皮味道,整个神情傲慢而又浮夸。他的领带上还别着一枚马蹄形的钻石饰物。一眼望去,他真是活像一名盛装待发、前去达比市赛马场的酒店老板。

224

"这我完全可以告诉你,"露西解释道,"他多少年来一直是个头等的好人。"

附录 毛姆的《笔花钗影录》的佳胜处何在?

——兼及文学欣赏中的风格因素

高 健

一

正如每位作家对他的大作刊出后其反应如何往往非常萦心系念,作为译者,我们对自己的译作在读者中所造成的影响也不可能漠不关心。这次《笔花钗影录》(*Cakes and Ale*)于《名作欣赏》杂志连载后,读者们的反应如何,由于时间不长,我们一时知道的还不很多;但从已经反馈回来的有限信息看,令人鼓舞的东西还未见到。近来不止一位读者便曾面告和函告过我们,说他们读后的印象不佳,至少不像书的译者(在其"译者前言"中)所宣称的那么高明神奇,那么完美无缺(比如"天才之作"、"一流小说"、"绝妙佳构"、"近代经典"、"传世之作",等等);刚好相反,平庸和乏趣倒正是他们的主要观感。读不下去则是另一些读者的反应。看来,在对这部书的看法上,读者和译者不太一致。这不能不引起我们的深思。那么问题出在哪里? 是原著者之过? 是我们的译文之过? 还是与我们的某些读者也有一定的关系? 但愿不是由于读者的原因便好。按说,这部原著(我们至今坚信)乃是相当不错的一部作品,是完全站立得住的;至于译文嘛,虽谈不上太多优点,至少还不是草率苟且之作。那么问题到底出在哪里? 还是今天我们的欣赏趣味变了?当然读者们也提出了一些要求,希望我们能著一专文,将书中的妙处详为指出,并希望对这部作品的背景知识、成书缘起、篇章结构、写作技巧乃至人物刻画等提供一些分析说明,以便帮助他们更好地理解这部名作。读者们的认真很使我们感动。看来,意气殷殷,情不可却,我们于是决心写出下面的意见,以期勉副读者们的愿望。的确,这也正是一次探讨文学欣赏的极好机会。说不定通过这番讨论还能引出一点值得思考的东西。

二

看来读者们更多关注的是这部作品的产生背景与成书缘起,那么就让我们首先从这里开始吧。

首先一个问题——在文学作品的欣赏上,如果我们对一部作品的产生背景或成书缘起等缺乏必要的了解,我们便不能很好地达到这一目的。即以这部《笔花钗影录》来说,如果我们在阅读它时对如下一些情况不大了解甚至全然不知,那肯定会在一定程度上影响我们对它的理解和欣赏的,书中的一些妙处就会由于这些情况的不了解而被我们忽略。这些情况包括:

1. 这部书的基本性质。我们知道,毛姆的这本小说首先是一部讽刺作品,或曰"谤书",它的嘲弄对象则是以书中的德律菲尔(影射哈代)[①]和阿罗依·基尔(影射休·沃尔波尔)[②]等为代表的当日英国文坛的种种窳风恶习,仿佛一部《儒林外史》那样。本书作者对上面两个人物的原型是有着长期不满(对哈代)和深刻积怨(对休·沃尔波尔)的。

2. 不满和积怨的原因。对哈代的不满主要是因为本书作者对哈代的作品向来便十分厌恶,非常不喜欢他的那种臃肿拖沓、笨拙

---

① 见 Ted Morgan 著 *Maugham*,New York: Simon & Schuster, 1980。
② 同上。

迟滞的句法文风以及(在毛姆看来)既空疏又欠诚恳的题材内容;其次,作者对这位文坛巨匠的为人性格也极不满,认为他冰冷阴暗、虚伪卑吝。至于对沃尔波尔,则更是积怨很深,无异仇恨,而这点固然与作者对他的一定看法甚至偏见有关——作者在心目中总是将他看作一名阿谀奉承、投机钻营的势利小人,因而对他深恶痛绝;但另一方面,有些不满也是沃尔波尔自己招致的——他对毛姆的评价便颇欠公正,这不仅表现在他对毛姆的巨著《人生的枷锁》的诋毁上①;他在他的那本《论当代英国小说家》(1925)的书中,一些成就远不及毛姆的作家全都上榜,但毛姆的作品却只字不提,甚至连他的名字都有意漏去②,这当然要造成毛姆对他的怨恨。

3. 毛姆对这两位作家的才能向来评价不高,但日后他们所掩有的声名,却都不同程度地超过他自己。

4. 1928 年哈代去世后,英国朝野上下同声哀悼,各行各界名流一时齐集他的出生地为其举丧,首相亲为执绋,那场面之盛与哀荣之隆在毛姆的心灵上曾引起强烈震撼,于是感而有作,这据说便是此书产生的直接诱因③。

5. 书中的重要女主角露西的原形是当日一个名叫塞尔维亚·琼斯④的女演员(英剧作家亨利·亚瑟·琼斯之女),毛姆年轻时的密友。毛姆一向对她倾心极深。如何将她写入自己的小说,也是促成这部作品的一个间接因素⑤。

6. 毛姆此书中直接间接提到的英国文人概不下二三十位,几乎涉及到小半个英国文坛,肆虐之广,简直令人惊讶。书中的纽顿

① 见 Ted Morgan 著 *Maugham*, New York: Simon & Schuster, 1980, pp. 337—338。
② 同上书, pp. 334—335。
③ 同上书, p. 335。
④ 同上书, p. 334。
⑤ 同上。

即暗指当日的文坛名宿埃德蒙·戈斯①。

7. 书中的那位文坛女猎狮手(lion-huntress)影射当时女名流锡德尼·加尔文夫人②;被猎取的那位诗人影射作家斯蒂文·菲利普斯③。

8. 毛姆与沃尔波尔同属当时(1928)新成立的"书社"的成员。毛姆此书刊出前,作为该组织主席的沃尔波尔曾看过这部书稿,大惊之余,曾竭力阻止它的刊行而未果。事后沃尔波尔多次向毛姆质询过此事,但毛姆却坚不吐实,矢口否认此书有任何影射;直至沃尔波尔去世后,毛姆方才将真相大白于众,第一次承认书中两个重要人物即系指哈代与沃尔波尔④。

三

其次谈谈这部小说的篇章结构与写作技巧。缺乏或离开这方面的必要分析会影响到我们对它的理解和欣赏。举例来说,在阅读毛姆的这本小说时,如果我们不能在篇章结构与写作技巧方面稍稍留意一下它的一些重要特点,我们的理解和欣赏难免也会受到某种影响,这些特点包括:

1. 通篇叙述与行文的特点。在这方面我们不难看出,正像毛姆的不少其他长短篇那样,这部小说也是以他一向最爱用的所谓"第一人称单数"的叙事方法来进行的,而这一方法,根据毛姆的一贯主张,乃是小说叙述的最好和最可依赖的方法,至少在部头稍大的小说中特别是如此。因为在毛姆看来,这种方法的使用,从正面

---

① 见 John Whitehead 著 *Maugham: A Reappraisal*, London: Vision Press Limited and Bames & Noble Books, 1987。
② 同上。
③ 同上。
④ 见 Ted Morgan 著 *Maugham*, New York: Simon & Schuster, 1980, pp. 335—337。

说往往有利于增强作品的真实感或可信性,从反面说减少和缩短叙述人与读者间的距离,使两方面做到"不隔"或"无间然",而这一点的背后根据则又是,人不可能无所不知。一位作家也只是个普通人,他不可能无时无处不在和无所不知,更不必说未卜先知;所以这种方法也是完全符合现代人的心理的。因此在这种极有限的条件下,一个人如想真正写好任何东西,他只可能去写他所熟悉的。再有,第一人称单数的使用往往可以将故事的叙述人也打进和投入到他笔下的人物中去,从而使他自己也成为所叙述的情节的一部分,参加进事态的发展与进行,这样他所能取得的表现场合与发挥机会就无比地扩大了;另外这第一人称本身还有它另一些不容取代的优点。且不说它容易使所写的东西显得更为自然、更为直接,也更为亲切,它还特别有利于它的使用者在扮演剧中人之后,跳出圈外来当旁观者,开始评这议那和借题发挥,乃至引入种种杂谈闲文之类,而这后一点恰恰是毛姆本人所最喜爱做的以及他最为人喜爱的原因之一。所以这本书以第一人称进行,实在使他在写作上占尽了便宜,也就难怪整部书写得这么成功。再一点,这部小说里间接叙事的比重相当高,亦即故事的叙述并不过多凭借对话,而只是以讲话人的口气进行。这一方法,看似陈旧,甚至呆板,但运用得当也自有它的许多妙处,其一便是有助于文章的连贯与气势的顺畅;其二是便于借机讽刺和施展幽默。书中第一章的成功描写正是这一方法的绝妙运用。

　　2. 情节与结构方面的特点。这部小说特别值得注目的地方首先在于它的异常聪明精巧的情节结构与题材处理,在这方面本书作者显示了他绝高的写作才能。一方面,书的主要情节极为单纯(德律菲尔的修传问题),另一方面书的整个结构又相当复杂(在修传这一主轴下另附缀着若干细部——还乡记、夜奔记、猎狮记、夺爱记、幽欢记、出走记,等等)。换句话说,小说的结构是复式的或多重的,但是在整体的组织上却又处处措置裕如,部署得当,衔接紧凑,浑然一体,繁富而脉络清晰,多头而毫不杂乱,其中每个附属情节都环环紧扣,目标明确地为统一的主题服务,因而在题材的处理上颇有驭繁于简、首尾相贯之妙,无愧为小说结构中的罕见典范。"前言"中所说的"完美小说"、"绝妙佳构"的话,即系指此。

3. 时间的高度集中。粗看上去,这部小说牵涉的时间不短,几乎纵贯半个世纪,其间所反映的事物也较广泛,延绵好几个时代,亦即维多利亚后期、爱德华与乔治时期,但细观之下,我们又会惊奇地发现,原来书中主要情节所占的时间却又短暂到匆匆不过四天。以四天而写四十年(甚至更长的时间),这又是何等凝炼的笔墨!因而在手法上确实是十足的伊利亚特式的,是三一律这类传统在现代艺术上的出色体现。

4. 现代主义新潮的影响。毛姆的主要作品是这个世纪前期的产物,在不少方面它们先进于维多利亚后期的作者们,甚至稍后的威尔斯、本涅特与高尔斯华绥等人,而"落后"于乔伊斯、伍尔夫、福斯特等更年轻的一代,在技术的采用上不是特别革新的。但是风气所渐,他也不可能不受到一定的影响。意识流的方法在这本书中虽尚未正式使用,但这类因素已经稍露端倪,另外场景时间的大量迅疾转变也使这本书在写法上大大不同于他前期的种种,并使之在整部书的质量与丰富性上都似乎更胜一筹。

四

再次,关于书中的人物刻画。说起人物刻画,这历来便是文学尤其是近代文学的中心问题,在这方面多数人的意见早已是——人(及其问题)、人的心态,而不仅仅是社会问题和情节故事,才应当是文学最关心的事物。因为在文学即实录这种认识的影响下,不仅文学本身有流于社会文献学的危险,文学中的人物描写也会由于这种重心的偏斜而不是变得一般化便是趋于类型化,以致重新返回到小说初期时的状况,从而使更深入的发掘成为不可能。小说的写作既已发展到了今天的水平,不论脱离典型化理论的纯自然主义的描写,还是缺乏一定社会意义的抽象叙述都会是不理想的。但在这部书里毛姆较好地克服了这些缺点,因而所写的人物是成功的。我们只需将这里的人物描写与他前期的作品稍作比较,这一优胜便极明显:他们都写得更好,更真实,也更能令人信服。他们不是抽象观念的简单概括,不是周围人群的模糊形影,不是作者意图的代言工具,也不是日常言行的肤浅记录;他们全都是活人,全都是活跃在一定历史背景下的具体的人,一举一动有着他们各自的内在动机与外部依据;他们个个有血有肉,肌体充盈,神情宛然,站立得住,各有特色,而又是多侧面的、有发展的。他们又全都是从深刻的现实生活中提炼出来的,而且就其原型来说,无一不是与他们的创造者之间有着一定甚至非同一般的关系;他们的成长几乎一直是和作者本人的成长分不开的,因而可以毫不夸张地说,这些人物的特点在本书作者具体动笔之前早已基本形成。所以,久所熟悉,又经过长期的酝酿过程,再加上有为而发这三个特点便构成了这一批人物成功刻画的重要主客观基础。而这部小说也正是以其人物的精彩描写特别见长的。

　　首先从书的第一主角德律菲尔说起。这里值得注目甚至稍稍显得奇特的是,作为全书情节所系的第一重要角色,他从作者处所分到的笔墨却并不算多,似乎略与其身份地位不相称。由于我们所能见到和记得有关他的细节极为有限,我们读后在头脑中所能形成的图像也就难免"模糊",这时除非认真细想,否则我们甚至会连他的存在(正像他在他自己家里的情形那样)都快要忘掉。这也的确是够奇特的。这点,我们推想其原因,固然或许与作者对这个角色的原型的一些基本情况仍欠熟悉有关,不过更其可能的是,作者正是有意这样做的——使他更多地带点神秘意味。这个角色是令人困惑的,往往令人琢磨不透。他相当内向,不仅具体活动不多,就连话语也很少有——谁曾记得他发过什么议论!因而给人的印象颇有点神龙见首不见尾的味道。另外他相当冰冷,相当孤寂,而且越到后来越是如此,但另一方面却又非常精明,非常有心计,他实际而又富于幻想,谨慎而又敢于冒险,傲慢而又能卑躬屈节,冷酷而又十分多情;不过从其总的倾向来看,这每一对矛盾的前一方面却又无疑地占据着更大的优势,因而,在作者的眼中,其人并不足取——一个毕生脱不下其假面具的人。不仅其人不足取,其事其书也均一概不甚足取,而这三个不足取正是作者想要在读者心目中留下的印象。这个目的作者确实是达到了。而且由于写法上的特殊,曲笔始终多于直写,暗示多于明说,给人印象更深,加之所用篇幅不大,笔墨经济,确实堪称人物刻画的妙品。但这个角色毕竟不是一般人物,因而作者在具体对待上也是很审慎的,有节制和有分寸的,从未草率行事,再有在其性格的描绘上也是有发展的,这主要表现在结尾一章的几处回护之笔,话虽不多,却仿佛画髭添毫,余韵不尽,真个将这人物写绝,不愧是人物写作上以少胜多的极佳范例。

其次,关于阿罗依。此人在书中只能算是第二角色,但从所占的比重来看,倒勿宁说是居于更首要的地位。作者不仅拨给他的篇幅更大,报导他的细节更多,在对他的描写上所使用的方法也更丰富——几乎动用了讽刺艺术的全部手段。在对待态度上也有所不同。如其说在前一位的处理上,作者出于辈分与舆情等的考虑尚多少心存顾忌,笔下也更多留情,在对待这个较年轻的同辈上,可是不存在什么情面问题,说起话来也更加没有遮拦,于是恰如我那段"前言"中所说的,完全是"斫斫相向,绝少容情,揭露既狠,捶楚又重",锋芒锐利之极,所以难怪他的原型读起这本书时越读越怕,以致久久不能入睡①。他的原型怕看到,更怕别人看到自己的影子——半文痞半丑角式的势利小人,心地不光明的龌龊角色,趋炎附势、阿谀奉承之徒,投机钻营、不择手段的家伙。尤其尖刻的讽刺是,作者特别突出了阿罗依的野心大大超出了他的实际能力。"以如此有限的才能而竟取得如此可观的地位,这在我的同辈当中确实还找不出第二个。"而他的作品则是,"正像人们早餐时服用的一种叫贝克思牌的泻盐那样,一点点就会涨满一大调羹"②。这些,便是作者对他所下的判断。这类判断,分量虽重,语气却极轻松,一切仅以戏笔出之,这就更增强了它们的讽刺效果。书中对阿罗依的不少嘲弄,例如关于他外出作报告和他对史密斯的态度等的描写都是绝妙的段落,而又写得那么简练,读后真是令人难忘,但同时整个的笔调又是饱满而酣畅的。这多少又与所讽刺的对象的特点有关,阿罗依的性格比较外露,破绽较多,能让人抓住把柄或供人驰骋其讥讽的机会也更频繁。这样,作者抓住这些机会,着实将他狠狠地挖苦了一番,那词语之苛刻与场面之热闹在历来的幽默文学中也是罕见的,因此作者笔下的这个角色确实最有资格进入英国喜剧人物的画廊而永垂不朽。

再谈第三主角露西。露西是书中一个很重要的人物。尽管她不能对作者的讽刺艺术直接提供什么,离开了她这篇故事便无法成立,所以她在书中的作用绝非是可有可无,而是小说全部骨架之所

---

① 见 Ted Morgan 著 *Maugham*, New York: Simon & Schuster, 1980, p.335。
② 二语均见《笔花钗影录》第一章。

系,并且只能将她写好。但人物不能凭空塑造,而是必须以一定的活人为其原型,这就是上文提到过的那位少妇。这是一个最能牵动作者心旌的人。几十年来她早就魂绕梦萦在作者的胸臆之中,而作者也久思将她写入自己的作品而苦于不得机会,直到这本书的动笔方才为她觅到了恰当的安插机会[①],因而一旦著成,确有一种令人一见眼明之感,而整个形象也非常俊俏活泼,饱满充盈,是作者最成功的人物描写之一。但这个角色在刻画上也有她的不小难度。她在书中所居处的位置决定了她的基本特征:她必须是一个很有风情的人物,否则她在这个书中的出现便无意义,但是她的出身与教养又使得她在这方面不能不受到严重局限——我们通常在这类人物身上,色相而外,是找不到太多有趣的东西的;而色相不即等于风情。所以如何从这样一个平凡的女子中去发掘她的"天然"风韵便是这个角色带给作者的一大难题。但是这点作者成功地解决了,其基础便是作者那一往情深的浓厚感情所携来的认真态度:凭借着他那一丝不苟的细腻处理,不放过任何一处细节,一丝表情,一个眼神,作者终于将这个本属微不足道的平庸女子(何况行为上还有诸多失检地方)在那特定的环境下不仅描写得合情合理,而且风采十足。

篇幅所限,书中的其他人物不可能在这里一一加以分析了;这里只能概括地说上一句,他们也都个个被写得不错,尽管属于较次要的角色。另外再重复一句,缺乏或离开对这方面的必要留意,我们对这本书的理解与欣赏当然也不能不受到影响。

此外,本书在对话、幽默与讽刺艺术等方面也都有着很高的成就,堪称样样精彩,但同样限于篇幅,这里也只能一概从略。

---

① 见 Ted Morgan 著 *Maugham*, New York: Simon & Schuster, 1980, p. 434。

五

但是一部兼具着这么多方面的艺术成就,在它的题材处理、情节结构、人物刻画、讽刺艺术乃至语言对话等等方面也都俱臻上乘的优秀作品,为什么在仅仅半个世纪之后便已似乎不再能在我们今天的一些读者中引起足够的反应,而且这一反差竟会如此之大? 这不能不使我们认真思考一下这个问题。英国小说家本涅特当年不是夸奖过这本小说是"第一流的"吗?

请看一些读者的反映:书的故事性不强,读起来不热闹,趣味性也不大;写作手法一般,缺乏悬念;语言平凡,甚至偏于简单。以上意见虽然来自个别读者,但未必没有它的一定的代表性,值得我们认真找找原因。

民族间的趣味差异可能是一个原因。英国人的艺术情趣与审美观念本来就与我们存在着不小的距离,而这本小说又是英国风味十足的,是毛姆纯以英国事物为题材的不多的小说之一。这当然可能在理解与欣赏上形成一定的隔膜。再者这部小说涉及当日英国文坛的琐事稍多,于是不免使它带有某种一时的兴趣(topical interest),因而时过境迁,人们对这类事物的兴趣也就会减弱;更何况我们的一般读者可能并不清楚书中的某些背景或影射,这也不能不影响到对这本小说的理解与欣赏。不过通观全书,以及细按这些地方在整部作品所占的比重,我们认为,就其对一部书的理解和欣赏来说,这些影响毕竟是较次要的。

六

不过以上意见反映了这样一个问题,即我们一些读者的欣赏趣味确实是变了。我们另有追求,我们(至少在小说阅读中)追求的是更热闹的故事情节,更新奇的表现手法以及更加复杂的语言。在这几个方面,毛姆的一切对我们来说,似乎都是很不够的。它们太简单了些。果真是这样的吗?我们以为,这中间存在着误会。

抛掉传统和锐意求新——这久已是我们这个时代乃至这整个世纪以来风靡在各个领域之中的一个最占优势的思潮。这一思潮就其主导倾向与基本意图来说,当然是应当肯定的,因为若非如此,我们在各方面便不能继续向前发展,便不能与时俱进。但这里面也不是没有问题,没有绝对化,没有片面性,没有效果和意图互相背谬的地方或者因为将继承与发展对立起来而结果走向极端的情形。凡事都有它的一定限度;超过了这个限度,事物就会走向它的反面,就会因为脱离开传统这块基地太远而得不到它的支持、受不到它的滋养,以致任何新枝幼苗都不会苗壮成长,而只会枯萎凋敝下去。

这在作家是如此,在读者也是如此。现仅就读者来说,如果一名读者在上述问题上存在着偏颇的看法,对继承与发展、学习与创新等关系在认识上不能正确看待,这就必将会由于对传统的过度忽视摈弃而弄得自己的文化基础不牢、知识背景单薄,而这方面的缺欠贫乏又必将使我们的理解与欣赏受到局限。我们将不可能发展起真正的、健全的审辨能力,我们将会对面前的许多事物瞠乎莫解,我们将会变得过于偏颇狭隘,我们还将由于自己的排他性过强而不觉地陷入某一两种固定的模式或框框(这本身便与求新的精神相违背),并在反对旧的框框时走入新的框框,以致与我们面前的作家的差距愈拉愈大。即以毛姆来说,他就是一位在文化修养上相当不错的作家,他的许多貌似简单平易的写作的背后实际上是处处以他的广博深厚的学殖作基础的。仅以全书的第一句话为例,那便是一则对简·奥斯丁的《傲慢与偏见》开场白的笔法的戏拟。书中结尾一章里对露西的写法则又得自《战争与和平》尾声部分中托尔斯泰对娜塔莎的描绘。再有书中的许多间接叙述方法，其笔意可以直溯法国普雷沃的《曼侬·莱斯科》，而其中的若干杂议或闲话也都是对自塞万提斯至菲尔丁与萨克雷等作家中的这一写作传统的有意追摹，凡此种种，几可谓无一处无来历。

正如在艺术的创作上或鉴赏上忽略一些更基本的东西而过于追求手法上的新奇和情节上的热闹会使我们陷入(甚至它们本身即是)某种框框——会使我们在逐新的过程中不自觉地变成返古或守旧，对所谓复杂性(结构上的、语言上的)的过度重视也会使我们陷入另外一些，这同样也是一种束缚。囿于这类新的成见，我们同样会看不清事物。我们将会丧失新鲜感。我们会只知道追求那新奇的和复杂的，只知道以这些为贵，而忘记了那平凡的和简易的有时更为重要，甚至这后者才正是构成我们人生和艺术的更主要的基石。而毛姆就是一位，从表现手法到语言文体，特别以他的平凡和简易见长的作家。他在写作上从来不避简易，不怕平凡。如其说他还有一定深度的话，那深度也全在这里。他的用语是平常的，叙述是简易的，他的讽刺明白易懂，他的笑话更具有着民间文学中那种可贵的通俗性和简练性，他所写的一切自自然然——不骛高深而趣味十分隽永。像他这样的作家本来是最容易使我们喜爱的，但是如果我们头脑里的框框太多或心理状态过于复杂，我们也会欣赏不了毛姆。不仅欣赏不了毛姆，我们还将欣赏不了不少浅易或本色味道的东西，甚至包括我们自己的一些传统文学。这当然是我们所不希望的。所以在这件事上，确实真有点像我们古人说过的那样："不肖者得之，而贤者失之；愚者得之，而智者失之。"

七

风格美向来是构成一部文学作品的艺术价值的重要因素之一；

一篇作品之受人赞赏,其他诸如情节、结构与人物刻画之外,风格这方面的优长和完美往往是一个极重要的原因。这在我国的传统文学的鉴赏上历来便是如此,一篇内容不坏的作品如果不是同时而文笔兼胜,它是很难邀得人们的真正首肯的,所以文质并茂从来便是我们民族的文学观,这点验之于我国的古今篇籍,几乎历历不爽。西方人在这方面的意识虽然似乎不如我们强,但在一定的程度上也应说是大致如此,这点从他们上至对《圣经》下至对海明威的《老人与海》的鉴赏态度上都不难看出,也即是说,他们也无一不是将其风格因素计在内的。在这个意义上讲,文学的鉴赏也即是风格的鉴赏。需要一提的是,在这方面我们今天的一些读者反而有时不够敏感:情节与内容往往夺据了我们过多的注意力,于是在我们忙于追踪故事的线索与发展时,风格的问题几乎快被我们置诸脑后,这种

情况在小说这一体式日益居于几乎主导地位的今天,更尤其是如此。但是这样的欣赏却难免是较片面的欣赏,这样的审美观也只是发展得不够健全和不够充分的审美观。它降低了文学鉴赏的水平;它把艺术还原成了简单事实,把情节内容等同于文学本身;它还把情节的复杂与否视作评判一部艺术作品的高下的唯一标准。这显然是一种谬误的文学观。如果用这种观点去指导我们的欣赏,就会严重妨碍我们对许多有价值的作家及其作品的正确理解,包括本书的作者毛姆,因为毛姆就是一位颇以其风格之美见称的作家,他的写作是非常注意风格的。这点无论从其众多作品本身,还是从作为他的写作经验谈的《总结》和《作者笔记》中均不难看出。所以要想很好地理解毛姆,他的风格特点自然是我们不可不注意的。但是毛姆的风格又有时容易遭人误会或忽略,这主要是因为,他的风格,从其主要倾向来说,比较偏于明白浅易一类,偏于简劲直截一类,因而这种风格,如其不是同时而兼具其他长处,往往容易被人混同于时

下中外文学中普遍流行的那种"平均"风格,从而丧失其独特性与吸引力,结果远远不如一些华美的笔调那样为人重视,尽管目前国外的风格观念早已有所改变,亦即比较厌恶"美文"而推崇平易和自然。这无疑也是我们一些读者在接触到毛姆这类作家时所遇到的一个天然困难。话拉回来。上面"兼具其他长处"的话又指的是些什么呢?我们以为,毛姆在行文上除了上述的清通浅易与简劲直截以外,至少还有如下一些特点,即是 1. 自然;2. 亲切;以及 3. 音韵与节奏效果好。首先毛姆的语言非常自然,不论叙述、对话和人物描写,一切都来得那么毫不吃力,偶成或即兴味道很强,一切又都恰合所要描述的场景、气氛与人物个性身份,绝无半点做作与矫饰之处,这种写作即使置诸福楼拜或莫泊桑的名作之侧也会毫无愧色的,因而这本身又必将给读者们带来他的第二个特点——亲切感,这是毛姆的另一个长处。他的作品使人读来异常亲切,置身他的作品当中,这时我们的感觉真是如遇故知,如逢密友,其间的一番欢忻心情,往往在不少其他作家那里是感受不到的。这种亲切无间感情的造成,除了上面提到的自然平易外,还与作者立意诚恳的行文态度有关。毛姆是一位主观性很强的作家(a very subjective writer)。他在写作上不仅能用眼睛紧紧盯住所要写的事物,从不回避现实和闪烁其词,而且能时时处处大胆提出他自己的看法,不媚流俗,不趋时好,不屈从于权威的论断,不使传统的偏见障蔽自己的视线,而是将真实的感受老实讲出,因而所写的东西每每亲切而有味,耐得住人反复阅读。第三,音响效果好。他在语句长短疏密的安排与词语音韵节奏的调配上总是充满斟酌的。虽然所用的体裁是散文,他对这方面的效果却从不忽略,一向把声音的和谐(Euphony)奉为他的重要写作标准之一。所以同为平易作家,他在风格上所取得的成就却远在这些人之上,他风格的奥妙之处也部分地正在这里。更何况毛姆的风格也绝非一味平淡,情景需要的时候,他照样能写得相当考究细腻,如我们在本书不少夹叙夹议的闲文中所见到的,这些读来清新隽永,段段都是精美的散文和绝妙的小品。

但是毛姆风格的最不可及处则是它的晓畅,它那彻头彻尾的通体晓畅——这一品质在本书中可说得到了它最良好、最圆满的发挥,因而无愧为晓畅之冠。的确,它的气势、它的表达、它的文句在整个语流和全部章节中的毫无滞碍的顺利进行情况,这一切都是惊人的;它仿佛跌下千仞断崖的飞瀑激流那样,只见浪起深渊,声闻远近,奔腾呼啸,一往无前;又仿佛骤起天末的狂飙劲吹似的,一切枯草断木,飞蓬败絮,都在它那强大的气流下,被它挟裹而前,载与俱去,那酣畅淋漓、一气走转、惊若飘风、迅如疾雨般的健劲文风,那风霜凌厉、锐不可当、妙语如环、锋发韵流的峻洁笔墨,那几乎将书的读者们都驰骤驱逼得追赶不及的快速语调、疾迅变化与转折,等等——这一切又给我们带来何等的阅读愉快与艺术享受! 这便是我们所赞美的毛姆。这样的写作真真是不太多见的。差堪比拟的是伏尔泰的《憨第特》,但丰厚上似仍嫌稍差;尽管这部小书曾经是毛姆的写作指南。

综上所述,我们不难看出,一部像《笔花钗影录》这样的作品几乎不是一个人一时可以轻易写出的东西:它是欧洲文化的世代结晶,是熔法国优秀的散文传统与英国讽刺艺术于一炉的跨国产物,其中的长处植根于深远的过去;在这里,德莱顿的飘逸,笛福的恣肆,斯威夫特的流畅,蒲柏的犀利,伏尔泰的轻快与拉罗什富科的含蓄与精练等等,都不难从这本小书中窥见它们的影子。这是一本萃尽一位才能相当卓越的作者的多半生的文化修养与写作经验,方才在他的垂暮之年辛苦掏出的作品——尽管它同时也是这位作者在一次灵感沛降之际几乎一气呵成的天才之笔。类似这样的佳作一个世纪恐怕也很难见得着多少部的。

前面我们曾经一再说过,离开对于这本书的结构、情节与人物等的必要的分析,我们便不能真正地理解,等等。这话没错。但是,实际上,如果真是一本好书,即使没有这些,我们的欣赏也不会(和不应)太受影响的。

图书在版编目(CIP)数据

笔花钗影录/(英)毛姆(Maugham,W.S.)著;高健译.
—上海:上海译文出版社,2016.1 (2022.9 重印)
(毛姆文集)
书名原文:Cakes and Ale
ISBN 978-7-5327-7081-6

Ⅰ.①笔… Ⅱ.①毛… ②高…Ⅲ.①长篇小说—英
国—现代 Ⅳ.①I561.65

中国版本图书馆 CIP 数据核字(2015)第 244761 号

W．Somerset Maugham
CAKES AND ALE

笔花钗影录

〔英〕毛 姆／著 高 健／译
责任编辑／冯 涛 装帧设计／张志全工作室

上海译文出版社有限公司出版、发行
网址:www.yiwen.com.cn
201101 上海市闵行区号景路 159 弄B座
浙江新华数码印务有限公司印刷

开本 850×1168 1/32 印张 7.75 插页 6 字数 144,000
2016 年 1 月第 1 版 2022 年 9 月第 5 次印刷
印数:11,501—13,000 册

ISBN 978-7-5327-7081-6/I·4287
定价:48.00 元